Hamburgisierung

Wer nur ein Menschenleben rettet…

Falk Röbbelen

AF138663

Für meine Eltern

Falk Röbbelen

HAMBURGISIERUNG

Wer nur ein
Menschenleben rettet…

Historischer Roman

Bibliografische Information der Deutschen
Nationalbibliothek:
Die Deutsche Nationalbibliothek verzeichnet diese
Publikation in der Deutschen Nationalbibliografie;
detaillierte bibliografische Daten sind im Internet über
http://dnb.dnb.de abrufbar.

Umschlaggestaltung: MMD Berlin L.-Thore Rehbach

Herstellung und Verlag: BoD – Books on Demand,
Norderstedt

ISBN: 978-3-7392-0750-6

*Eine Auflistung der Charaktere
in der Reihenfolge ihres Auftretens
finden Sie am Ende des Buches auf S. 289*

Da ließ der Herr Schwefel und Feuer regnen vom Himmel herab auf Sodom und Gomorra. Und kehrte die Städte um und die ganze Gegend und alle Einwohner der Städte und was auf dem Lande gewachsen war.

1.Buch Mose Kapitel 19 Vers 24, 25

Prolog

Ich bin kein Mörder! Oder doch? Vielleicht sogar ein Massenmörder? Durch meine Mitwirkung sind mehr als 35.000 Menschen umgekommen? Nicht Soldaten im Kampfeinsatz, sondern Menschen, die ängstlich und wehrlos dem Tod ausgeliefert waren! Aber macht das einen Unterschied? Wären tote Soldaten eher zu rechtfertigen als getötete Frauen, Kinder, Freunde und – meine Familie. Hätten einige dieser Menschen ohne mein Zutun überlebt? Wären andere dafür gestorben? Allein im Hamburger Konzentrationslager Neuengamme und seinen Außenlagern sind mehr als 43.000 Menschen gestorben. Wären mehr gestorben, wenn ich nicht meinen Teil beigetragen hätte? Habe ich überhaupt beigetragen? Wurde der Krieg gar durch mein Zutun verkürzt? Oder habe ich für mehr Opfer gesorgt?

Gehöre ich wenigstens zu den Guten? Ich muss zu den Guten gehören…! Wenn ich mich zurück erinnere, haben damals alle geglaubt, auf der richtigen Seite zu stehen! Habe ich nicht auch an Hitler und seine Ziele geglaubt? Bin ich nicht begeistert im Jungvolk und in der Hitlerjugend marschiert im Glauben, dass wir die Guten sind? Darf ich oder muss ich sogar als Mensch im Krieg Stellung beziehen und handeln? Im Talmud steht ‚Wer nur ein Menschenleben rettet, rettet die ganze Welt!' Aber darf ich dafür töten? Sind durch mein Handeln die Richtigen gestorben? Kann überhaupt ein Leben mit einem anderen vergolten werden? Darf ich Leben gegen Leben nehmen? Welches Leben zählt mehr? Hätte ich so gehandelt, wie ich gehandelt habe, wenn ich gewusst hätte, was ich bewirke und insbesondere, wenn ich gewusst hätte, was ich jetzt weiß? Vermutlich nicht, aber letztendlich weiß ich es nicht.

Alle diese Fragen wird mir keiner beantworten. Ich werde diese bohrenden Fragen über meine eigene moralische Integrität wohl mit ins Grab nehmen. Ja, ich musste damit leben, aber ich durfte auch damit leben. Weil andere nicht die Wahl hatten, gibt es meine Geschichte.

Ich heiße Helmut, Helmut Martensen! Eigentlich bin ich ein Allerwelts-Typ, wie mein Name vermuten lässt. Aber eben nur eigentlich, da ich eine Geschichte erzähle, die – auch wieder eigentlich - nicht meine Geschichte ist, sondern die einer Freundschaft. Es ist die Geschichte von Hans und mir, und sie beginnt im Juni 1936. Wir waren neun Jahre alt und ganz normale Jungs - eigentlich…

Hamburg, 2015

Frank Wolken war genervt. Wieso hatte er das Gespräch nicht abgeblockt? Warum wollte dieser Greis unbedingt mit ihm sprechen. Wieder unterbrach das Navi seine Gedanken und auch das herbstliche Wetter sorgte nicht für gute Laune. Als er in der Hafencity losgefahren war, hatte er eine erste Hochwasserwarnung im Radio gehört. Er kannte den Osten Hamburgs kaum, obwohl er schon seit seinem Studium hier wohnte und Hamburg gerne als seine Heimat bezeichnete, auch wenn er mit dem Wort ‚Heimat' in Verbindung mit einem geographischen Ort nicht viel anfangen konnte. Es war aber auch hässlich hier! Natürlich wusste er, dass der Osten der Stadt im Sommer 1943 bei dem bis dahin größten Bombardement der Alliierten dem Erdboden gleichgemacht worden war, um in den vielen Arbeitervierteln einen möglichst hohen Blutzoll zu erzielen. Der Aufbau war nur teilweise gelungen und erinnerte ihn an Köln, das, wie er wusste, ebenso wie Hamburg mehrfach Angriffsziel der Alliierten Bomber gewesen war. Auch Köln war dabei heftig zerstört worden. Im Gegensatz zu Hamburg war Köln schnell und planlos aufgebaut worden, denn ohne die reichen Hamburger Pfeffersäcke ist das Geld für den Aufbau viel knapper gewesen als hier in der Hansestadt; obwohl auch Köln zur Hanse gehörte, wie er vor kurzem gelernt hatte.

Wieder unterbrach die smarte Frauenstimme seine Gedanken mit dem selbstgefälligen Satz „Sie haben Ihr Ziel erreicht." Er schaute auf die Uhr! Er war pünktlich. Das war gar nicht seine Art, aber er wollte den Termin schnell hinter sich bringen, bevor er seinen Sohn am Abend vom Fußball abholen musste. Um Ärger mit seiner Exfrau zu vermeiden, durfte er nicht zu spät kommen. Sein häufiges Zuspätkommen interpretierte sie als ,falsche Prioritätensetzung' und kommentierte es mit der Zeit nur noch mit ,wie immer'. Er äffte diese pauschalisierende Spitze in einem Tonfall mit passendem Gesichtsausdruck nach, deren Kombination, wie er fand, der zickigen Art seiner Exfrau sehr nahe kam. Er atmete durch und stieg aus.

Als er klingelte, passierte so lange nichts, dass er schon frohlockte, nun sagen zu können, er hätte ja alles versucht. Als sich die Tür mit einem Summen öffnete, ging er in das 60er Jahre Backsteinhaus, wo ihn Helmut Martensen im zweiten Stock erwartete.

Der Mann, so dachte Frank, sah sympathischer aus als er am Telefon geklungen hatte. Er war groß und hatte eine stolze Haltung für seine geschätzten 70 Jahre. Seine feinen, weißen Haare gaben ihm ein fast edles Aussehen und Martensens Augen schauten ihn auf bemerkenswerte Weise lebendig und neugierig an.

Als sie in dem kleinen Wohnzimmer saßen, bedankte sich Martensen bei Frank dafür, dass er es kurzfristig möglich gemacht hatte, zu ihm zu kommen.

„Warum ich?", fragte Frank.

Martensen lächelte „Sie haben eine wunderschöne Geschichte über die Stolpersteine geschrieben."

Frank erinnerte sich. Es war kein halbes Jahr her, dass er über das traurige Schicksal einer jüdischen Familie recherchiert und geschrieben hatte, die vor dem Krieg in Nähe der später abgebrannten Synagoge im Hamburger Grindelviertel lebte, bis der Rassenwahn der Nazis drei

Generationen dieser Familie vernichtete, ohne Rücksicht auf Geschlecht und Alter. Die gold glänzenden Stolpersteine, die vor den Häusern auf den Gehsteigen liegen, erinnern daran, dass früher hier die auf den Steinen genannten Menschen gelebt hatten, bevor sie von den Nazis ermordet wurden. Geburts- und Todestag sind eingraviert. Diese Erinnerungssteine sind als kleine Denkmäler eine ebenso einfache wie wunderbare Idee.

Martensen ließ ihm die Zeit für den flashback und Frank wusste in diesem Moment, was ihn an Martensen faszinierte. Die Wohnung roch nicht muffig, wie man das häufig bei älteren Menschen erlebt, sie war modern und hell eingerichtet und nicht mit dunklen Möbeln aus den 70er Jahren zugestellt. Martensen war offensichtlich Jemand, der im Hier und Jetzt lebte und sich von Dingen trennen konnte. Und er wirkte, wie ein Mensch, der noch eine Aufgabe vor sich hatte und nicht, wie einer, der in der Vergangenheit lebt und nur auf den Tod wartet.

„Ich bin Jahrgang 1927", sagte Martensen schließlich.

Frank überschlug das Alter und pfiff unhörbar durch die Zähne. Der Mann war 88 Jahre alt. Langsam schlug seine Gereiztheit in Interesse um. Vielleicht hatte dieser Martensen ja doch etwas zu erzählen?

„Obwohl meine Geschichte 1936 beginnt und 1943 endet, habe ich sie noch niemandem erzählt", sagte Martensen nachdenklich.

Frank reagierte professionell. „Na, dann lassen Sie mal hören. Aber machen Sie es so kurz wie möglich." Er konnte seinem Verhaltensmuster nicht entfliehen. Bloß nicht zu viel Interesse zeigen. Er wusste ja tatsächlich nicht, was ihn erwartete.

Aber er war neugierig geworden. Wer war dieser Martensen, und was hatte er im Krieg erlebt? Und warum wollte er seine Geschichte gerade jetzt - 70 Jahre nach Kriegsende - doch noch erzählen?

Hamburg, 1936

Hans weinte. Es traf ihn noch ein Tritt. Er lag zusammen-gekrümmt am Boden und versuchte seinen Kopf mit den Händen zu schützen. Der Dreck der Straße mischte sich mit seinen Tränen. Als ihn ein Tritt von mir am Mund traf und Blut aus seinem Mund floss, ließen wir von ihm ab. Hans blieb liegen. Wir, Günther, Anton und ich, nahmen unsere Ranzen auf und gingen weiter als wäre nichts passiert.

„Das geschieht Hans ganz recht", ätzte Anton, „Schließlich hat er ja angefangen."

Und ich gab zurück, „So lernt der Idiot vielleicht, das ewige Provozieren zu unterlassen."

Günther lachte: „Ach, Helmut, das lernt der nie."

Wir ließen Hans mit seinen Tränen allein. Ich wusste, dass er keine Schmerzen spüren, sich nur gedemütigt fühlen würde. Ich sah noch, wie er sich langsam erhob, Blut ausspuckte, sein Taschentuch an die Nase hielt, seine Schulsachen aufsammelte und in Richtung Albertstraße ging, wo er wohnte. Dann war ich mit meinen Gedanken allein.

Es war Sommer und heiß in Hamburg. Das Schuljahr war fast vorbei. Die olympischen Spiele standen kurz bevor und Deutschland machte sich hübsch. Eigentlich hätte es besser nicht sein können. Die dunklen Wolken, die über unserer Freundschaft aufzogen, bemerkten wir Kinder kaum oder vielleicht ignorierten wir sie auch - wie so viele Erwachsene.

Ich ging mit meinen anderen Freunden nach Hause. Warum, fragte ich mich, war die Situation eigentlich so eskaliert. Schließlich waren Hans und ich doch die besten Freunde. Natürlich provozierte Hans gerne. Es war ihm gleichgültig, wen er gerade im Visier hatte, ob seine Mutter, seinen Lehrer oder seine Schulkameraden; er liebte es, andere zur Weißglut zu bringen.

Wir hatten über den Sieg des Rennfahrers Bernd Rosemeyer beim Eifelrennen am Sonntagnachmittag gesprochen. Rosemeyer wurde bereits als Volksheld gefeiert, aber Hans behauptete, Rosemeyer wäre genauso wenig ein Gewinnertyp wie Schmeling. Und auf die Frage, wie er denn darauf komme, sagte er, dass beide keine großen Siege eingefahren hätten und Schmeling auch am morgigen Donnerstag gegen Louis untergehen würde. Natürlich wollte er provozieren! Ich wusste das, denn unser Sport war das Boxen. Wie oft hatten wir Max Schmelings Schläge nachgeahmt und über ihn geredet und keiner wusste besser als ich, dass Schmeling von Hans vergöttert wurde. Schmeling war sein Idol. Wenn er ihn nun also verunglimpfte, so wollte er die Reaktionen testen und – wie so oft – uns provozieren. Nur dass dieses Mal die Reaktionen heftiger waren als von ihm vermutlich erwartet. Und auch ich hatte mich provozieren lassen. Auch ich schwärmte für Schmeling! Er war auch mein Idol! Und Hans hatte nicht aufgehört, über ihn zu lästern. Dann war die Situation von einigen Rempeleien zu den Tritten eskaliert. Und ich hatte mich gefreut, dass Hans einmal die Grenzen aufgezeigt wurden.

Nachdenklich ging ich hinter Günther und Anton her, die schon das Thema gewechselt hatten. Für sie war die Sache erledigt. Für mich noch lange nicht. Das war mir sofort klar gewesen. Langsam verflog meine Wut, und Scham brach sich Bahn. Mir war natürlich bewusst, dass es nicht fair war,

Hans mit Günther und Anton gemeinsam zu verprügeln. Insbesondere das Treten nach dem wehrlosen und weinend daliegenden Freund war mir so unangenehm, dass ich es körperlich spürte. Ich schämte mich zutiefst. So versuchte ich, mir eine pädagogische Rechtfertigung zu recht zu legen und dachte an Äußerungen, wie: Hans könne mir danken, dass ich ihm einmal im Beisein von harmlosen Typen aufgezeigt habe, dass manche seinen Humor nicht verstünden - wenn man überhaupt von Humor sprechen könne. Vielleicht hatte ich ihm so sogar in der Zukunft das Leben gerettet… über so unverfrorene Gedanken musste ich bitter lächeln.

Es blieb ein fader Beigeschmack. Ich hatte Spaß gehabt, Hans mit anderen zu demütigen und ich hatte tatsächlich auf den liegenden und weinenden Hans nochmals eingetreten. Nicht, um ihn zu verletzen, aber um ihn heftig und einprägsam zu demütigen. Irgendetwas war mit mir durchgegangen, das schockierte mich. Ich hoffte inständig, dass meine Eltern nicht davon erführen; und dass Hans vielleicht gar nicht gemerkt hatte, dass die Tritte, die auf ihn einprasselten, als er schon am Boden lag, zu einem Teil auch von mir – seinem besten Freund - gekommen waren. Aber dies war eine vergebliche Hoffnung. Hans hatte mich in einem Moment angeschaut, als ich ausholte und ihn in den Bauch trat. Diesen Blick, diesen Ausdruck in seinen Augen, würde ich nicht so schnell vergessen. Ich schauderte, bemerkte kaum, dass sich meine Freunde verabschiedeten und trottete nach Hause.

Abends am Tisch mit meinen beiden Schwestern Margarete und Katharina sowie meinen Eltern war das Thema der am morgigen Donnerstag bevorstehende Kampf von Max Schmeling gegen Joe Louis in New York. Ich konnte es wieder nicht lassen, scheinheilig zu fragen, ob denn Vater mal einen Kampf von Schmeling gesehen habe, und schon erzählte Vater begeistert von dem Kampf im August 1934 in Hamburg, in dem Schmeling Walter Neusel besiegt hatte. Während Mutter schmunzelte, traktierten Katharina und Margarete mich unter dem Tisch mit Tritten, während mein Vater schwadronierte, dass Neusel in der achten Runde habe aufgeben müssen und dass er selbst dabei gewesen wäre, bei dem größten Boxkampf der Geschichte. Vater kam mehr und mehr ins Schwärmen. Und wie so oft zuvor mussten wir uns berichten lassen, wie Rothenburg, der Box-Promoter, auf der Sandrennbahn östlich von Hagenbecks Tierpark den Kampf von Schmeling gegen Neusel organisiert und es geschafft hatte, mehr als 100.000 Zuschauer in diese beeindruckende und in wenigen Wochen errichtete Freiluftarena zu bekommen. So viele Menschen bei einem Boxkampf, das habe es noch nie gegeben. Vaters Augen strahlten, dann schüttelte er sich und wurde nachdenklich. Schmeling sei nun schon einunddreißig und der ‚Neger' sei ja erst dreiundzwanzig. Das könne kaum gut ausgehen, zumal die Ringrichter in den USA sicher im Zweifel für den sogenannten braunen Bomber stimmen würden. Es würde sicher ein spannender Kampf werden.

Ob ich den Kampf auch im Volksempfänger hören dürfe, fragte ich, schließlich seien schon fast Ferien.

Vater guckte mich nachdenklich über den Brillenrand hinweg an und sagte streng: „Mitten in der Nacht, auf keinen Fall!" Mutter nickte und fing an, abzuräumen.

Die Ansage meines Vaters bekümmerte mich nicht. Ich wusste, dass es ihm noch wichtiger war als mir selbst, dass wir gemeinsam den Boxkampf erlebten. Außerdem hatte sich der Bruder meiner Mutter, Onkel Paul, angesagt. Und wenn der kam, durften wir immer dabei sein. Nicht nur deshalb liebten wir Kinder ihn.

~

Ich hatte am nächsten Morgen kurz mit dem Gedanken gespielt, mich krank zu stellen, nur um der Begegnung mit Hans auszuweichen oder diese zumindest hinauszuzögern. Und ich fühlte mich tatsächlich hundeelend. Ich wusste, dass eine Entschuldigung fällig war. Natürlich hatte ich mich falsch verhalten. Das war aber nur die eine Seite der Medaille. Auf der anderen Seite war da mein Stolz. Ich meinte, schon die Bilder zu sehen, wie Hans sich suhlen würde, in dem Wissen, wie viel Überwindung es mich kosten würde, mich zu entschuldigen. Es würde eine demütigende Situation werden, weil Hans sicherlich nicht nachsichtig über das Verhalten seines Freundes hinwegsehen würde. Er würde seine Rache genießen wollen. Und ich konnte ihn sogar verstehen. Ich sollte das Gleiche spüren, was wir ihm angetan hatten. Eine Demütigung! Denn das Dramatische waren nicht die Schläge oder Tritte gewesen, sondern die Demütigung. Wenn schon ich damals Stolz empfand, dann war das im Verhältnis zu den Empfindungen von Hans kaum der Rede wert. Hans hatte einen Stolz, der mich genauso beeindruckte, wie ich ihn verabscheute, zumindest dann, wenn es in sein arrogantes Spötteln überging. Natürlich wusste ich, dass das eine seiner Verteidigungsstrategien war, mit der er bisher gut gefahren war. Aber es war auch dieser Blick gewesen, den ich in den Augen von Hans gesehen hatte, als ich zutrat. Noch am Boden liegend schaute er mit einer Mischung aus abfälliger Arroganz und Mitleid auf seinen charakterschwachen Freund.

Umso mehr ich darüber nachdachte, desto heftigere Bauchschmerzen hatte ich und konnte den psychischen Druck körperlich spüren. Ich wurde das Gefühl nicht los, dass ich mich nicht krank stellen musste, sondern es bereits war. Andererseits wollte ich mir diese Blöße, heute gar nicht aufzutauchen, noch weniger geben.

In der Schule angekommen, ignorierte mich Hans natürlich. Zu meinem Glück hatte ich damit gerechnet und bemerkte das sofort, bevor ich in eine peinliche Situation tappte. Wir gingen uns aus dem Weg. Zu meiner Verwunderung redete er im Laufe des Vormittags wie selbstverständlich mit Günther und Anton. Ich merkte, wie aus meiner Verwunderung Verärgerung wurde und schließlich in Wut umschlug. Damit hatte er sein Ziel schon erreicht. Das verstärkte meine Wut noch, weil ich wusste, was er bezweckte und mich dennoch gegen die aufkommende Wut nicht wehren konnte. Die Drei waren plötzlich die besten Freunde und - obwohl ich ihre Nähe mied - tauchten sie, wie von böser Hand geführt, immer wieder in meiner Reichweite auf. Ich kochte. Bei Gelegenheit folgte ich Anton auf die Toilette und fing wie beiläufig ein Gespräch an. „Mensch Anton, schon wieder vertragen mit Hans?"

„Nö, das war gar nicht nötig. Alles bereits vergessen", war die lapidare Antwort.

Ich war erstaunt und versuchte ein gelassenes „Aha".

Er ging zur Tür, drehte sich nochmal um und grinste: „Hans wusste, dass Du uns darauf ansprechen würdest. So ist er, der Hans. Ein gerissener Hund." Und weg war er.

In diesem Moment beschloss ich, mich nicht zu entschuldigen. Hans hatte es nicht verdient. Mir kamen die Tränen, aber ich kämpfte dagegen an und verschloss die Wut in mir.

Wie ich Hans in diesem Moment hasste, so kann man wohl nur jemanden hassen, den man wirklich mag. Ich war ratlos. In meinen Gefühlen herrschte Chaos. Sie wechselten zwischen Wut und Ohnmacht, Schmerz und Verzweiflung.

Vom Unterricht bekam ich nichts mehr mit, obwohl ich als erster im Klassenzimmer war und es als letzter verließ. Mit meinen Gedanken war ich weit weg. Den Weg nach Hause nahm ich im Sprint.

Und am späten Nachmittag kam die nächste Hiobsbotschaft. Der für den heutigen Donnerstag in New York angesetzte Kampf zwischen Louis und Schmeling wurde aufgrund des anhaltenden Regens um 24 Stunden verschoben. Ich war genervt. Ich hatte mich so auf den Kampf gefreut und jetzt sollte es nochmals 24 Stunden dauern. Das bedeutete eine echte Geduldsprobe!

Als ich in der Nacht von Freitag auf Samstag von Vater geweckt wurde, war ich sofort hellwach. Und freute mich, als ich Onkel Paul sah. Paul war in letzter Zeit seltener gekommen, und ich sprang gleich in seine offenen Arme. Ich liebte Paul, weil er immer Zeit für mich hatte und sogar mit uns tobte, wenn unsere Eltern es verboten hatten. Paul hatte einen Sohn, den ich beneidete, obwohl er fünf Jahre jünger war als ich, denn Paul war der perfekte Erwachsene für mich. Einer, mit dem man durch Dick und Dünn gehen konnte.

Vor Aufregung und aus dem Schlaf gerissen, hatte ich ganz vergessen, dass Paul zum Boxkampf zu uns kommen würde. Umso mehr freute ich mich und nahm gleich Boxposition ein, als mir Paul die Fäuste entgegenstreckte. Drei Schläge von mir und Paul ging stöhnend zu Boden. Mutter, die mit Getränken kam, lachte und sagte, Paul hätte Schauspieler werden sollen.

Wir versammelten uns um das Radio, das damals großspurig Volksempfänger hieß. Der Empfang des kleinen Bakelitgeräts war zwar durch kräftiges Rauschen eingeschränkt, aber die Spannung war im Tonfall des Reporters Arno Helmiss zu hören und übertrug sich in die Körper meiner konzentriert lauschenden Familie. Es war für Schmeling ein wichtiger Kampf. Dabei ging es in diesem Kampf nicht einmal um einen Titel, sondern darum, wer gegen den amtierenden Weltmeister würde antreten können. Aber es war seine Chance, auch international Anerkennung zu erlangen. Der acht Jahre jüngere Louis galt als unschlagbar, verfügte über mehr Schlagkraft, Schnelligkeit und war der bessere Techniker, aber noch kein Weltmeister. Dennoch würde es schwer werden für Schmeling.

Helmiss erklärte mit schnarrender Stimme aus dem New Yorker Yankee Stadion, dass Schmeling trotz der offensichtlichen Nachteile eine Chance für sich wittern würde, da er in einem Interview gesagt habe „I have seen something". „Was ist dieses Etwas?", fragte Helmiss. Was hatte Schmeling gesehen, als er sich mit seinem Trainer Max Machon wochenlang intensiv vorbereitet hatte?

Und dann ging es los und Louis übernahm die Initiative in dem auf fünfzehn Runden angesetzten Kampf. Mehrfach traf seine starke Linke den ‚schwarzen Ulan vom Rhein', wie Schmeling in den USA genannt wurde. Die 45.000 Zuschauer im Stadion jubelten. Was ist ein Ulan, fragte ich. Und Onkel Paul antwortete, nachdem Vater mit den Achseln gezuckt hatte, dass sei ein Kavallerist mit Lanze.

Vielleicht habe die Vorbereitung des braunen Bombers auf dem Golfplatz ja ausgereicht, um den bisher chancenlosen Schmeling zu besiegen, so monierte der schon fast mitleidende Reporter. Die ersten drei Runden gingen schließlich klar an Louis, der Schmeling scheinbar eher als Aufbaugegner gesehen hat, nachdem er alle seine 23 Kämpfe zuvor gewonnen hatte. Louis Linke landete in fröhlicher Regelmäßigkeit im Gesicht von Schmeling, der auffallend defensiv boxte.

„So ein fairer Sportler, der Max!", konstatierte Onkel Paul. Und so leise, dass er meinte, es würde nur seine Schwester hören, die auf der Lehne seines Sessels saß, und nicht die Kinder, die zu seinen Füssen kauerten, fügte er hinzu, „Vielleicht ganz gut, wenn er nicht gewinnt! Sonst benutzen ‚die' ihn nur für ihre Zwecke."

„Was meinst Du damit jetzt schon wieder?", fragte Vater, aber Mutter ging dazwischen, bevor Paul antworten konnte, und schimpfte, dass sie jetzt den Boxkampf hören wolle.

Von diesen ‚die' war häufiger die Rede bei den Erwachsenen. Vor einem Jahr hatte ich Vater schließlich einmal gefragt, wer denn ‚die' seien, die auch Onkel Paul so oft erwähne, da ich das Gefühl hatte, ‚die' machen doch einiges falsch und ‚die' seien vielleicht sogar Räuber oder andere böse Menschen. Vater hatte nur gesagt, das sei ein geflügeltes Wort, häufig genutzt, wenn man nicht wisse, wer genau hinter einer Tat steckt. In dem Moment hatte ich mich gewundert, wieso ein Wort Flügel haben könne, mich aber entschieden, das beim nächsten Mal herauszufinden.

Nur eine Woche später hatte ich wieder einmal verbotenerweise das Fahrrad meines Vaters genutzt und auf seine Frage, ob ich wisse, wer das gewesen sei, hatte ich gesagt, das seien sicher ‚die' gewesen. Erst hatte Vater gelacht und über meinen Kopf gestreichelt, was er gerne machte, wenn er stolz war auf seinen Sohn. Aber dann hatte sich sein Gesichtsausdruck plötzlich verändert und er hatte gesagt, Kinder dürften das nicht sagen. Ich solle ihm versprechen, dass ich das nicht mehr sagen würde. Weil er plötzlich so ernst und ängstlich aussah, versprach ich es ihm. Aber mir gefiel die Vorstellung immer noch, dass ‚die‘ eigentlich an allem schuld sein könnten und ich überlegte auch, wie ich Hans beibringen könnte, dass ‚die‘ ihn ja schließlich getreten hätten.

Helmiss riss mich aus meinen Gedanken, als er zum Beginn der vierten Runde versuchte, zu verstehen, warum Schmeling seine gefürchtete Rechte ständig hinter seinem linken Jab versteckte. Plötzlich war Ruhe und man hörte nur das gleichmäßige Rauschen der Übertragung. Alle horchten in einem kurzen Schreckmoment auf in der Ahnung, dass der Empfang gestört sein könnte, aber Helmiss war offensichtlich nur kurz die Stimme weggeblieben. Schon war er wieder da und frohlockte, dass, als Louis nach einem Jab seine Linke hängen ließ, Schmeling plötzlich seine Rechte an den Kopf des ‚Negers‘ schlug. „Ja, das ist tatsächlich eine Schwachstelle des Amerikaners“, freute sich der Reporter, „er lässt häufig die Linke hängen.“ Und Helmiss zitierte „seen something“. Das hatten sie also gesehen, der Max und sein Trainer. Dafür wochenlang Filmausschnitte angeschaut. Wenn er das weiter beherzigen würde, hatte er vielleicht doch eine Chance. Und dieser Satz „I have seen something“, der alles und nichts sagt, sollte dann auch später im Boxsport zu einem geflügelten Wort werden.

Wann ist man eigentlich ein Neger, fragte meine kleinere Schwester Margarete.

Paul grinste, „Gute Frage“, sagte er, „wenn es nach der Herrenrasse geht, ist das der Ausdruck für einen negriden Zweig der Menschenrassen.“

Mutter sagte ängstlich: „Ach Paul! Lass das doch.“ Und zu Margarete gewandt, „Das ist ein Mensch mit schwarzer

22

Hautfarbe und das kommt aus dem Lateinischen, mein Schatz."

Mir gefiel die Erklärung von Paul besser und ich frohlockte: „Bin ich auch die Herrenrasse?"

Es war kurz Stille im Raum, bis Paul leise – fast ohne Stimme, aber doch hörbar „ja" sagte.

Mir lief es kalt den Rücken runter. Irgendwie hatte ich das Gefühl, dass ich nicht stolz darauf sein könnte, ich mich vielmehr dafür schämen müsste oder gar Angst davor haben sollte. Das war nicht logisch, aber ich wollte einen besseren Moment abwarten, um das herauszufinden.

„Der Neger wird nun aber kräftig durchgeschüttelt!", berichtete Helmiss. „Der Max setzt nach und Joe Louis scheint beeindruckt, während ihn weitere Schläge treffen. Und nun liegt er. Das erste Mal geht der ‚braune Bomber' zu Boden, das erste Mal in seiner Profi-Karriere."

Schnell erholte sich Louis von dem Niederschlag, „doch nun ist unser Schmeling am Ruder. Er setzt Akzent für Akzent und insbesondere die klareren ‚Treffer'" so fasste Helmiss die ersten elf Runden zusammen und führte weiter aus: „Glänzend hat der Max sich gegen den nun, ja ich möchte sagen, mehr und mehr hilf- und konzeptlos agierenden US-Amerikaner behauptet. Und immer wieder nutzt der Max dessen offensichtliche Schwachstelle und punktet mit starken Rechten und deckt den Zweiundzwanzigjährigen mit Schlägen ein."

Zwischenzeitlich war auch Euphorie vor dem Volksempfänger zu spüren. Selbst der skeptische Paul hatte glänzende Augen und auch Katharina, meine ältere Schwester, die zunächst zu schlafen schien, dann mit betonter Langeweile zuschaute und schließlich mit strahlend feuchten Augen das kleine unscheinbare Empfangsgerät fast anhimmelte.

Wir hatten alle das Gefühl, dabei zu sein. Noch heute sehe ich Bilder vom Kampf, obwohl ich die Bilder des Kampfes niemals gesehen habe. Sie wurden ja schon wenige Wochen später in den Kinos gezeigt, als ‚Beweis für die Überlegenheit der arischen Rasse' unter dem Titel "Max Schmelings Sieg – ein deutscher Sieg". Und dennoch ‚sehe' ich heute noch, wie Max Schmeling sofort nach Ertönen des Gongs zur zwölften Runde als Erster in der Ringmitte ist. Schon das ist eine beeindruckende Demonstration seiner Entschlossenheit und wie Helmiss es ausdrückte, „von deutschem Siegeswillen". Und es war keineswegs nur Show, Schmeling wollte es wissen. Helmiss Stimme überschlug sich nun. „Mit einer tollen Rechten trifft Max den Neger und ohh…! Und er lässt dieser gleich einen linken Uppercut folgen. Der Neger ist empfindlich getroffen!" Und wirklich drängte Schmeling den schwankenden und sichtlich angeschlagenen Amerikaner in die Ringseile. Der versuchte es zunächst mit Halten, wurde dann aber vom nachsetzenden Schmeling durch den Ring getrieben.

Überrascht über den ausgeteilten Schlaghagel, den Louis nun über sich ergehen lassen musste, wirkte er mehr und mehr wehrlos. Dann stellte sich Schmeling den inzwischen fast ohne Defensive boxenden Amerikaner zurecht und traf ihn mit seiner heftigen Rechten am Kinn.

Mit dem furios aufdrehenden Schmeling wurden auch die Kommentare von Arno Helmiss immer aggressiver und schließlich kam es in der zwölften von fünfzehn Runden zum Knockout: "Da kommt die Rechte wieder und wieder eine Rechte und noch eine. Max schlägt dem Neger vorzeitig die

Seele aus dem Leibe, der Neger geht zurück, wackelt, kann nicht mehr. Schmeling hat ihn zu Boden geschlagen. Aus!"

Später schilderte Schmeling den entscheidenden Moment so, dass Louis sich um seine Achse gedreht habe, sei an den Seilen in die Knie gestürzt und habe noch versucht, sich an ihnen emporzuziehen, sein Körper sei aber in sich zusammengebrochen.

Ringrichter Arthur Donovan zählte Louis an, doch der gestürzte Favorit kam nicht mehr auf die Beine. Spektakulär hatte Louis seinen Nimbus der Unbesiegbarkeit verloren. Nach exakt 2:29 Minuten der zwölften Runde war eine der größten Sensationen in der Geschichte des Sports perfekt.

Vergessen waren alle Unkenrufe von Onkel Paul und wir freuten uns für Schmeling und über diesen unerwarteten Sieg. Wir stießen mehrfach auf den Sieger an und auch wir Kinder durften die Gläser erheben, wobei zumindest Margarete und ich keinen Alkohol erhielten. Bei Katharina war ich mir nicht sicher, da sie später so merkwürdig kicherte. Paul meinte irgendwann, wir sollten auch auf Walter anstoßen, ohne den das alles nicht möglich gewesen wäre. Er meinte Walter Rothenburg, der für einen Kampf Schmelings gegen den Amerikaner Steve Hamas die Hanseatenhalle in Hamburg-Rothenburgsort bauen ließ. Es war die größte Sporthalle der Welt; sie bot 25.000 Menschen Platz, der Madison-Square-Garden dagegen nur 20.000. Der in dieser Halle von Schmeling errungene Sieg gegen Hamas ermöglichte Schmeling, wieder in Amerika als Boxer Fuß zu fassen und damit an diesem denkwürdigen, heutigen Tage gegen Joe Louis anzutreten. Rothenburg hatte diesen Toast in jedem Fall verdient, und es war auch irgendwie ein Toast auf unsere gemeinsame Heimat Hamburg.

Für mich wurde es auch deswegen ein so wichtiges Ereignis, weil es das letzte Mal war, dass ich Paul lachend sah. Dabei war er immer ein so fröhlicher und lustiger Mensch gewesen.

Als ich einschlief, hatte ich das Gefühl, selbst den WM-Titel geholt zu haben, obwohl es in dem Kampf nicht um irgendeinen Titel gegangen war. Ich hielt ihn hoch, den Gürtel, und zeigte ihn dem rasenden Publikum….

~

Als ich Hans am Montagnachmittag zum Boxtraining abholte, war unser einziges Thema Schmelings grandioser Kampf. Wir waren so beseelt von seinem Sieg, dass wir beide den Vorfall von letztem Mittwoch für den Moment zwar nicht vergessen hatten, aber unausgesprochen hinten anstellten, da es wichtigeres zu besprechen gab. Wir schwelgten in Erinnerungen vom letzten Freitag und tauschten unsere Erkenntnisse aus.

Der ganze Boxstall wirkte wie euphorisiert. Alle gingen mit noch mehr Ehrgeiz in ihr Training.

Als ich meine Aufwärmübungen fast hinter mich gebracht hatte und bei den letzten Liegestützen war, flogen mir plötzlich zwei Handschuhe an den Kopf. Ich schrie erschrocken auf und drehte mich um.

Hans stand in seinen Boxsachen vor mir. „Kannst Du auch fair kämpfen?", fragte er mich.

Ich nickte beschämt und zog die Handschuhe an.

Wir kannten uns ja nicht nur seit Jahren, sondern boxten auch seit fast zwei Jahren zusammen. Wir kannten daher unsere Stärken und natürlich unsere vielen Schwächen besser als jeder andere. Ich war zwar größer und stärker als Hans, aber er war sehr schnell und zäh - ein unangenehmer Gegner.

Zunächst interessierte es niemanden, dass der nun beginnende Boxkampf von zwei Neunjährigen über ein normales Training hinausging. Aber als ich einen unerwarteten linken Ausleger des Rechtshänders Hans abbekam und kurz zu Boden ging, hörten die ersten auf zu trainieren und schauten uns zu.

Bisher hatte ich eher defensiv geboxt, aber nun hatte Hans seine Revanche bekommen und damit war es meiner Ansicht nach gut! Ich hatte auch Angst, was ich natürlich nicht zugegeben hätte. Angst, noch einen Schlag zu kassieren und mir wirklich weh zu tun, aber auch, dass ich Hans zu heftig erwischen würde.

„Es reicht, oder?", fragte ich daher, als ich wieder stand. Ich brauchte Hans nur anzusehen, um zu wissen, dass es keineswegs reichte.

„Hast Du genug? Oder nur Angst?", er wusste, wie er mich überzeugen konnte.

Schnell war ich wieder auf den Beinen und dann ging es richtig los. Wir schienen beide wie entfesselt. Wir spürten keine Angst, aber auch keine Schmerzen und prügelten aufeinander ein – wie besessen. Ich habe keine Erinnerung daran, ob es Sekunden oder Minuten waren, ich weiß auch nicht, ob ich mehr einsteckte oder austeilte. Plötzlich packten mich jedenfalls zwei Arme eines Erwachsenen und stießen mich in die Seile. Als ich wieder in Richtung Hans wollte, drang nun auch die Stimme unseres Trainers Woltmann zu mir durch.

„Martensen!", schrie er, „noch einen Schlag und Du bist raus hier? Wir machen hier Sport und tragen keine Prügeleien aus! Für Dich gilt das Gleiche, Cohn!" Er zeigte mit dem Zeigefinger auf Hans.

Wir guckten uns an, und erst jetzt bemerkten wir, dass außer uns und dem Trainer noch drei weitere junge Männer im Ring standen, die uns getrennt hatten. Als wir uns wieder ansahen und die Situation begriffen, dass wir wie zwei wilde Stiere aufeinander losgegangen waren und es offensichtlich vier kräftige Männer gebraucht hatte, uns zu trennen, mussten wir beide plötzlich lachen.

„Seid Ihr völlig durchgedreht?", schrie Woltmann. „Zieht Euch um und kommt erst wieder, wenn Ihr Euch bei mir entschuldigen wollt."

Schnell rafften wir unsere Sachen zusammen. Wir mussten allerdings in unterschiedliche Umkleidekabinen, da gemeinsames Umziehen mit Juden bereits seit fast einem Jahr nicht mehr erlaubt war. Ich wollte gerade raus, als einer der Jugendlichen, den ich sonst nur in der HJ-Uniform kannte, zu mir sagte, so dass es Hans, der draußen bereits auf mich wartete, aber hören konnte: „Mensch Helmut, lässt Dich von einem Juden umhauen? So werden wir die nie los."

Ich antwortete nicht, holte Hans ein und wir gingen eine Weile schweigend nebeneinander her. Irgendwann hielt ich die Stille nicht mehr aus und sagte: „Ich habe mich nur umhauen lassen, um zu zeigen, dass ich Dich nicht loswerden will. Sonst, mein Freund…" und ich nahm ihn in den Schwitzkasten und rieb ihm mit den Fingerkuppen über den Scheitel „wärst Du nicht so glimpflich davon gekommen."

Wir stießen uns ein paar Mal hin und her und lachten. Wir hatten uns wieder vertragen. Es war zwischen uns alles wieder in Ordnung, ohne ein Wort über den Anlass für die Schlägerei beim Training zu verlieren. Ohne eine Kritik von Hans an meinem feigen Tritt, ohne eine Kritik von mir an seinen Provokationen. Wir kannten unsere Fehler und wussten, dass wir uns falsch verhalten hatten. Wir wussten aber insbesondere, dass wir die besten Freunde waren. Und das war so viel mehr wert als alles andere. Dafür würden wir uns unsere Schwächen verzeihen. Ich war selten in meinem Leben so glücklich und fühlte so viel Leben in mir wie in diesem Moment und wie in der Freundschaft zu Hans. Er war wie ein Bruder, den ich nicht hatte. Er war mein alter ego. Wir verstanden uns ohne Worte.

Odiham, 1941

Tony Hill schaute der Blonden in die Augen. Sie entsprach hundertprozentig seinem Beuteschema. Sie sah nicht besonders intelligent aus, verfügte aber über zwei andere überzeugende Argumente. Er lag unter ihr und das blonde Luder hatte sich gerade über ihn gelehnt und ihm irgendwas Versautes ins Ohr gehaucht. Er betrachtete ihre Titten, die er auf BH Größe D schätzte und gerade als er überlegte, ob es überhaupt E gab oder bei DD Schluss war, umschlossen seine Hände wie ein Automatismus die in Reichweite baumelnden Glocken, als es klingelte. Erstaunt ließ er los und als er wieder zugriff, klingelte es erneut. Er wurde stutzig, überlegte kurz, ob er nicht über Glocken nachdenken dürfe, als es erneut klingelte auch ohne seinen Zugriff. Er begriff, dass der Zusammenhang zufällig war und der erneute Klingelton, der nun lauter wurde, weckte ihn schließlich auf.

Er schlurfte zum Telefon in den Flur, ließ sich auf den Holzstuhl fallen, griff zum Hörer und grunzte ein verschlafenes Hallo hinein.

Er lauschte kurz, zog einmal kurz den Rotz hoch und sagte: „Ja, ja, Jones, hier spricht Hill. Was wollen Sie denn schon wieder? Hmm, hmm, okay, ich kann heute noch Ihre Fotos machen. Schicken Sie mir den ganzen Schmodder zum Hangar, ich bin in zwei Stunden dort und nehme die Spit. Die ist schön wendig, damit komme ich nah genug dran. Dann haben Sie heute Abend, was sie brauchen."

Tony Hill war Flight Lieutenant der Royal Air Force und nach der gewonnenen Schlacht um England Anfang des

Jahres in die No. 1 Photographic Reconnaissance Unit, kurz 1PRU, gewechselt. Die Aufgabe seiner Einheit war, wie der Name schon sagte, Aufklärung mit Flugzeugen, die jeweils mit zwei Williamson F24 Kameras in den beiden Seitenwänden des Rumpfes ausgerüstet waren.

Hill legte auf und rieb sich mit beiden Händen das Gesicht. Es war Montagmorgen und der dritte Advent war vorbei. Zum Glück. Er verzog das Gesicht. Er hasste Weihnachten und sein Bezug zu Adventssonntagen war in etwa so wie der Bezug vom Papst zu seinem Traum, dem er noch kurz nachtrauerte. Dann sprang er auf und machte seine einhundert Liegestütze wie jeden Morgen.

Keine neunzig Minuten später erreichte er auf seinem Motorrad, einer sieben Jahre alten Triumph Speed Twin, das Flugfeld der RAF Station Benson bei Odiham in der Grafschaft Oxfordshire. Er hatte sein Kommen avisiert, so dass seine ‚Spit' bereits flugfertig sein müsste.

Die von ihm kurz ‚Spit' genannte Maschine war eine Supermarine Spitfire, die nicht nur er wegen ihrer erstaunlichen Wendigkeit liebte. Dennoch spürte er kurz vor Erreichen seines Flugzeuges nicht mehr die Vorfreude auf den Flug, wie er das früher empfunden hatte, sondern der Schweiß trat ihm aus den Poren und er hatte Atembeschwerden. Zu frisch waren die Erinnerungen an die Luftkämpfe, die er sich in seiner damaligen Spitfire gemeinsam mit den Kameraden in den Hawker Hurricanes gegen die deutschen Messerschmidt BF 109 und die Junkers, Heinkels und Dorniers, wie die deutschen Bomber hießen, geliefert hatte. Er schüttelte die Erinnerungen ab und fuhr an die Schranke. Der wachhabende Soldat erkannte ihn, auch wenn sich Hill nicht an ihn erinnerte, aber sein Gedächtnis für Gesichter war nicht außerordentlich ausgeprägt. Er salutierte höflich zurück und fuhr durch die geöffnete Schranke zum Hangar 8. Als er von seiner recht betagten Triumph stieg, erblickte er seine Spitfire und stellte zufrieden fest, dass sie abflugbereit war. Er ging in das kleine Büro und sah, dass ein Mann dort seine Hände in der Kaffeemaschine hatte, die offensichtlich wieder nicht das tat, was von ihr erwartet wurde.

Er erkannte seinen Chief Technician und fragte ihn mit einem Nicken zu der offensichtlich störrischen Kaffeemaschine: „Fliegt das Ding, wenn Du fertig bist?"

„Hill", grinste Chief Technician Hardy, „Klar, nicht nur fliegen kann sie dann, sondern vermutlich auch besser landen als Du! Wieso bist Du schon da? Das dürfte Rekordzeit sein? Hast Du wieder ununterbrochen die 90 Meilen aus den 27 PS rausgeholt."

Hill grinste: „Ja, und gelandet habe ich das Ding auch, obwohl die Spurweite der guten alten Triumph noch enger ist, als bei der verdammten Spit."

Chief Technician Hardy überhörte diese Spitze gegenüber ‚seiner Spiti', wie er sie liebevoll nannte. Doch diese Kritik an der Spitfire war berechtigt, denn ihre enge Spurweite führte immer wieder zu Unfällen. Hardy wechselte das Thema: „Ein Laufbursche von Jones war hier und hat den Umschlag dort für Dich abgegeben."

Hill nickte, öffnete das Dokument und holte Kartenmaterial und Fotos raus. „Wann kann ich starten?", fragte er geistesabwesend.

„Vor 10 Minuten", sagte Hardy und freute sich über das Getöse der nun laufenden Kaffeemaschine.

Als Hill in der Luft in Richtung Portsmouth war, dachte er über die ihm gestellte Aufgabe nach. Professor Dr. Reginald Victor Jones aus dem Forschungszentrum des britischen Luftfahrtministeriums hatte ihn bereits mehrfach beauftragt, Aufnahmen an der Nordfranzösischen Küste zu machen. Jones war begeistert von Hill, der es immer wieder schaffte, sehr nah an die ausgewählten Ziele heranzukommen. Und auch Hill konnte Jones gut leiden. Er hielt Jones für den intelligentesten Menschen, den er kannte, der zudem bereits für den bisherigen Kriegsverlauf einen vielleicht entscheidenden Einfluss gehabt hatte. Dabei war Jones ihm gegenüber niemals arrogant aufgetreten. Im Gegenteil, auch Jones respektierte Hill als einen Spezialisten seines Faches. Jones hatte ihm auch das Luftfahrt-Forschungszentrum in Farnborough gezeigt, das keine zwölf Meilen von Odiham entfernt war, und ihm erklärt, wie wichtig ihre gemeinsame Aufgabe sei. Dort hatte Hill interessante Details über Chain Home und Chain Home Low erfahren. So hieß die Kette aus Radarstellungen, die den gesamten Luftraum über der Ostküste Englands überwachte. Ohne Chain Home hätten sie den Angriffen der deutschen Luftwaffe wohl nicht standhalten können.

Chain Home arbeitete mit Wellenlängen von 10 bis 13,5 Metern und hatte eine Reichweite von 200 Kilometern. Um auch tieffliegende Flugzeuge zu erfassen, wurde Chain Home Low installiert, das auf einer Frequenz von 1,5 Metern, also mit sehr viel kürzeren Wellenlängen arbeitete. Es erreichte zwar nur eine Reichweite von 80 Kilometern, aber innerhalb dieser Strecke war es möglich, sogar ein einzelnes Flugzeug anzumessen und so für eine Flugabwehrkanone zielfähig zu machen. Hill war beeindruckt, zumal ihm dadurch in Erinnerung gerufen wurde, wie entscheidend diese Verteidigungskette für die Schlacht um England gewesen war. So wurden alle angreifenden Flugzeuge der Deutschen erfasst und die englischen Jäger konnten effizient und zielgenau eingesetzt werden: Dadurch verlor die bisher so erfolgreiche deutsche Luftwaffe über die Hälfte ihrer 3000 eingesetzten Flugzeuge und konnte weder das RAF Fighter Command zerstören noch das ‚Unternehmen Seelöwe‘, nämlich die Invasion Englands vorbereiten. Denn es war zu keinem Zeitpunkt gelungen, eine deutsche Luftüberlegenheit zu erringen oder gar zu halten.

Es war klar, dass die Deutschen an ihren Küsten und an der Küste des besetzten Frankreichs ähnliche Verteidigungslinien aufgebaut hatte. Die Frage war, wo die dazu gehörenden Geräte stationiert waren und wie sie funktionierten.

Nach fast 80 Minuten Flug sah Hill die Nordfranzösische Küste und änderte seinen Kurs aus Norden kommend von Kurs Süd in südöstliche Richtung. Als er sich den Zielkoordinaten näherte, ging er auf unter 3.000 Meter und flog die Küste im 90 Grad Winkel von Nordwesten aus an. Zwischenzeitlich flog er in einer Höhe von unter 200 Metern und so nah über den Wellen des Ärmelkanals, dass er darüber nachdachte, was wohl passieren würde, wenn zufällig ein deutsches Patrouillenboot seine Route kreuzen würde.

Er sah die Küste und bewegte seinen Finger auf den Auslöser seiner Kameras mit der 20 cm Brennweite. Die Schrägsichtkameras an den Seitenwänden des Rumpfes konnten nur gute Bilder erzielen, wenn er sein Ziel auf 90 Grad zu seiner Flugrichtung positionierte. Und ‚positionieren‘ mit einem Flugzeug, das in 90 Meter Höhe mit 560 Stundenkilometern an einem Ziel vorbeirast, war ähnlich anspruchsvoll, wie ein scharfes Bild eines Kolibris zu schießen. Voraussichtlich war das Ziel zudem durch eine Flak, Maschinengewehre und andere Abwehrmaßnahmen gesichert. Er erreichte nun eine

Höhe von 40 Meter über dem Meeresspiegel und damit in etwa das Niveau der Steilküste. Wenige Meter vor der Steilküste zog er die Spit vorsichtig 50 Meter nach oben und hielt den Auslöser gedrückt, so dass die beiden Kameras auf der gesamten Strecke von 300 Metern, nämlich dem Abstand zwischen Steilküste und dem Zielobjekt, mehrere Fotos schossen.

Er sah kurz das Objekt der Begierde beziehungsweise seines Auftrages, das wie eine Pfanne oder eine Heizsonne aussah. Schon hörte er das ihm so bekannte wie verhasste Geräusch: Tak Tak Tak! Er stand unter Beschuss. Sofort drehte er mit einer scharfen Wendung nach Nordosten ab. Nachdem er zehn Meilen über dem Meer war, flog er eine zweite Linkskurve und sein Ziel erneut an. Dieses Mal näherte er sich von Westen und war ca. 100 Meter über dem Objekt. Jetzt hatten sie ihn natürlich erwartet und sicher mindestens ein Flugabwehr Maschinengewehr auf ihn angesetzt. Tak Tak Tak! Er schloss die Augen und betete. Die Kamera, die er parallel wie in Trance auslöste, hielt fest, was er nicht sehen wollte. Aber er hatte Glück. Durch den Anflug unterhalb der Felsen und die kurze Strecke bis er wieder abdrehte, wurde seine Maschine – anders als bei früheren Einsätzen – nicht getroffen. Er wendete die Spit nach Westen und ging schnell auf Höhe. Innerhalb von wenigen Minuten war er über 7.000 Meter.

Tony Hill beruhigte seine Atmung und legte seine noch zitternde Hand auf den Hebel zum Öffnen der Leitung des Tanks mit den zusätzlichen 110 Litern, den alle Spitfires bei der 1PRU erhalten hatten, um die Aufklärungsreichweite zu erhöhen. Er beschloss, die Heimreise nach Odiham zu genießen. An welchen one night stand erinnerte ihn nur die Blondine aus seinem Traum? Er kam nicht darauf. Erneut ließ ihn sein Gedächtnis für Gesichter im Stich.

Kiel, 1936

Kühnholds Abteilung in der Nachrichten-Versuchsanstalt der Kriegsmarine in Kiel war im Morgengrauen spärlich erhellt. Nur der Fernmeldeingenieur Emil Grau arbeitete bereits um diese Tageszeit. Er konnte nicht schlafen. Sie waren so nah dran. Bereits vor zwei Jahren hatten sie in der Kieler Förde einen ersten Versuch mit einem so genannten Funkmessgerät durchgeführt. Sie wollten beweisen, dass es ihnen gelingen würde, mit elektromagnetischen Wellen ein Schiff anzupeilen und zu orten. Der wissenschaftliche Leiter ihrer Abteilung, Dr. Rudolf Kühnhold, forschte seit über sieben Jahren an diesem Verfahren. 1931 hatte er das Patent angemeldet, das es ermöglichte, getauchte U-Boote mit Schallortung zu finden. Dieses Verfahren ist heute unter dem Begriff Sound Navigation and Ranging, kurz Sonar bekannt. Erst dann kam er auf die Idee elektromagnetische Wellen zur Ortung zu verwenden. Grau war jetzt 28 Jahre alt und war vor zwei Jahren dazu gestoßen. Kurz vor dem Test in der Kieler Förde. Er hatte sofort Feuer gefangen.

Grau hatte sich in der Abschlussarbeit seines Physikstudiums mit dem Spektrum von elektromagnetischen Wellen befasst. Er wurde dann in Berlin von der Gesellschaft für Elektroakustische und Mechanische Apparate, kurz genannt GEMA, angesprochen. Damals, 1934, als Grau noch ein Grünschnabel von der Uni war, gelang es Kühnhold, das 120 Meter lange Linienschiff ‚Hessen' aus 600 Metern anzupeilen. Wenig später gelang seiner Abteilung der gleiche Erfolg sogar aus einer Entfernung von zwei Kilometern mit einem Zielschiff, das nur unwesentlich länger war.

Im September des letzten Jahres hatten sie ein Funkmess-gerät einigen hohen Offizieren der Kriegsmarine vorgeführt. Es sendete elektromagnetische Wellen aus und empfing die dadurch entstehenden Echowellen. Jetzt gelang mit 800 Watt Sendeleistung die Ortung eines anderen Schiffs schon in einer Entfernung von 12 Kilometern. Aus der Laufzeit eines einzelnen Impulses vom Sender zum Schiff und zurück zum Empfänger errechnete man die Entfernung zwischen den beiden Punkten.

Der Erfolg hatte sogar Kühnhold überrascht. Sofort wurden seiner GEMA zusätzliche Mittel zur Verfügung gestellt. Weiterhin wurde beschlossen, dass ihre Forschungsarbeiten zur Luft- und Seeaufklärung nicht mehr als Funkmessung sondern als Dezimeter-Telegraphie bezeichnet werden solle, um die Geheimhaltung zu wahren. Das Testgerät sendete mit einer Leistung von 40 Watt bei einer Wellenlänge von 48 cm. Es ging nun darum, die Impulsleistung so stark zu erhöhen, um auch die Reichweite entsprechend zu verlängern. Dabei änderten sich aber auch die Wellenlängen.

Grau testete zurzeit mit einer Wellenlänge von über zwei Metern bei einem Impuls von fast 20 KW, also 20.000 Watt. Das Problem war, dass mit einer höheren Wellenlänge auch die Auflösung geringer wurde und somit kleinere Objekte nicht mehr zu erkennen waren.

Positiv war, dass die äußerst kurze Impulsdauer eine Ortung des Gerätes durch mögliche Gegner sehr schwer machen würde. Sie experimentierten mit einer Dauer von drei Mikrosekunden. Grau empfand seine Arbeit manchmal wie Zauberei. Daher hatte er auch vorgeschlagen, das Gerät, das sie versuchten, zu entwickeln, Freya zu nennen. Graus Schwester studierte Germanistik und hatte ihm von der nordischen Göttin Freya erzählt. Sie war die Göttin der Liebe und des Zaubers und hatte lange traurig ihren verlorenen Liebhaber Odin gesucht. Er erinnerte sich nicht, ob sie ihn gefunden hatte, aber dass das Wort Frau und nicht der Freitag von ihr abgeleitet war. Der Sage nach konnte sie nachts sehen. Somit war Freya ein trefflicher Name für ein Gerät, das Objekte orten sollte und außerhalb der Impulsdauer so schwer aufzufinden war, wie eine Zauberin oder wie eine passende Frau. Grau musste grinsen. Er sah gut aus und hatte eine erstaunliche Wirkung auf Frauen, insb. in seiner braunen Leutnantsuniform der Luftnachrichtentruppe, aber er wäre ebenso wie Freya lieber auf die Suche nach Odin gegangen. Dieses Geheimnis hatte er nicht einmal seiner Schwester verraten. Seine sexuelle Orientierung war in diesen Zeiten in Deutschland lebensgefährlich.

Er schaute auf die Uhr und stellte seine Berechnungen ein. Jeden Moment würde der Physiker von Siemens & Halske kommen. Auch Siemens war parallel bei der Entwicklung eines eigenen Gerätes, das nach seiner Kenntnis ‚Flensburg‘ genannt wurde. Siemens & Halske war mit über 150.000 Angestellten der größte Elektronikkonzern der Welt. Insofern war Grau sehr gespannt auf den Austausch.

Der Physiker, der ihn heute von Siemens & Halske besuchte, hieß Hans Ferdinand Meyer. Er war mit dem Zug angereist und gut eine halbe Stunde zu früh angekommen. Das war ganz unüblich für die Reichsbahn, dachte Grau, aber es stellte sich dann heraus, dass nicht die Bahn zu früh war, sondern Meyer wohl eine Bahn früher genommen hatte, um pünktlich zu sein. Grau holte ihn am Empfang ab und musterte ihn neugierig. Immerhin hatte Meyer schon diverse Patente angemeldet und war kein unbeschriebenes Blatt in der Nachrichtentechnik. Er war Anfang Vierzig und sah so aus, wie man sich einen Wissenschaftler vorstellt. Er war blass, wirkte leicht linkisch, unsportlich und guckte Grau nicht in die Augen. Er wirkte aber nicht schüchtern und sehr klar in seinen Gedanken.

„Dann schauen wir mal, ob wir auf der gleichen Wellenlänge sind, oder?", fing Meyer das Gespräch an.

Und Grau gab lachend zurück „Das kommt darauf an, ob Sie auf der gleichen Frequenz funken."

Meyer berichtete sehr genau von den Forschungen und Aktivitäten seines Berliner Zentrallaboratoriums, das er gerade im April übernommen hatte.

Dabei erzählte er über die Vor- und Nachteile unterschiedlicher Wellenlängen. Während Grau und die Nachrichtenversuchsanstalt zurzeit mit größeren Wellenlängen Versuche machten, probierte Meyer im Zentimeterbereich. Jedoch ließen sich Wellenlängen von 50cm und 600 MHz kaum beherrschen, da die Leistungsfähigkeit zur Erzeugung des Sendeimpulses nicht ausreichte.

Grau erklärte, dass für die Kriegsmarine der Entwicklungsschwerpunkt die Entfernungsmessung sei, während die Luftwaffe, die bereits Interesse an diesem Verfahren signalisiert habe, die Erfassung von Zielen auch bei Nacht und schlechtem Wetter als entscheidend ansehe. Insofern könnten auch unterschiedliche Ansätze durchaus relevant und befruchtend sein.

Meyer nahm das interessiert zur Kenntnis, denn er war von Siemens & Halske zu der hauseigenen und gemeinsam mit der AEG gegründeten Tochter, der Gesellschaft für drahtlose Telegraphie - auch kurz Telefunken genannt – abgestellt, um die Entwicklungsarbeiten zu koordinieren.

Die beiden Männer, die sich von Beginn an sympathisch waren, tauschten sich offen über ihre jeweiligen Entwicklungserfolge aus. Das war zwar der Sinn des Gesprächs, aber dennoch in doppelter Hinsicht bemerkenswert, da Wissenschaftler ungern ihre Erkenntnisse vor eigenen Patentanmeldungen preisgeben und beide von Seiten der jeweiligen Hausleitung auf absolute Geheimhaltung geeicht waren.

Sie kamen überein, dass zwar zurzeit weder Genauigkeit noch Reichweite ausreichend waren, um eine für Marine oder Luftwaffe taugliche Einsatzfähigkeit zu erlangen, aber dass es eine Frage von Monaten war, bis man so weit sei, insbesondere wenn man sich gegenseitig auf dem Laufenden hielt und die Erkenntnisse austauschte.

Beide waren sich darüber hinaus einig, dass die Lektüre der internationalen wissenschaftlichen Veröffentlichungen und Patentanmeldungen darauf schließen ließ, dass die Engländer in der Entwicklung nicht ansatzweise so weit waren, wie sie selbst, wenn sie überhaupt schon die Relevanz erkannt hätten.

Sie hatten das ganze Gespräch über von Funkmessung oder Funktastsinn gesprochen, da sie sich mit dem offiziellen Tarnnamen Dezimeter Telegraphie schwer taten.

Zum Ende ihres Gesprächs fiel Grau ein, dass in dem zweiten Band des vielbeachteten Werks von Hans Hollmann über Mikrowellen, das im Vorjahr veröffentlicht worden war, Details zur Echozeitmessung mit einer Kathodenstrahlröhre nicht veröffentlicht worden waren, da die Marine das untersagt hatte. Die Formeln hierzu waren auch Meyer neu, der sie dankend entgegennahm.

Meyer überlegte laut, ob auch die Engländer Veröffent-lichungen untersagten und damit vielleicht in der Forschung weiter waren, als sie beide glaubten. Möglich war es, aber für wahrscheinlich hielten sie es nicht.

Sie gingen noch gemeinsam zum Mittagessen in die Kantine und waren sich auch über die schlechte Qualität des dortigen Essens einig. Schließlich verständigten sie sich darauf, sich regelmäßig auf dem Laufenden zu halten, dann verabschiedeten sie sich.

Meyer sagte im Hinausgehen, er hoffe, dass diese so wichtige Technik gegen die richtigen Gegner eingesetzt würde.

Grau dachte noch länger über diesen scheinbar dahingesagten Satz nach. Nein, Meyer war sicher kein Freund der Nazis. Umso sympathischer fand er ihn.

St.-Jouin-Bruneval, 1942

Sonntag, der 11. Januar

„Halt! Hände hoch! Was machen Sie hier?", rief der Obergefreite Walther der deutschen Wehrmacht und richtete seine MP 40 auf die beiden Männer. Dann wiederholte er die gleiche Aufforderung auf Französisch: „Arrêt! Haut les mains! Qu'est-ce que vous faites ici?"

Die beiden Franzosen gehorchten sofort. Sie blieben stehen und hoben die Arme. Einer der Franzosen erklärte auf Deutsch: „Mein Freund ist gerade aus Paris gekommen und er hat noch nie das Meer gesehen."

Die beiden Franzosen, von denen der eine offensichtlich leidlich deutsch sprechen konnte, machten Walther misstrauisch. Er hielt seine Waffe weiter im Anschlag. Er war erst vor zwei Wochen nach Saint-Jouin-Bruneval in der Nähe von Le Havre verlegt worden und hatte sich auf Frankreich gefreut, um endlich seine guten Französischkenntnisse zu nutzen, so dachte er. Aber das war tatsächlich die erste Begegnung mit Einheimischen. Das langweilige Wacheschieben an dieser eiskalten Ärmelkanalküste, an der offensichtlich immerzu und ständig ein unangenehm kalter Wind wehte, war schon nach wenigen Tagen zermürbend. Sicher war es die bessere Alternative als die Ostfront, an der zum gleichen Zeitraum zeitweilig zwanzig Grad unter null waren. Aber ihm war bewusst, dass er auch hier die Gefahren nicht unterschätzen durfte. Es war Krieg und überall lauerte die Resistance.

Und nun standen diese beiden skurrilen Figuren vor ihm. Beide hatten sich fein herausgeputzt. Es war Sonntag. Die beiden Männer sahen nicht danach aus, als würden sie gleich ihre Maschinenpistolen auspacken. Aber ihm wäre wohler gewesen, wenn sein Kamerad und der mit ihm Patrouille laufende zweite Wachsoldat Engerich nicht gerade zum wachhabenden Stabsunteroffizier gerufen worden wäre. Aber er, so war sich Walther plötzlich sicher, würde die Situation auch alleine meistern.

„Ich habe versprochen, Roger das Meer zu zeigen", sagte der Deutsch sprechende Franzose und lächelte, als hätte er das Meer gestern selbst geschaffen, um sein gelungenes Werk nun zu präsentieren.

Die Anspannung wich aus dem Gesicht des jungen deutschen Soldaten. Walther erkannte nicht nur keine Gefahr, er hatte nun endlich Gelegenheit, mit seinen Französischkenntnissen zu glänzen. Das wollte er sich nicht entgehen lassen. Also antwortete er auf Französisch: „Wenn das so ist, dann kommen Sie hier entlang, dort drüben können Sie es gut sehen."

Der Deutsch sprechende Franzose freute sich wie ein Schuljunge über seine erste gute Note. „Siehst Du, Roger", sagte er auf Französisch zu seinem Freund. „Ich habe doch gesagt, mit den Jungs kann man reden. Möchten Sie auch eine Zigarette, Herr Unteroffizier?" fragte er nun auf Französisch den deutschen Obergefreiten.

„Ja, gerne", sagte dieser, nahm eine Zigarette und hieß sie mit einem Nicken, zu folgen, ohne klarzustellen, dass die Anrede nicht seinem Dienstrang entsprach. Er dachte nur, dass der Feind sicher erkennen würde, dass er nur Obergefreiter und nicht Unteroffizier war. Sein Misstrauen verflog endgültig. Sie folgten ihm langsam mit ihren Sonntagsschuhen auf einem steilen Pfad hinunter zum Meer.

Während sie ihre Zigaretten rauchten, waren sie in ihre jeweiligen Gedanken vertieft.

200 Meter entfernt von dem Pfad waren beidseitig perfekt getarnte Maschinengewehrnester, die von oben kaum zu erkennen gewesen wären und auf das Meer ausgerichtet waren.

„Müssen wir aufpassen wegen der Minen?", fragte der Mann, der das Meer noch nie gesehen hatte.

„Nein", grinste Walther und antwortete wieder auf Französisch, „die müssen wir erst noch auslegen. Die Schilder haben erstmal ausreichend abschreckende Wirkung. Aber erzählen Sie es nicht rum." Er lachte schelmisch.

Sie waren fast unten am Strand. André, der Deutsch sprechende Franzose blieb nun in seiner Sprache, nicht zuletzt, um das Vorurteil zu bestätigen, dass der Franzose seine Sprache auch dann favorisiert, wenn er eine andere Sprache gut spricht. Aber zumindest fand er lobende Worte für den Deutschen: „Sie sprechen ganz gut Französisch!"

„Danke", sagte Walther und fragte: „Wo haben Sie denn Deutsch gelernt?"

„In der Schule, wie Sie vermutlich auch? Bei mir ist es nur länger her", lachte André.

Walther nickte. „Französisch war immer mein Lieblingsfach. Ich wollte eigentlich französische Literaturwissenschaft studieren. Aber dann begann der Krieg. Und ich wollte immer nach Frankreich reisen." Er hielt inne, wurde rot und setzte nach: „Das hatte ich mir ein bisschen anders vorgestellt."

44

Die beiden Franzosen taten so, als überhörten sie diesen Teil. André schaute neugierig seinen Freund Roger an, denn der hatte offensichtlich nur noch Augen für das Meer, das an diesem kalten, aber klaren Sonntag im Januar trotz des ewigen Windes so still da lag, als wolle es Rogers Kumpel André auch noch auffordern, zu zeigen, wie er über das Meer wandern könne. Walther meinte Tränen in den Augen von Roger zu sehen. Das freute ihn. Er hatte nun endlich mal französisch sprechen können und noch dazu eine gute Tat getan.

So standen sie noch ein Weilchen. Walther schnorrte noch eine Zigarette von André, während Roger im Sand bis ans Wasser ging und dort die salzhaltige Luft einsog.

André fragte beiläufig, ob das Wache gehen sehr langweilig sei? Walther nickte nachdenklich.

André hakte nach: „Aber Sie können sich ja mit Ihren Kollegen abwechseln", ermutigte er den jungen Deutschen zum Plaudern.

„Das stimmt", meinte dieser „Aber es ist eine triste und anspruchslose Beschäftigung, auch wenn man ab und zu natürlich Freizeit hat."

„Tja", sagte André gedankenverloren, „ich kannte den früheren Besitzer der alten Farm La Presbytère, wo Sie und Ihre Leute ihr Quartier aufgeschlagen haben. Da ist ja auch nix los." Und leutselig lud er den Deutschen ein „Sie müssen aber Le Havre kennen lernen. Das ist ein schönes Städtchen, wenn auch nicht Paris. Ich zeig es Ihnen bei Gelegenheit, wenn Sie möchten."

„Ja", freute sich Walther, „Sie haben Recht, auf der Farm ist es genauso langweilig. Überall nur Soldaten. Fast eine ganze

Kompaniestärke. Und Le Havre möchte ich unbedingt noch besuchen. Ich würde mich freuen, wenn Sie es mir zeigen."

Dann wurde Walther unruhig, denn er befürchtete, dass Engerich bald wieder auftauchen würden und so drängte er zum Aufstieg und so gingen sie wieder den Weg hinauf durch die Felsen und sahen oben angekommen die vom Stacheldraht eingezäunte Villa und ca. 50 Meter entfernt ein grünes, rundes Teil, das wie eine Heizsonne oder große Schüssel aussah, um das herum ein Erdwall gezogen war. Walther atmete auf, denn Engerich war immer noch nicht zurück. Der Spaziergang zum Meer hatte also gar nicht stattgefunden.

Als Colonel André Neufinck und sein Chef, Kommandant Roger Dumont, in dem Citroën Traction Avant saßen, den sie von einem Bekannten Neufincks in Le Havre geliehen hatten, schauten Sie sich kurz an. Sie waren zufrieden, denn sie hatten alle Informationen erhalten, die sie herauszufinden beauftragt worden waren. Nun mussten sie diese nur noch an die Engländer weitergeben.

Neufinck holte alles aus dem Citroën heraus und Dumont dachte während er sich in jeder Kurve der Küstenstraße verzweifelt festhielt, dass der Werbespruch für dieses Auto mit ,La Traction Avant dompte la force centrifuge' zum Glück seine Berechtigung hatte. Er lag tatsächlich so beeindruckend in der Kurve, dass man das Gefühl hatte, der Wagen beherrsche die Zentrifugalkraft.

Nachdem sie in Le Havre noch einige Minuten kreisförmig um Neufincks Haus gefahren waren, um auszuschließen, dass ein Funkpeilwagen der Gestapo in der Nähe unterwegs war, ließ Neufinck Dumont bei sich aussteigen und fuhr den Wagen zu seinem Bekannten, um ihn zurückzugeben.

Dumont stieg derweil auf den Dachboden, um das Kofferfunkgerät dort auszupacken. Er öffnete den braunen Koffer mit der Aufschrift ‚Petit Pois' und fingerte die Morsetaste neben den drei aus schwarz lackierten Metallgehäusen bestehenden Modulen Empfänger, Sender und Netzteil heraus. Das Gerät, ein A MK II, das die Resistance gerne nutzte, hatte fünf Frequenzregler. Er stellte die abgestimmte Frequenz ein und schrieb den Text auf einen Zettel:

Villa with 20-30 men from the signalling corps, 100 men in the Farm garrison, housing coastal defence troops and offduty signallers, three dozen in the village, two machine gun nests, no mines on the beach.

Er las den Text noch einmal durch, verschlüsselte ihn mit seinem Code, lockerte seine Hände mit ein paar geübten Bewegungen, schaute auf die Uhr und dann tippte er mit seinem rechten Zeigefinger die ersten Morsezeichen in das Gerät.

Berlin, 1936

Ich zwickte mich, da ich immer noch dachte, ich würde träumen. Aber es war die Realität. Wir waren tatsächlich dabei! Rund 15.000 begeisterte Menschen standen um uns rum. Die Atmosphäre war gewaltig. Wir waren gestern in Berlin angekommen. Wir, das waren Hans, unser Trainer Walter Woltmann und ich. Woltmann war ein Freund von Richard Vogt. Das wussten wir schon länger, denn der Halbschwergewichts Champion ‚Riedel‘ Vogt, wie er genannt wurde, hatte unsere Trainingshalle bereits vor einigen Monaten besucht. Wir wussten auch, dass der 23jährige ‚Riedel‘ Vogt sich für die Olympiade qualifiziert hatte. Vor zwei Wochen unterbrach Woltmann plötzlich das Training von Hans und mir und sagte, der Riedel habe ihn eingeladen, seinen ersten Vorrundenkampf bei der Olympiade zu sehen. Ob wir Lust hätten, ihn zu begleiten? Und ob wir Lust hatten!

Die Olympiade war wirtschaftlich ein Erfolg. Es wurden fast vier Millionen Eintrittskarten verkauft und dennoch war es nahezu unmöglich, noch offiziell Karten zu erhalten, geschweige denn diese bezahlen zu können. Man brauchte schon Beziehungen. Am besten zur NSDAP, denn die Partei zelebrierte die Korruption. Hier und da war man der Ansicht, das Kürzel NSDAP stand für ‚Na suchst Du auch ein Pöstchen?‘ So waren auch Karten für die Olympiade ein beliebtes Zahlungsmittel. Zwar hatten wir keine Nähe zur NSDAP, aber wir waren Freunde von Riedel Vogt. Das hätten wir am liebsten jedem auf die Nase gebunden, unabhängig davon, ob es interessierte oder nicht. Nun standen wir also hier in der vor gut acht Monaten fertig gestellten Deutschlandhalle und sahen Vogts ersten Kampf im Halbschwergewicht gegen den 28jährigen Italiener Erminio Bolzan. Insgesamt waren 183 Boxer in acht Gewichtsklassen als Teilnehmer gemeldet. Jedes Land durfte je Gewichtsklasse mit nur einem Sportler an den Start gehen, so war Vogt also unsere Hoffnung im Halbschwergewicht.

Sowohl Vogt als auch Bolzan hatten in der ersten Runde ein Freilos erwischt. Jetzt, am zweiten Tag der olympischen Boxkämpfe, war es für beide der erste Kampf. Vogt war von Beginn an gut aufgelegt und jagte den fünf Jahre älteren Bolzan durch den Ring. Der vor mir in der Reihe sitzende Fliegerleutnant war bereits vor Beginn des Kampfes mehrfach begeistert aufgesprungen und ich war schon genervt, da ich, wenn er saß, gerade gut genug sehen konnte. Wenn er stand, war die Sicht verstellt.

Als er mit Beginn des Kampfes wieder aufsprang, tippte ich ihn an und er entschuldigte sich mit freundlichem Lächeln, nur um wie ein Gummiball sofort wieder aufzustehen, als Vogt den Italiener das erste Mal mit einem wuchtigen Haken erwischte. Ich hatte die sensationelle Idee, mit ihm die Plätze zu tauschen, denn ich wollte nicht die Show dieses Leutnants sehen, sondern den Kampf. Als er sich also wieder setzte, beugte ich mich zu ihm nach vorne.

In diesem Moment verpasste ich nicht nur einen Jab von Vogt im Ring gegen Bolzan, auch der Leutnant ging in seiner Aufregung derart mit, dass ich, der ich ihm meine Idee vorsichtig ins Ohr vortragen wollte, nicht mehr ausweichen konnte und noch vor Bolzan zu Boden ging.

Wie mir Hans und der Leutnant, der Georg Lützen hieß, später erzählten, war das Ende meines kurzen und so ungeplanten wie erfolglosen Kampfes von grotesker Komik.

Lützen traf mich mit Schwung mit seinem Ellenbogen an meinem Kinn. Mein Körper nahm den Schwung auf und ich drehte mich um 180 Grad, wobei sich meine Beine ineinander verdrehten. Obwohl ich mich bereits im Reich der Träume befand, erreichte ich durch die ineinander verdrehten Beine eine gewisse Stabilität und sackte nur langsam mit dem Oberkörper nach vorne. Hans dachte erst, ich würde eine Show machen, bevor er begriff, dass ich ohnmächtig war.

In der Deutschlandhalle wurde zum ersten Mal in zwei Ringen gleichzeitig geboxt. Es war ein gutes Stück bis hinaus zu den Toiletten. Aber alles war sehr modern und so führten Wasserleitungen direkt bis zu den Ringen. Als Lützen mitbekam, dass er einen neunjährigen Jungen ausgeknockt hatte, rannte er an den Ring und holte sich Vogts Wassereimer, der beim letzten Gong zum Beginn der neuen Runde, aufgefüllt worden war. Noch bevor Vogts Betreuer das bemerkten, war er bei mir und presste mir den Schwamm in den Nacken. Ich kam langsam wieder zu mir und bekam noch mit, wie ein Mann aus Vogts Team den Eimer und den Schwamm mit diversen Beschimpfungen wieder an sich nahm.

„Entschuldigung mein Junge", sagte Lützen, „Du hast einen gut bei mir!"

Ich antwortete: „Fliegen", und verdrehte die Augen.

„Nein, Du bist nicht geflogen. Du warst ohnmächtig."

„Ich weiß, dass ich ohnmächtig war. Sie haben mich geschlagen, Herr Leutnant! Daher habe ich einen gut bei Ihnen und daher können Sie mich zum Fliegen einladen."

„Du kommst ja schnell zur Sache. Ich habe nur mein Flugzeug nicht vor der Halle geparkt. Wie heißt Du denn überhaupt?"

„Helmut", sagte ich und er antwortete: „Georg!"

„Nein", insistierte ich, „nur Helmut, Herr Leutnant."

Er lachte. „Ich heiße Georg!"

Ich begriff allmählich: „Jawohl, Herr….Georg."

Er lachte noch immer: „Na, dann schauen wir uns den Kampf mal zu Ende an, Helmut, oder?"

Ich nickte.

Dann schlug er vor: „Besser Du setzt Dich vor mich, in Ordnung?"

„Tolle Idee", sagte ich und grinste schon wieder.

Der Kampf war von da an nur noch Nebensache. Er war sehr einseitig und Vogt war zu diesem Zeitpunkt mit Punkten kaum noch zu schlagen. Bolzan rettete sich mit Glück jeweils zum nächsten Gong und es war nur noch die Frage, ob der arme Italiener alle Runden überstehen würde. Jedes Mal, wenn Vogt zuschlug, buffte mich Georg spaßeshalber und wenn ich mich umdrehte, tat er so, als wäre nix passiert, oder zeigte auf Hans. Oder er tat so, als würde er gerade ohnmächtig werden oder er lachte einfach. Es war ein großer Spaß.

Vogt gewann schließlich erwartungsgemäß nach Punkten eindeutig gegen den Norditaliener aus Treviso, der damit nicht nur seinen ersten sondern auch gleich seinen letzten Kampf bei dieser Olympiade bestritten hatte.

„Jungs, ich lade Euch noch zu einer Wurst ein, was meint Ihr? Sie natürlich auch, Trainer", sagte Georg.

Woltmann schüttelte mit dem Kopf. „Nehmen Sie die Jungs mit, Herr Leutnant, ich besuche noch kurz den Riedel und gratuliere ihm. In die Umkleide könnte ich die Jungs eh nicht mitnehmen. Treffen wir uns am Haupteingang in einer Stunde?"

Georg war einverstanden und wir platzten vor Stolz. Ein echter Offizier. Und dazu noch ein Pilot! Und er ging tatsächlich mit uns essen. Das war eine Story für unsere Freunde. Sobald wir mit ihm alleine waren, ließen wir unserer Neugier freien Lauf.

Neben dem Rummel um Olympia, der lange vor den Spielen der XI. Olympiade, wie sie offiziell genannt wurden, begann, gab es noch etwas, das Hans und mich gleichermaßen faszinierte, nämlich die Fliegerei. Seit März 1935 gab es eine Luftwaffe unter dem Oberbefehl von Hermann Göring.

Nun erfuhren wir von Georg, dass auch vorher bereits inoffiziell deutsche Piloten ausgebildet worden waren. Er erzählte darüber, wie er sich freiwillig gemeldet hatte und seine Ausbildung im zivilen deutschen Luftsportverband durchgeführt wurde, er erzählte aber auch, dass Piloten vorher in Russland ausgebildet worden waren.

Erst als Hitler entgegen den Bestimmungen des Versailler Vertrages nicht nur die Wehrpflicht, sondern auch den Aufbau der U-Bootflotte und der Luftstreitkräfte befahl, konnten offiziell auch Piloten ausgebildet werden. Da weder Franzosen, Briten noch Italiener protestierten, hatte Hitler einen weiteren, wichtigen außenpolitischen Sieg errungen.

Georg erzählte uns, dass er seit einem Jahr im 'Jagdgeschwader Richthofen' diene, das dem Inspekteur der Jagdflieger Oberstleutnant Ritter von Greim, direkt unterstellt war. Das Geschwader sei in Döberitz, keine 25 Kilometer von Berlin entfernt, stationiert. Daher habe er auch die Möglichkeit gehabt, den freien Tag nach Berlin zu kommen. Er selber, erklärte Lützen, gehöre seit einem Monat zum Geschwaderstab. Sie hätten im letzten Jahr zu ihren Arado Ar 65 Flugzeugen die A-Serie der Heinkel He 51 erhalten, die aber kaum leistungsfähiger sei und auch nur gut 300 Stundenkilometer schaffte. Damit könne man, lästerte er, noch keine Schlachten gewinnen. Wieder lachte er sein lautes, aber ansteckendes Lachen. Er war ein gut aussehender Mann, 23 Jahre alt, der in seiner adretten Uniform nicht nur bei Frauen sehr gut ankam; auch wir fühlten uns in seiner Gegenwart mindestens fünf Jahre älter. Ich jedenfalls machte ihn unverzüglich zu meinem neuen Vorbild.

Er erzählte, wie seine Gruppe vor lediglich fünf Monaten an der Rheinlandbefreiung beteiligt gewesen sei. Sie hätten am Vormittag des 7. März mehrere Runden über Köln gedreht, dort aber nicht landen können und seien dann wieder zurück geflogen. Auf Hans' Frage, wie groß eine Gruppe sei, erklärte uns Georg, dass Geschwader aus zwei bis vier Gruppen, eine Gruppe aus drei bis vier Staffeln und eine Staffel in der Regel aus zwölf Flugzeugen bestand. Sie flögen entweder im Schwarm mit vier oder in einer Rotte mit zwei Flugzeugen. Georg erzählte, er habe bei der Rheinlandbefreiung die eingesetzte Staffel befehligt, worauf er sehr stolz sei, da man eigentlich erst als Oberleutnant Staffelführer werden könne.

Und man sah ihm den Stolz an, dass er zu der jungen Luftwaffe gehörte und erzählte auch, welche Ehre es für ihn gewesen sei, Göring vor über einem Jahr persönlich zu treffen, als dieser als General der Flieger das Oberkommando über die Luftwaffe übernommen hatte. Und nicht zuletzt habe die seit einem Jahr offizielle Luftwaffe dazu beigetragen, dass man ‚wieder wer' sei. Wir hingen an den Lippen unseres Erzählers und löcherten ihn mit Fragen, die er bereitwillig beantwortete.

~

Noch ganz ergriffen von unseren Erlebnissen und Georgs Erzählungen gingen wir mit Woltmann zurück zum Bahnhof. Hans fiel sogar auf, dass Berlin wohl sehr viel weniger ‚judenfeindlich' sei. Es gäbe keinerlei Schilder, wie ‚Juden unerwünscht'.

Woltmann lachte höhnisch auf. „Hans, Du Kindskopf. Die wurden doch nur abgenommen, um die Besucher aus dem Ausland zu täuschen. Hast Du denn noch nicht das neue Lied gehört, das die Hitlerjugend zurzeit gerne singt: ‚Nach der Olympiade - schlagen wir die Juden zu Marmelade'?"

Als Hans erschrocken den Kopf schüttelte, sagte Woltmann nachdenklich: „Offensichtlich nicht. Es geht nur darum, die Prestigeveranstaltung Olympische Spiele nicht zu gefährden. Aber vielleicht begreift die Regierung ja noch, dass sie eine halbe Million Juden in Deutschland brauchen könnten."

Er sagte es so dahin. Ich und ganz sicher auch er wollten das gerne glauben. Hans guckte mit glasigen Augen in die Ferne. Ich wusste, dass er sich an diesen Gedanken klammern würde und ich wünschte, Woltmann hätte ihn nicht ausgesprochen.

Die Olympiade stellte mit fast viertausend Athleten aus 49 Ländern einen Teilnehmerrekord auf. Die deutschen Boxer waren sehr erfolgreich. Auch Riedel Vogt holte immerhin eine Silbermedaille, da er im Finale leider gegen den Franzosen Roger Michelot verlor. Der US-amerikanische Leichtathlet und wunderbare Sportler Jesse Owens war der erfolgreichste Sportler der Olympiade. Er gewann vier Gold-medaillen. Bemerkenswerterweise hatte Owens eine schwarze Hautfarbe und passte damit so überhaupt nicht zu dem propagandistischen ‚Gesamtkunstwerk‘ der Nazis und ihren Rassenwahn.

Aber all das hatte - oder besser hätte - mich auf der Rückfahrt im Zug nicht interessiert, wenn ich es gewusst hätte. Ich schwebte auf Wolken, denn auch ich hatte bei der Olympiade gewonnen. Zwar keine Medaille, aber einen großartigen Freund. Das war so viel wertvoller. Das begriff ich schon damals.

~

Nur vier Wochen später erhielten wir den ersten Brief von Georg. Ich hatte ihm meine Adresse gegeben und so war der Brief bei mir angekommen. Ich wedelte schon mit ihm, bevor ich Hans völlig außer Atem erreicht hatte. Hans schnappte sich den Brief und während ich versuchte, wieder ruhig zu atmen und mich langsam beruhigte, las er mir den Brief vor. Georg erzählte von den ersten Testflügen mit einer neuen Messerschmidt. Er schwärmte über die enormen Geschwindigkeitsvorteile des in der A-Serie noch über 1000 PS starken Daimler Motors im Horizontal- und Steigflug. Er war begeistert von dem Flugzeug und flachste, dass allein mit dieser modernen Maschine der Bolschewismus leicht einzudämmen sei. Er schrieb auch, dass er zum Jahresende in ein anderes Geschwader versetzt werde. Und er endete mit Heil Hitler. Wie so viele zog auch er sein Selbstbewusstsein und seine Euphorie aus seiner Aufgabe, die mit dem neuen Erstarken des deutschen Reiches zusammenhing. Er war der Faszination der Nazis erlegen und glaubte an diesen neuen deutschen Geist in einer schizophrenen Mischung aus geblendeter Euphorie, wiederbelebtem Stolz und einer gehörigen Portion Naivität, die das Böse ausblendete, wie eine Hypnose das Bewusstsein ausschaltet.

Hans und ich setzten uns hin, um Georg zu antworten. Aber was sollten wir schreiben? Wir waren uns einig, dass unser Leben nicht ansatzweise so spannend war, wie sein Leben und überlegten, was ihn interessieren könnte. Der Brief enthielt viele Streichungen und im verbliebenen Text wimmelte es nur so von Rechtschreibfehlern, aber wir waren stolz, dass wir unseren ersten Brief an unseren Freund geschrieben hatten. Wir schrieben:

„Lieber Georg,

danke für Deinen Brief. Schön, dass es Dir gut geht. Uns geht es auch gut. Wir würden auch gerne mit Dir in der neuen Messerschmidt fliegen. Vielleicht kannst Du uns ja mal mitnehmen. Die Schule macht nicht so viel Spaß. Aber das Boxen macht viel Spaß. Ich, Hans, habe sogar vor kurzem gegen einen Zwölfjährigen gewonnen. (und ergänzt in meiner Schrift): Und ich, Helmut, schaffe in unserer Trainingsgruppe die meisten Seilsprünge am Stück, nämlich über 300.

Ab nächsten Monat sind wir auch beim Jungvolk. Hans weiß noch nicht, ob er mitmachen darf. Aber er würde gerne.

Seine Eltern wollen nicht. Vielleicht kannst Du mit ihnen sprechen, wenn wir uns wieder sehen.

Hoffentlich sehen wir uns bald wieder. Schick uns doch mal ein Foto von Dir und Deinem Flugzeug. Und wenn Du über Hamburg fliegst, sag uns Bescheid und wackele doch mal mit den Flügeln, um uns zu winken.

Deine Freunde Hans und Helmut"

London, 1942

Ein Sergeant, der mit seinen übertrieben militärisch-zackigen Bewegungen etwas affig wirkte, forderte ihn auf, einzutreten. So empfand zumindest der 29jährige Major John Frost, der auf die steife Aufforderung hin das mit edlem Holz verkleidete Dienstzimmer von Wing Commander Charles Pickard betrat. Frost wunderte sich über das für einen Commander unverhältnismäßig große und aufwändig ausgestattete Büro. Pickard kam auf ihn zu und gab ihm, jede militärische Form übergehend, jovial die Hand. Sympathisch aber zu weich, dachte Frost. Pickard führte ihn zum Tisch und machte ihn mit den beiden dort stehenden Herren bekannt. Es waren Physiker, keine Soldaten, wie Frost erstaunt feststellte. Er begrüßte Robert Watson-Watt und Prof. Dr. Reginald Victor Jones. Victor Jones arbeite, so wurde ihm erklärt, im Forschungszentrum des britischen Luftfahrtministeriums in Farnborough. Watson-Watt wurde ihm als der Leiter von Chain Home vorgestellt. Sie setzten sich und Pickard fragte neugierig, ob Frost wisse, was Chain Home sei. Natürlich hatte Frost davon gehört, dass es sich bei Chain Home um sogenannte Radio Detection and Ranging Geräte handelte, kurz auch Radar genannt. Sie bildeten eine Kette von 59 Stationen und hatten als Frühwarnsystem gegen die deutschen Bomber bereits 1940 in der Luftschlacht um England wertvolle, wenn nicht gar die entscheidenden Dienste geleistet.

Als Frost seine Kenntnisse dargelegt hatte, führte Watson-Watt die Hintergründe nach Einschätzung von Frost ein bisschen zu lange aus. Aber der Schotte mit dem verschmitzten Lächeln war ihm nicht unsympathisch und Frost war klar, wie wichtig die Arbeit dieses leicht untersetzten, aber agilen Physikers war. Also hörte er dem Ausflug in die Entwicklungsgeschichte des Radars aufmerksam zu, auch wenn er gerne erst gehört hätte, was er damit zu tun hatte. Auch Jones saß entspannt in seinem Stuhl und hörte die ganze Zeit scheinbar ebenso interessiert zu, nicht ohne Frost immer wieder zu mustern. Der kleine, drahtige Major gefiel ihm, denn er strahlte Gelassenheit und Zähigkeit aus, die für den Befehlshaber ihrer geplanten Operation unerlässlich waren.

Danach erklärte Watson-Watt hinsichtlich der eigenen Bombenangriffe auf deutsche Städte, dass die schwerfälligen, englischen Bomber ein allzu leichtes Ziel abgaben. Die Abschussraten der Bomber seien viel zu hoch. Man rechne mit einem Verlust von 10-15 Prozent der Maschinen bei jedem Bombenangriff.

„Vor allem die Vickers Wellington und die Whitworth Whitley aber auch die schweren Bomber Halifax und Stirling", warf Wing Commander Percy Pickard ein, „sind für die Jäger der deutschen Luftwaffe und die Flak eine zu leichte Beute."

„Vielleicht ist Ihnen", nahm Watson-Watt den Faden wieder auf, „auch Generalmajor Kammhuber von der deutschen Luftwaffe und die sogenannte ‚Kammhuber-Linie' ein Begriff?"

Als Frost verneinte, stand er auf, holte sich einen Stock und zeigte an einer Wandkarte die Südküste Englands, Nordfrankreich, die Beneluxstaaten und Norddeutschland, sowie die Westküste Dänemarks. Dort zeichnete er mit seinem Stock auf der Landkarte seine Erläuterungen nach.

„Die ‚Kammhuber-Linie' führt von Dänemark bis in die Normandie. Sie ist aufgeteilt in Überwachungszonen, die die Deutschen ‚Himmelbetten' nennen. Diese sind ca. 30 Kilometer lang und 20 Kilometer breit und jeweils mit zwei Nachtjagdflugzeugen, Suchscheinwerfern und verschiedenen Radargeräten ausgestattet. Von abgeschossenen deutschen Fliegern wissen wir, dass in jedem ‚Himmelbett' wohl drei Radargeräte aufgebaut wurden. Dabei müsste es sich jeweils um ein sogenanntes ‚Freya-' und zwei ‚Würzburg-Geräte' handeln.

Wenn eines unserer Flugzeuge vom Radar erfasst wird, wird der mit dem Radar gekoppelte Suchscheinwerfer auf unsere Maschine gelenkt. Parallel starten die deutschen Nachtjäger, die unsere nunmehr hell erleuchteten Maschinen ohne große Mühen abschießen können. Die ‚Würzburg-Geräte' scheinen ganz neu zu sein und können wohl auch eine Höhenpeilung vornehmen. Wir vermuten, dass die Geräte gemeinsam agieren: Das ‚Freya' Radar erkennt unsere Maschine und übergibt unsere Jungs an ein ‚Würzburg-Gerät'. Das bleibt auf unsere Maschine fixiert, während das zweite ‚Würzburg' den Jagdflieger übernimmt. Die Radarstation kann somit beide Positionen kontinuierlich halten und den Jäger zu seinem Ziel führen. Unsere Jungs haben keine Chance."

Er blickte nachdenklich auf die Karte, in der offensichtlich verschiedene Himmelbetten eingezeichnet worden waren. Dann drehte er sich abrupt um und kam zurück zu dem Tisch, an dem Frost, Pickard und Jones saßen. Er drehte eine Fotografie um, die verkehrt herum auf dem Tisch gelegen hatte. Es war eine Luftaufnahme. Man sah eine Scheibe, die von oben aussah wie eine große Bratpfanne in der Nähe eines Herrenhauses. Auf den ersten Blick keine Bunker, keine Verteidigungsstellungen, keine Fahrzeuge, keine Soldaten. Frost war unbeeindruckt.

Watson-Watt fuhr fort: „Das ist vermutlich ein solches ‚Würzburg-Radargerät‘. Wir haben bereits 1939 Informationen zu diesem Gerät erhalten und zwar von einem, ‚uns wohl gesonnenen deutschen Wissenschaftler‘, wie der Informant selbst unterzeichnete. Aber wir hielten es für ein Täuschungsmanöver.“

„Ich habe bereits vor zwei Jahren gesagt, dass die Informationen der Wahrheit entsprechen“, unterbrach ihn Jones überheblich. Nicht minder arrogant erklärte er weiter: „Schade, dass wir so viel Zeit verschwendet haben. Aber darüber zu diskutieren, dafür sind wir nicht hier. Viele Informationen haben wir unserer Fernmeldeversuchsabteilung, der sogenannten Telecommunications Research Establishment oder kurz ‚TRE‘ zu verdanken, die nicht nur an unserer eigenen Radarentwicklung entscheidend mitwirken, sondern auch auf diversen Fahrten an der Südküste mit Horchwagen. Seit der Besetzung Frankreichs wurden auch mehr und mehr Horchflüge über der nordfranzösischen Küste mit einer mit entsprechenden Empfängern ausgerüsteten Wellington durchgeführt.

Dazu habe ich bereits vor Monaten veranlasst, dass britische Bomber bei ihren Flügen über Belgien, Holland und Nordfrankreich Brieftauben abwerfen. Diese Tauben haben Ringe an ihren Füßen. Darin sind Zettel, auf denen die Bitte zu lesen ist, uns Informationen über runde, flache und drehbare Konstruktionen zu geben, die in der Umgebung von den Deutschen aufgebaut worden sind. Weil diese Idee ein Erfolg war, kennen wir diverse Standorte von Radargeräten entlang der ‚Kammhuber-Linie‘. Eines davon sehen Sie auf dem Foto. Wir benötigen mehr Informationen über dieses Gerät, denn wir befürchten, dass die Deutschen uns in der Entwicklung der Radartechnik weit voraus sind.

Wir möchten daher, dass Sie dieses Gerät mit Ihrer Kompanie besuchen, es abbauen und nach England bringen, damit wir es untersuchen können."

Burgos, 1937

„Lieber Helmut, Lieber Hans, meine jungen Freunde,

Ja, er lebt noch, Euer Freund Georg. Lange habt Ihr nix von mir gehört. Auch ich habe länger nichts von Euch gehört und selber keine Gelegenheit gehabt, mich bei Euch zu melden. Und nun ist schon Ende April. Dabei denke ich so gerne an unser Kennenlernen in Berlin zurück.

Ich bin seit einigen Wochen nicht in Deutschland. Wir üben für den Ernstfall. Allerdings ist geheim, wo wir sind. Das kann ich Euch also nicht schreiben. Offiziell sind wir in einen von ‚Kraft durch Freude' organisierten Urlaub geflogen. Wir waren auf dem Flug sogar in Zivil, auch wenn wir natürlich wussten, dass es nicht in den Urlaub ging. Am Bestimmungsort haben wir eine Uniform erhalten, auf der kein Hinweis auf unsere Herkunft ist. Unsere Staffel war zu Beginn mit ca. 70, jetzt mit der doppelten Anzahl an Maschinen in einem Land, in dem Krieg herrscht. Auch die Maschinen tragen keine deutschen Balken- oder Hakenkreuze, sondern Spezialerkennungszeichen.

Ja, wir üben den Ernstfall in einem fremden Krieg. Wie praktisch! Unsere Gegner sind schlecht ausgerüstet, damit wir keine nennenswerten Verluste haben. Wir testen hier unsere modernen Waffen. Man kann sich aber seiner Sache nicht sicher sein, denn auch der Feind kämpft nicht mit Platzpatronen. So sind wir bei jedem Einsatz angespannt und mein Körper ist mit Adrenalin vollgepumpt. Die Angst fliegt immer mit. Die Angst vor dem eigenen Tod, aber insbesondere auch die Angst vor dem, was unsere Waffen hier anrichten. Meine Hände zittern, wo immer ich auch bin.

Vor drei Tagen sollten wir wieder eine ,Übung' fliegen, eine Steinbrücke im Norden dieses Landes zerstören, um die Infrastruktur des Feindes zu beschädigen und die spätere Eroberung der Stadt zu ermöglichen.

Eine unserer Dorniers hatte Truppen am Rande dieser Stadt gemeldet. Unser Stabschef wollte diese Gelegenheit nutzen und befahl den Angriff. Wie wir heute wissen, waren das Zivilisten auf dem Weg zum Markt. Wusste es tatsächlich beim Angriff niemand? Oder wussten nur wir Piloten es nicht? Hätten wir angegriffen, wenn es uns bekannt gewesen wäre? Das sind Gedanken, die in meinem Kopf kreisen.

Nachmittags flog ich mit meiner Mannschaft den ersten Angriff in einer Do 17 unter dem Schutz von Jagdfliegern. Wir flogen eine Schleife und griffen vom Meer aus an. Nach den Reaktionen der fliehenden Menschen hatte man ganz und gar nicht mit uns gerechnet. Aber selbst wenn wir erwartet worden wären, wäre die Gegenwehr wohl nicht nennenswert gewesen. Nach uns flogen die Italiener einen Angriff und dann folgte noch eine Staffel mit Tante Jus (Ihr erinnert Euch an die Junkers 52?). Die fliehenden Menschen wurden schließlich auch noch von unseren neuen Messerschmidt Bf 109 Jägern beschossen.

An diesem Montagnachmittag hatten wir die von uns angegriffene Stadt zu großen Teilen zerstört. Es starben hunderte Menschen. Wir hatten wohl mit unseren ersten Bomben eine Olivenfabrik getroffen. Dichte Rauchwolken des Brands dieser Fabrik verhinderten die Zielgenauigkeit der nachfolgenden Bomber. Keine einzige Bombe traf die Brücke – unser eigentliches Ziel.

Dass diese Menschen nicht Soldaten waren, sondern Unbeteiligte, macht das Geschehen für mich noch schlimmer. Ein Menschenleben bleibt ein Menschenleben, aber ein Soldat hat wenigstens eine theoretische Chance, sich zu verteidigen. Er hat meist sogar bewusst die Entscheidung getroffen, den Kampf aufzunehmen. Ein Zivilist ist ein unbewaffnetes Opfer. Vielleicht waren sogar Kinder in Eurem Alter dabei? Wer weiß.

Mich fasziniert die Fliegerei und ich glaube, dass eine gut gerüstete Luftwaffe für das Deutsche Reich existenziell ist, aber wir führen hier einen Kampf, der nicht der unsere ist. Und wir verstoßen mit unseren Aktionen gegen die Genfer Konventionen.

Ich weiß, ich könnte jubeln über den erfolgreichen Einsatz der neuen Messerschmidt Bf 109 oder der Heinkel He 111, die uns im März geliefert wurden. Beides sind hochmoderne Flugzeuge, mit denen wir den aus Russland stammenden Polikarpow I16 Jägern, die unsere Feinde hier nutzen, weit überlegen sind. Beeindruckend sind auch die Junkers Sturzkampfflugzeuge Ju 86 und 87. Schnellbomber, die im Sturzflug zielgenau Bomben abwerfen können.

Mein Enthusiasmus ist leider verflogen. Ganz anders ist es in der Truppe. Die Arroganz, besonders im Offizierschor, ist erschreckend. Es scheint sich niemand ähnliche Gedanken zu machen. Wahrscheinlich sind wir dazu einfach zu erfolgreich. Ich bin noch bis Ende des Jahres hier und werde dann wieder nach Deutschland versetzt. Vielleicht sehen wir uns dann wieder?

Freue mich von Euch zu hören

Herzliche Grüße
Euer Georg"

~

Ein ‚Heil Hitler‘ Gruß fehlte in diesem Brief. Wir waren beeindruckt. Daher hätte ich den Brief auch gerne aufbewahrt. Die Offenheit Georgs uns gegenüber erstaunte uns. Zum einen, dass er uns so ins Vertrauen zog, zum anderen aber auch, dass er es wagte, so offen über den Einsatz und seine Gefühle dazu zu schreiben. Das konnte er nur tun, da er fest davon ausging, dass die Feldpost nicht kontrolliert wurde. Zumindest in Bezug auf seinen Brief hatte er offensichtlich recht gehabt, sonst wäre er wohl nicht angekommen.

Den zweiten Punkt haben wir in unserem damaligen Alter natürlich noch nicht begriffen. Aber ich gab den Brief auch meinem Vater, da ich wissen wollte, aus welchem Land Georg geschrieben hatte. Aber die Reaktion meines Vaters hatte ich nicht erwartet. Er wurde sehr zornig, schrie herum, was sich dieser verantwortungslose Mensch einbildete und warum er uns solcher Gefahr aussetzte, uns so offen über die Legion Condor in Spanien und seine wehrkraftzersetzenden Gedanken zu berichten.

Ich dagegen freute mich, da mir Vater – wohl eher ungewollt – das Land verraten hatte, wo Georg im Einsatz war und ich freute mich schon darauf, diesen Wissensvorsprung an Hans weiterzugeben.

Dass die Luftwaffe bereits ab August 1936 eingesetzt wurde, war spätestens Anfang 1937 ein offenes Geheimnis, über das man nicht öffentlich zu sprechen wagte. Die Luftwaffe übte in Spanien auf Seiten des Putschisten General Francisco Franco unter dem Decknamen Legion Condor. Die Soldaten trugen tatsächlich keine Erkennungszeichen der Wehrmacht oder Luftwaffe, da die deutsche Beteiligung an den Kämpfen verheimlicht werden sollte. Aber es sprach sich natürlich herum, da bereits seit November 1936 fast 6.500 deutsche Soldaten in Spanien im Einsatz waren. Insgesamt waren es bis zum Ende des Bürgerkrieges sogar 25.000.

Hans hatte zu meinem Erstaunen noch mehr herausgefunden. Vor Überraschung vergaß ich sogar, danach zu fragen, woher er das Wissen hatte; jedenfalls nicht durch die deutsche Propaganda.

Er erklärte, dass Georg von dem Angriff auf die baskische Stadt Gernika am 26. April 1937 berichtet habe. Gernika wurde fast vollständig zerstört und zählte zu den ersten strategischen Bombenangriffen aus der Luft ohne Rücksicht auf die Zivilbevölkerung. Hans erklärte ziemlich altklug, dass wiederholte - auch die Zivilbevölkerung nicht verschonende - Bombenangriffe gegen industrielle Zentren, einen Krieg entscheiden könnten. Das eigentliche Ziel der Angriffe war neben der Vernichtung der Industrie die Demoralisierung der Zivilbevölkerung. Man philosophierte in der Theorie darüber, dass so der Gegner kriegsentscheidend getroffen werden konnte, ohne zu viele eigene Ressourcen zu vergeuden.

So sehr uns die schaurigen Erlebnisse erschreckten, erstaunte uns die frustrierte Stimmung unseres sonst so euphorischen Freundes. Wir hätten lieber positive Nachrichten von ihm bekommen. Aber wir entschlossen uns, unseren über alle Kritik erhabenen Helden für seinen Mut, solche Wahrheiten in einem Brief zu schreiben, zu bewundern.

Dennoch hatte ich Schwierigkeiten, diese Kritik einzuordnen. Wir lernten in der Schule in unserem neuen Fach ‚Rassenkunde', dass wir ‚Arier' seien und der Herrenrasse angehörten. Somit hatten wir auch das Recht, ganz Europa zu beherrschen und mussten natürlich auch Krieg führen gegen Kommunismus und ‚Untermenschen', dort wo es Not tat.

Bereits vor einem Jahr war der Hitlerjugend die Verantwortung für unsere Erziehung und Bildung außerhalb der Schule und des Elternhauses übergeben worden. Damit waren alle anderen Jugendverbände und Jugendgruppen verboten. Es gab nur noch das deutsche Jungvolk und den Jungmädelbund für die 10-14jährigen, und danach die Hitlerjugend sowie den Bund deutscher Mädel für die 14-18jährigen. Schon 1935 hatte Hitler gesagt, dass er eine ‚gewalttätige, herrische, unerschrockene, grausame Jugend' wolle, die keine Schwäche zeige und sich selbstlos in den Dienst des Vaterlandes stelle. Wir sollten ‚hart wie Kruppstahl, zäh wie Leder und flink wie Windhunde' sein, was jeder Junge in meinem Alter – auch Hans – gerne war oder gewesen wäre.

Wenn wir gegen uns hart wie Kruppstahl sein mussten, mussten wir es umso mehr gegenüber unseren Feinden sein. Und so gelang es mir, die Erlebnisse, von denen Georg, geschrieben hatte, schön zu reden und ich hielt auch den beschriebenen Angriff für richtig. So sicher, dass ich diese Erkenntnis mit Hans oder meinen Eltern diskutiert hätte, war ich mir allerdings dann doch nicht. Mit meinem Vater war eine Diskussion darüber auch gar nicht möglich.

Er nahm mich ins Gebet und verpflichtete mich zum Still-schweigen.

„Du darfst mit Niemandem – hast Du gehört, Helmut? - mit Niemandem über diesen Brief sprechen. Wenn Du ihm zurück schreibst, will ich den Brief lesen. Kein Wort über seine Inhalte! Helmut, Du musst mir versprechen, dass Du diese Inhalte für Dich behältst und am besten vergisst. Für solche Sätze könnten er oder auch wir verhaftet werden."

Das beeindruckte mich und ich versprach es hoch und heilig und mit großem Indianer-Ehrenwort. Dann verbrannten wir den Brief feierlich gemeinsam, nicht ohne, dass ich ihn noch mehrfach vorher gelesen hatte. Hans nahm mir das sehr übel, aber ich spürte, dass er dabei auch ein bisschen erleichtert war.

Kiel, 1937

Georg Lützen war genervt. Das lag nicht daran, dass es Montagmorgen war. Es lag daran, dass er sich von so einem jungen Schnösel, der auch nur Leutnant war, seine Einsatzbefehle geben lassen sollte. Er, der sechs Monate Kampferfahrung in Spanien gesammelt hatte, gehörte damit zu den erfahrensten Männern der Luftwaffe, abgesehen von der Generation, die den Weltkrieg erlebt hatten. Aber die, die Erfahrung im Luftkampf aus dieser Zeit hatten und noch in der Lage waren zu fliegen, konnte man fast namentlich nennen. Abgesehen davon waren die Entwicklung der Flugzeuge und die sich daraus ergebenden Möglichkeiten im Luftkampf derart fortgeschritten, dass es kaum brauchbare Erfahrungen gab, auf die diese Piloten aus dem Weltkrieg hätten zurückgreifen können. Aber man hatte ihm gesagt, dass er bei der Fliegerfunker-Truppe einer geheimen Entwicklung zugeteilt werde und dass seine Aktivitäten außerordentlich wichtig für das Reich seien. Er versuchte, das zu glauben.

Der Unteroffizier, der ihn vom Hauptbahnhof Kiel abgeholt hatte, war inzwischen in die Kaserne eingefahren und hielt vor einem zweistöckigen Gebäude, das zusätzlich gesichert war. Aber offensichtlich kannte man ihn.

Ein dienstbeflissener Soldat kam auf sie zu und salutierte: „Herr Leutnant Lützen! Obergefreiter Braun, zu Ihren Diensten. Herzlich willkommen beim Luftnachrichtenregiment 1. Ich bringe Sie zu Herrn Leutnant Grau.

Leutnant Georg Lützen salutierte und folgte ihm. Sie gingen die Treppe hinauf in den ersten Stock und Braun öffnete ihm eine Tür.

„Herr Leutnant?! Darf ich bitten?"

„Danke", sagte Lützen und trat mit schneidigem Gang, die Mütze unter dem Arm, in den Raum. Fast hätte er den Luftnachrichtenoffizier gar nicht gesehen. Er saß an einem Tisch in einer dunklen Ecke und grübelte über irgendwelchen Formeln.

Lützen drehte sich respektvoll zu ihm hin: „Melde mich zum Dienst, Leutnant Grau".

„Schön, dass Sie da sind, Herr Leutnant", sagte Grau und bot Lützen einen Platz vor seinem Tisch an. Grau schaute Lützen interessiert an und kam gleich zum Thema: „Sie haben Flugerfahrung mit verschiedensten Flugzeugen, richtig?"

Lützen nickte.

„Erzählen Sie mal, welche Maschinen Sie geflogen sind?"

„Was man so fliegt: Klemm 35, Focke Wulf 44 und 58, Bücker 131, Arado 66 und 67, Gotha 145, Junkers W 33 und W 44, die BF 109, Ju 87 Stukas, aber auch Tante Ju und Do 17."

„Aha, die Bomber und auch die Stukas. Und Kampf-erfahrung haben Sie auch?

„Korrekt!"

„Ist ja selten, dass ein Pilot Erfahrung mit Bombern, Stukas und Jägern hat. Wie kommt das?"

„Zufall! Zum richtigen Zeitpunkt am richtigen Ort. Als sie in Spanien die Bf 109 zum Einsatz brachten, wollten sie Erfahrungen von möglichst vielen Piloten sammeln und boten mir auch Testflüge an. Wir hatten ausreichend Zeit und Sprit dort. Da ließ ich mich nicht zweimal bitten."

„Und Sie haben bei den Prüfungen Ihrer A2-Lizenz in den Bereichen Aerodynamik, Luftfahrttechnik, elementare Navigation und Meteorologie mit Bestnoten abgeschlossen?"

„Was soll ich sagen, Sie haben offensichtlich meine Personalakte gelesen?"

„Das ist richtig", freute sich Grau, „und danach sind Sie ein überdurchschnittlich guter Pilot. Wir brauchen Sie als, nennen wir es ruhig, Testpilot."

Sie schauten sich an. Grau erwartete von Lützen wohl eine neugierige Frage, aber Lützen blieb stumm und schaute Grau offen aber unaufdringlich in die Augen.

Grau fragte sich, wie er den Mann aus der Reserve locken konnte. Er fand ihn sympathisch, wollte aber hören, ob er ein Schwätzer und Großmaul war oder eher ein ruhiger Typ.

Er war erstaunt aber auch beeindruckt, wie unaufgeregt und uninteressiert Lützen auf seine unkonkrete Aussage reagiert hatte. Immerhin war es üblich, dass man im ersten Gespräch mit dem befehlshabenden Offizier konkrete Informationen über die Tätigkeit erhielt. Aber sie brauchten Leute, die etwas für sich behalten konnten.

Lützen dagegen wartete auf Graus nächsten Zug. Es interessierte ihn natürlich brennend, was diese Information, die eigentlich keine war, genau bedeuten sollte. Er sollte als Testpilot eingesetzt werden. Wurden neu entwickelte Flugzeuge getestet? Wie sahen diese Tests aus? Wie viele

Testpiloten gab es? War die Tätigkeit gefährlich? Aber er würde den Teufel tun, seinen Gegenüber zu fragen, um was es genau ging. Er würde es schon erfahren.

Lützen schaute sich Grau noch einmal genau an. Grau war ein paar Zentimeter größer als er selbst und hatte sehr feine Hände. Fast wie eine Frau, stellte er erstaunt fest. Das war aber das einzige auffällige Merkmal, das Lützen an Grau feststellte. Grau war insgesamt ein ziemlich gut aussehender Mann. Seine braune Uniform saß so perfekt, wie der Scheitel. Und die blauen Augen hätten ihn zum perfekten Abbild eines Ariers gemacht, wenn er blond gewesen wäre. Aber er hatte eher eine braungraue Haarfarbe, die ihn älter und souveräner aussehen ließ und sein kantiges Gesicht noch besser zur Geltung brachte. Ihm fiel auf, dass Grau schon wieder redete.

„Bis zum Marinemanöver in einigen Wochen sind wir noch hier in Kiel und dann ziehen wir um nach Berlin. Was wissen Sie über elektromagnetische Wellen?"

„Dass sie im Radio genutzt werden." Sagte Lützen vorsichtig.

Grau zog die Augenbrauen hoch, als hätte Lützen gerade auf die Frage, welcher Ideologie Hitler anhängt: ‚Kommunismus' geantwortet.

„Dann fangen wir mal bei null an", sagte Grau. „Zu unseren Aufgaben zählt das Erstellen und Unterhalten von Fernmeldeverbindungen über Funk und über das Telefon und zwar zwischen allen Einheiten der Luftwaffe. Zusätzlich stellen wir die Verbindung zum Heer und zur Kriegsmarine her. Wir sollen die Überwachung des gesamten deutschen Luftraums sicherstellen."

Und er erklärte Lützen, detailliert die Aufgaben der Luftnachrichtentruppe und informierte ihn, was ihre Einheit schon herausgefunden hatte, was sie über die Reflektion von elektromagnetischen Wellen wussten, was sie mit Schiffen schon getestet hatten und wie ihre Planungen für die nächsten Monate aussah.

Grau berichtete auch, dass bereits vor mehr als zwei Jahren das sogenannte ‚Seetakt'-Gerät entwickelt worden sei. Es könne Schiffe in einer Entfernung bis zu zehn Kilometern mit einer Genauigkeit von etwa 50 Metern orten. Für die Feuerleitung eines Schiffs sei das ausreichend. Da es der Marine um eine Entfernungsmessung und das Erfassen von Zielen bei schlechtem Wetter oder bei Nacht ging, übernahm die Luftwaffe oder konkret seine Fliegerfunker-Truppe die Entwicklung, um eine Verwendung als Zielradar zu ermöglichen.

Grau vergewisserte sich, dass Lützen noch aufnahmefähig war und führte dann weiter aus: „Größere Schiffe, wie z.B. unser Panzerschiff, die Admiral Graf Spee, sind bereits mit dem ‚Seetakt'-Gerät ausgerüstet. Um diese Geräte geheim zu halten, haben wir sie mit Segeltüchern verhängt. Die Männer nennen das Gerät daher auch ‚Matratze'. Im bevorstehenden Manöver möchten wir eine Erkennungsübung mit einer Reichweite von fünfzehn Kilometern durchführen. Dazu machen wir eine Übung mit einem neuen Gerät, mit dem wir parallel versuchen, Sie in Ihrem Flugzeug zu orten, ohne dass wir die hohen Herren aus Berlin Tiergarten in dieses geheime Zweitmanöver einweihen."

Diese ‚hohen Herren', von denen er sprach, waren das Oberkommando der Marine, kurz OKM, das seinen Sitz am Tirpitzufer im Berliner Stadtteil Tiergarten hatte, während das Oberkommando der Luftwaffe in Potsdam saß.

„Wir sind gebeten worden", und Lützen entging nicht der süffisante Ton von Grau, „die Lorbeeren dieser Entwicklung dann gerne für das OKL in Potsdam einzuheimsen. Aber wir wissen noch nicht, ob Freya Ihr Flugzeug wirklich orten kann. Nein, ich korrigiere, Freya kann Sie orten, wir wissen nur noch nicht definitiv, aus welcher Entfernung. Durch die Drehbarkeit von Freya um 360° können wir die Radiowellen breit streuen. Wir glauben, eine Reichweite von über 100 Kilometern erzielen zu können. Freya arbeitet mit einer Wellenlänge von 1,2 m. Aufgrund der kleinen Wellenlänge haben wir eine höhere Auflösung und können so auch kleinere Objekte – also Sie mit Ihrem Flugzeug - erkennen."

Grau und Lützen holten tief Luft. Das war eine Menge Stoff. Beide brauchten einen Moment, um sich zu sammeln.

„Ihre Aufgabe wird sein", fuhr Grau dann fort, „mit verschiedenen Flugzeugtypen und Flugmanövern unser bewegliches Ziel zu sein, damit wir lernen, Sie zu jeder Tages- und Nachtzeit, bei jedem Wetter und in jeder erdenklichen Konstellation zu orten. Erst wenn wir Sie und Ihr Flugzeug auch bei Nacht im Regen über Südfrankreich finden, ist Ihre Auftrag hier erfüllt." Er grinste. „Noch Fragen?"

Lützen schüttelte den Kopf „Momentan nicht. Hoffen wir mal, dass unsere Goldfasane nicht irgendwann uns alle überall auch ohne Flugzeug orten und beobachten wollen." Er lächelte.

Als Goldfasane wurden die Nazigrößen genannt, da sie in ihren braunen Uniformen mit den goldenen Rangabzeichen an diese Vögel erinnerten. Grau ging auf den letzten Satz von Lützen mit keiner Miene ein, auch wenn er ihn zur Kenntnis nahm. Er stand auf. „Na schön, Lützen, dann sehen wir uns morgen früh hier. Jetzt bringt Sie Unteroffizier Weiß in Ihr Quartier und kümmert sich um Ihr Gepäck."

Lützen verkniff sich die Bemerkung, ob Graus Vorgesetzter Schwarz heißen würde, salutierte und folgte Weiß, der bereits in der Tür stand.

Weiß grinste ihn an, als er in den offenen Kastenwagen stieg,: „Zufall, Herr Leutnant"

Lützen sah ihn erstaunt an. Konnte der Unteroffizier Gedanken lesen? Vorsichtig stellte er sich dumm, „Was ist Zufall?"

„Die Farben? Das sind unsere echten Namen. Sie müssen nicht befürchten, dass wir uns damit tarnen."

„Da bin ich ja beruhigt!", sagte Lützen, „Ich hatte schon befürchtet, dass nur noch Rosa frei sei."

Er zog seine Mütze tief in die Stirn und wusste in diesem Moment, dass er sich auf seine Aufgabe hier freute, auch wenn er sich noch nicht ansatzweise im Klaren darüber war, wie wichtig die Erkenntnisse dieser Truppe für den Ausgang des Krieges werden könnten.

Grau saß noch in seinem Büro und rekapitulierte das Gespräch. Das war nun das zweite Mal, das ein Mann sich traute, ihm gegenüber bereits beim Kennenlernen Kritik an der politischen Situation zu üben. Er fragte sich, warum diese Männer ihm gegenüber so offen waren. Musste er sich Sorgen machen, dass er ausstrahlte, dass das politische System nicht seiner Überzeugung entsprach.

Er nahm sich vor, in Zukunft mehr darauf zu achten, welche Signale er aussendete. Er wollte kein Risiko eingehen.

Hamburg, 1937

Ich besuchte meinen Onkel Paul Bunge im Oktober 1937 erstmals mit meiner Mutter im Gefängnis. Er war bereits im Januar des Jahres verhaftet worden. Bisher hatten wir keine Besuchserlaubnis erhalten. Die Strafanstalt Fuhlsbüttel war mit ihren hohen Ziegelmauern schon von außen beeindruckend, von Innen ließ sie mich in Ehrfurcht erstarren. Hier wollte ich schnell wieder raus und niemals als Gefangener rein. Auch meine Mutter war eingeschüchtert. Dieser Eindruck auf Besucher schien gewollt und funktionierte. Insofern war ich auch kaum überrascht über das kränkelnde Aussehen meines Onkels. Er war erst 33 Jahre alt, saß aber schon über ein halbes Jahr in diesem Gefängnis und war durch seine Tuberkulose sowieso in einem schlechten Gesundheitszustand.

Meine Mutter war dagegen offensichtlich durchaus überrascht. Sie konnte die Tränen nicht zurückhalten. Trotz meines Alters, ich war gerade zehn Jahre, versuchte ich das Gespräch zu führen, als ich merkte, dass die Situation beiden unangenehm wurde.

„Und Du bist wirklich nur hier, weil Du SPD-Mitglied bist?", fragte ich zweifelnd.

„Tja", sagte Onkel Paul, „noch bin ich ja in Untersuchungshaft. Mein Prozess wird wohl erst im Januar erfolgen." Er schaut plötzlich sehr nachdenklich, „Dann werde ich schon ein Jahr weggesperrt sein. Mir soll als ‚hochverräterische Tat' angelastet werden, dass ich die Ziele der SPD gefördert habe", er lachte säuerlich: „Mein Gott, müssen die Angst vor uns haben..."

Da war es wieder, dieses ‚die' und er meinte ganz sicher nicht die Juden. Ich erzählte von zuhause, von meiner Familie, der Schule und vom Boxen.

Nachdem sich meine Mutter beruhigt hatte, fragte sie: „Hast Du die Aktivitäten von Peter fortgeführt?"

Paul schaute seine ältere Schwester an und schien ein schlechtes Gewissen zu haben. Ich wusste, wer Peter war, ließ mir das aber nicht anmerken. Peter Hass hatte uns einmal mit Paul gemeinsam besucht. Sie hatten vermutlich versucht, meinen Vater für ihre Aktivitäten zu gewinnen, waren aber erfolglos und unverrichteter Dinge wieder gegangen. Ich erinnerte mich, dass dieser Peter Hass mich beeindruckt hatte, obwohl ich nicht mehr wusste, warum. Ich hätte ihn vermutlich auch kaum wieder erkannt. Peter war vor einem Jahr mit seinem Bruder Otto ins dänische Exil gegangen. Das wurde bei meinen Eltern damals sehr ängstlich besprochen. Immerhin hatte mein Vater früher wohl auch die SPD gewählt.

Peter Hass und sein Bruder gehörten ebenso wie Onkel Paul dem sogenannten Reichsbanner an und hatten versucht, Menschen davon zu überzeugen, dass sie bei der vom Regime durchgeführten Reichstagswahl 1936 mit ‚Nein' stimmen sollten. Juden durften schon nicht mehr wählen und auch leere Zettel wurden als Zustimmung gewertet. So erreichten die Nazis eine absurde Zustimmung von fast 99 Prozent. Die Aktivitäten meines Onkels und von Peter Hass waren also ins Leere gelaufen. Zumindest hatten sie an dem Ergebnis nichts ändern können.

„Ach, Martha, wir müssen doch was tun?", seufzte Paul verzweifelt und schaute meine Mutter lange an, „Wir versuchen wenigstens, unsere Leute noch mit Broschüren zu erreichen. Aber es wird immer schwerer. Selbst unsere Zeitung, ‚Die Kunst des Selbstrasierens', ist aufgeflogen. Vielleicht war der Titel auch zu blöde."

Er grinste. Ach, wie ich sein Grinsen liebte.

Meine Mutter wurde vorwurfsvoll: „Aber wenn Du selbst siehst, dass es nichts bringt? Warum machst Du dann weiter? War es das wert? Was ist mit Deinem Sohn?"

Paul schaute umher, vermutlich nur um dem Blick meiner Mutter auszuweichen, und meinte dann sehr leise: „Ich weiß es nicht. Ich weiß es wirklich nicht. Ich bin nicht einmal stolz drauf, schäme mich eher für unsere lächerlich kleinen Versuche. Ich wundere mich, dass ich so viel Aufmerksamkeit erhalte für das große Nichts, das ich erreicht habe. Aber hier sitze ich und kann nicht anders. Gott helfe mir. Amen."

Wieder grinste er und zwinkerte mir zu. „Wer hat`s gesagt, Helmut?"

„Luther", rief ich stolz.

Er wühlte mir liebevoll durch die Haare. Das durften nicht viele. Tatsächlich hatten wir das Thema Luther vor einigen Tagen in der Schule gehabt. Ich war aber doch erstaunt, dass sich gerade Paul auf Luther bezog, denn so wie mein stets in brauner Uniform erscheinender Geschichtslehrer, Studiendirektor Gölz, begeistert über Luther erzählte, war mir der Mann nicht sympathisch, auch wenn meine Schwestern und ich evangelisch getauft waren. Laut Gölz sah Luther die Juden, also auch Hans, als Unglück für die Christen an und glaubte an die Hand des Teufels, die ‚die Taubheit, die Stummheit, die Lahmheit und das Fieber' verursache. Luther soll sogar ein behindertes Kind eigenhändig ertränkt haben, um es dem Teufel fortzunehmen. Wenn es stimmte, was Gölz erzählte. Da war ich mir bei mancher Geschichte, die er im Brustton der Überzeugung vortrug, nicht so sicher.

Paul meinte noch: „Zumindest haben wir versucht, denen zu helfen, deren Angehörige ins Exil mussten oder wie ich im Gefängnis sitzen. Zumindest war es die Spenden wert, die die Kinder dieser zu Unrecht verhafteten Menschen durch unsere Arbeit erhielten."

Mutter meinte: „Na, dann ist hoffentlich noch was für Deine Familie über, oder?"

Sie merkte, dass diese Bemerkung sie selbst mehr traf, als ihn und meinte, sie müsse etwas trinken und würde für uns alle Drei ein Wasser organisieren. Dabei erhob sie sich schnell, aber ich sah schon an ihrer Geste, wie sie ihre flache Hand vor Mund und Nase hielt, dass sie weinte. Sie kam mit der Situation ganz und gar nicht zurecht.

Sofort lehnte sich Paul nach vorne, packte meine Hände, so dass ich zusammenzuckte und bat mich, eine Nachricht an einen Maurice Martel in Hamburg-Horn zu überbringen. Ich sollte mir die Adresse merken, sie aber nicht aufschreiben.

Die Nachricht war ein Zitat aus dem Trenker Film ‚Der Kaiser von Kalifornien: ‚Recht oder Unrecht? Wer kann's wissen?' Und er würde dann antworten ‚Sei Du zufrieden. Du hast der Welt in Deinem Sinne gedient!'

Ich grinste ihn an. Der Satz, den Onkel Paul sagte, war völlig idiotisch. Aber Onkel Paul grinste dieses Mal leider nicht. Er schaute müde, ernst und sehr traurig aus. Ich erschrak erneut.

Natürlich wollte ich ihm den Gefallen tun. Ich prägte mir den Satz ein und fühlte mich enorm wichtig, aber ich bekam es auch mit der Angst, denn wenn ein so lebensfroher Mensch wie Onkel Paul als gebrochener Mann im Gefängnis saß und das nur, weil er für eine andere Partei als die NSDAP eintrat, dann war etwas faul in unserem Land.

~

Am folgenden Tag, einem Sonntag, suchte ich die von Onkel Paul genannte Adresse in Hamburg-Horn auf. Horn war ein typisches Hamburger Arbeiterviertel mit Geschosswohnungen. Ein rotes Klinkerhaus neben dem anderen. Alles sah gleich aus – über mehrere Straßenzüge. Ohne Straßennamen und Hausnummern würde man sich hier vorkommen wie Minotaurus in seinem Labyrinth. Die Jungen spielten auf den wenig befahrenen Straßen Fußball, und die Mädchen saßen in den Hauseingängen. Ich hätte wohl riechen können, dass in dieser Gegend die Hygiene nicht an erster Stelle stand, aber auch ich hätte ja gerne manches Mal auf das Baden samstags verzichtet.

Schließlich fand ich die Hausnummer 45, ging zu der Tür und klingelte bei Martel. Als nichts geschah, versuchte ich es erneut. Wieder erfolglos. Ich erwog meine Alternativen. Ich konnte unmöglich ohne irgendeine Nachricht wieder umdrehen. Dafür schien mir der Auftrag zu wichtig, auch wenn ich ihn nicht verstand. Als ich mich unentschlossen und frustriert gegen die Tür lehnte, gab diese nach. Ich drückte die Tür vollständig auf, schaute nochmals auf das Klingelschild, um zu erkennen, in welches Stockwerk ich musste, und dann rannte ich - immer zwei Stufen auf einmal nehmend - in den dritten Stock. Dort klingelte ich bei Martel.

Wieder geschah nichts. Dann hörte ich Schritte. Ich klingelte erneut und länger. Die Geräusche verstummten. Dann ging die Tür so schnell auf, dass ich erschrak. Ein großer, dünner, leicht ungepflegter Mann mit einem unrasierten Gesicht öffnete.

„Was willst Du", schleuderte er mir entgegen.

„Ich…Ich habe eine Nachricht für Sie", stotterte ich.

„Ich kenne Dich nicht", erwiderte der Mann mit aggressivem Blick.

Mir fiel der leichte Akzent auf. Der Mann schien kein Deutscher zu sein. Zudem war er mir nicht besonders sympathisch.

„Sie können mich nicht kennen. Ich habe eine Nachricht von Herrn Bunge."

Der Mann guckte so, als sage ihm der Name nichts.

„Paul Bunge?!" wiederholte ich. „Aus dem Gefängnis?! Sind Sie nicht Herr Martel?"

„Komm rein, Bengel"

Ich drückte mich an dem Mann vorbei, der nur einen halben Schritt zur Seite machte und dann das Treppenhaus überprüfte, als hätte ich dort noch ein Geschenk versteckt. Dann schloss er die Tür.

„Hinten durch rechts", rief es hinter mir.

Es wurde mir unheimlich zumute. Davon hatte Onkel Paul nichts gesagt, dass ich zu einem fremden Mann, von dem ich nicht einmal wusste, ob Onkel Paul ihn gemeint hatte, in die Wohnung gehen sollte. Sofort als ich den Raum hinten rechts betrat, prüfte ich meine Fluchtmöglichkeiten, falls es Ärger geben sollte. Vor den Fenstern waren keine Balkone. Somit war der Sprung aus dem dritten Stock nicht möglich. Der Raum hatte zwei Türen. Ich entschloss mich, zu dem Stuhl zu gehen, von dem ich beide Türen im Blick hatte. Ich setzte mich aber nicht, dazu war ich zu nervös.

Der Mann folgte. Er schaute mich misstrauisch an. Die Situation und das unangenehme Schweigen trieben mir den Schweiß auf die Stirn. Aber er schien doch wissen zu wollen, was ich wollte, und er wirkte eher ängstlich als aggressiv. Schließlich sprach er und ich meinte wieder, diesen leichten Akzent zu hören. Ohne es wirklich beurteilen zu können, klang es für mich Französisch: „Wenn ich Martel wäre, was hättest Du für mich?"

Ich zögerte. Plötzlich hatte ich Oberwasser: „Das kann ich nur Martel persönlich sagen".

Er verzog sein Gesicht und es schien ein Grinsen zu sein: „Wer zuerst zieht, mahlt zuerst", konstatierte er, „setz Dich."

Einen kurzen Moment war ich verwirrt. Kannte ich dieses Sprichwort nicht oder hatte er was durcheinander gebracht?

„Danke, aber ich stehe lieber, solange ich noch nicht weiß, ob Sie Martel sind."

„Ich bin Martel, setz Dich, Junge." Er schaute mich nochmal intensiv an, fast ein wenig mitleidig. „Weißt Du eigentlich, wo der gute Paul Dich hier reinzieht?"

Aber da ich keine Anzeichen einer Reaktion zeigte – was hätte ich auch sagen sollen, ich zumindest hatte keine Ahnung, ob und wo er mich reingezogen hatte – fragte er: „Was hast Du für mich?"

„Woher weiß ich denn, dass Sie Martel sind?"

„Weil Du vermutlich irgend so einen sinnlosen Satz von Luis Trenker für mich hast, auf den ich antworte ‚Sei Du zufrieden. Du hast der Welt in Deinem Sinne gedient'", sagte er und freute sich über mein Erstaunen, dass er Teile meiner Botschaft kannte.

Ich sagte ihm meinen Satz nochmal vollständig auf. Er sah mich an. „Ich wusste es. Er glaubt also nicht, dass er so schnell dort rauskommt?"

„Weiß ich nicht", sagte ich vorsichtig und fragte: „War das der Inhalt meiner Botschaft?"

„Du weißt nicht, was es bedeutet?", staunte er.

Ich schüttelte den Kopf und er meinte: „Vielleicht ist das gut so. Es ist besser für Dich, je weniger Du weißt. Sag Paul, wenn Du ihn das nächste Mal siehst, er müsse sich keine Sorgen machen. Das Leben geht weiter und der dümmste Bauer erntet die dicksten Rüben."

Ich wiederholte brav: „Keine Sorgen machen, das Leben geht weiter und die dicksten Kartoffeln", und merkte gar nicht, dass ich ihn damit korrigierte.

Erstmals schaute er mich freundlich an.

„Die dicksten Rüben", verbesserte er mich gutmütig. Er war also auch noch überzeugt von dem, was er falsch machte.

Dann ermahnte er mich noch: „Und dann vergisst Du mich und diesen Besuch besser! Es sind gefährliche Zeiten und die nehmen auch auf einen Jungen in Deinem Alter keine Rücksicht."

Da war es wieder, dieses ‚die'! Das mussten furchtbar viele sein und man konnte sie nicht erkennen. Das war so entsetzlich Angst einflößend. Ich antwortete nicht, aber ich schwor mir, dass ich das alles hier und vor allem diese bleierne Angst so schnell wie möglich vergessen wollte. Ich war zwar stolz, meinen Auftrag offensichtlich richtig ausgeführt zu haben, aber das war nicht meine Welt.

Martel brachte mich zur Tür und legte mir seine Hand auf die Schulter: „Und Junge! Gut, dass Du zu Beginn vorsichtig warst. Du bist ein cleveres Bürschchen! Pass auf Dich auf!"

Wieder an der frischen Luft atmete ich schwer durch. Ich war für einen kurzen Moment offensichtlich Teil des Widerstandes gegen unsere Regierung gewesen. Das war mir klar. Was ich nicht verstand, war, wofür diese Menschen waren und warum sie ihrer Überzeugung heimlich nachgingen. Es war aufregend, aber machte wenig Sinn. Es ging nicht darum, Flugblätter zu verteilen, Waffen zu liefern, Aktionen zu planen, gar eine Bombe zu platzieren oder jemanden zu erschießen. Es ging lediglich darum, eine Botschaft zu überbringen, deren Inhalt ich nach wie vor nicht kannte. Es war rührend einfach und der normalste Vorgang der Welt. Ich hatte einen Mann in einem anderen Stadtteil Hamburgs besucht. Und dennoch spürte ich einen Schatten der Angst, die über Onkel Paul und diesem Herrn Martel lag. Eine Angst, die ich körperlich so intensiv fühlte, wie einen Tiefschlag beim Boxen. Ja, es war aufregend, aber es war auch gruselig. Und es war nicht die Angst eines 10jährigen vor dem Gang in den Wald oder vor einer Klassenarbeit. Es war Angst vor einem System, das überall lauerte, das den Alltag beherrschte und vor dessen intriganten Spitzeln man kaum in den eigenen vier Wänden und in der Familie sicher war. Ich wusste zu dem Zeitpunkt nichts von Gestapokellern, Folter oder Konzentrationslagern, aber meine Angst vor dem

Unkonkreten, vor diesen zahllosen ‚die'. Sie hätte nicht intensiver sein können, wenn ich gewusst hätte, was mich erwartet hätte, falls ich auf meinem Botengang von dem Sicherheitsdienst erwischt worden wäre.

Ich stieg in die Straßenbahn und wenige Minuten später fuhren wir an einem Friseur vorbei. Ein Davidstern war mit weißer Farbe auf das Schaufenster gemalt. Ein junger Mann in schneidiger SA Uniform stand davor und hatte ein Schild mit der Aufschrift ‚Kauft nicht bei Juden' vor sich stehen. Ich dachte noch, was man bei einem Friseur wohl kaufen könnte, da hörte ich einen älteren Herrn wieder von ‚die' sprechen. Dieses Mal ging es aber definitiv um andere ‚die'! Dieses Mal hatte man keine Angst vor diesen ‚die', dieses Mal mussten ‚die' wohl eher Angst haben. Der Mann sagte, dass ‚die' jetzt endlich bekommen würden, was sie verdient hätten. Er hätte das ja schon 1918 gesagt. Er redete sich mehr und mehr in Rage: „Damals hat uns das Pack schon an den Feind verraten. Wir waren nicht zurückgewichen und hatten an der Front den Kopf hingehalten, um dann in der Heimat verkauft zu werden." Und sein jüngerer Gesprächspartner versuchte, ihn zu beschwichtigen, indem er antwortete, dass ‚die' ja nun schon freiwillig das Land verließen. Was sicher für alle die beste Lösung sei.

Ich fröstelte. Auslöser des Gesprächs war der Friseurladen. Da ich annehmen konnte, dass es nicht um Friseure ging, war klar, dass es um die Juden ging. Und wenn ‚die', die an allem schuld sind, ‚die Juden' sind, dann konnte das für Hans nicht gut sein. Denn Hans war Jude. Ich hatte mich gefreut, dass wir nächstes Jahr gemeinsam zum Jungvolk oder auch zu den Pimpfen, wie sie allgemein genannt wurden, gehen konnten. Aber da hatte Hans mich enttäuscht und gesagt, seine Mutter hätte ihm erklärt, er dürfe da nicht mitmachen. Begründet hatte sie es damit, dass er Jude sei. Erst hatte ich gedacht,

Hans würde mich auf den Arm nehmen. Denn der Jude, von dem immer mal wieder als hässliche und unangenehme Gestalt die Rede war, der sah nun wirklich nicht wie Hans aus, der überall als hübscher Junge auffiel. Aber ich merkte, dass Hans diese Tatsache traurig machte und da ich meinen Freund gern hatte, beließ ich es dabei. Ich dachte, dass bis zum nächsten Jahr noch einige Zeit vergehen würde. Bis dahin sei mein Freund sicher kein Jude mehr, wenn er denn überhaupt einer war.

Seit 1935 gab es die Nürnberger Rassengesetze. Sie hatten das Leben für die Familie Cohn noch schwieriger gemacht, als es ohnehin war. Hans lebte mit seiner Oma, Mutter und Schwester in einer Dreizimmerwohnung. Seinen Vater hatte Hans nicht kennengelernt. Zwar war der Vater wohl auch aus Hamburg, denn seine Mutter war schon 1925 aus Posen nach Hamburg gezogen und Hans war wie ich Jahrgang 1927. Aber Hans wusste gar nicht, wer sein Vater war. Es schien ihn auch nicht zu interessieren. Seine sieben Jahre ältere Schwester Irmgard war noch in Posen, einem Ort namens Krotoschin, geboren worden. Durch den großen Altersunterschied verstanden die beiden sich nicht gut. Irmgard meinte, dass es an den unterschiedlichen Vätern liegen müsse. Wie wichtig dieser Umstand für ihr späteres Leben werden sollte, ahnte sie zu diesem Zeitpunkt noch nicht.

Jedenfalls ging es Hans' Familie wirtschaftlich nicht gut. Die Mutter war schon seit 1932 arbeitslos und wurde immer wieder zu Pflichtarbeitstagen herangezogen. Hans nannte das Zwangsarbeit und das war es wohl auch. Arbeitslose Juden wurden als ‚artfremde' Arbeiter bezahlt. Sie mussten lange Arbeitswege in Kauf nehmen, mehr als zehn Stunden am Tag arbeiten und bekamen einen Bruchteil des üblichen Gehalts, sie erhielten keinen Urlaub und hatten keinen Kündigungsschutz und viele weitere Einschränkungen.

~

„Warum bist Du eigentlich Jude?", hatte ich letztens gefragt.

„Weil meine Mutter auch Jüdin ist", hatte Hans geantwortet, ohne mich anzusehen.

„Ist es Dir denn wichtig, Jude zu sein?", fragte ich, obwohl ich das Gefühl hatte, dass ihm das Gespräch peinlich war.

„Nein, ich wünschte, ich wäre niemals Jude gewesen", platzte es aus ihm heraus.

Ich freute mich, da das alles einfacher machen würde. „Warum sagst Du dann nicht, dass Du es nicht mehr sein willst?"

„Weil das egal ist. Man ist es oder eben nicht."

Ich dachte nach, dann fragte ich: „Du siehst gar nicht aus, wie die Juden, die sie uns in der Schule gezeigt haben. Du siehst aus, wie ein Arier. Wenn es keiner wüsste, würde Dich keiner erkennen."

Ich war sicher, dass ich ihm damit schmeicheln würde. Und es war wohl auch so. Wir waren sehr beeinflusst von der Nazi Propaganda.

„Ja, außer der Beschneidung", dachte Hans laut.

Nun fragte ich überrascht: „Du hast eine Beschneidung?"

„Ja, alle Juden sind beschnitten!", sagte Hans.

„Aha", erwiderte ich.

Dann sagte keiner was. Hans merkte bald, dass ich ihn musterte. Er guckte mich fragend an und hob neugierig die Hände.

„Was ist los?", fragt er mich.

Ich antwortete wahrheitsgemäß, „Ich sehe die Beschneidung gar nicht."

Hans lachte und wurde rot, „Ich werde sie Dir auch nicht zeigen."

„Warum nicht?", fragte ich.

„Weil er beschnitten ist", er zeigte auf die Knöpfe seiner Hose.

„Deine Hose?", freute ich mich. „Dann wechsele sie doch."

„Nicht die Hose, mein… Pimmel, Du Schmock!"

„Die Juden schneiden ihren Pimmel ab?", empörte ich mich, nun doch bereit, dass sich das eine oder andere Vorurteil noch bestätigen könnte.

„Nein, nur die Vorhaut wird beschnitten", belehrte Hans mich.

„Ach so", freute ich mich und war wohl sichtlich erleichtert. „Warum macht Ihr das?"

„Wir nennen es die Brit Mila. Es ist der Eintritt eines männlichen Nachkommen in den Bund mit Gott. Es wird gleich nach der Geburt gemacht", erklärte Hans.

„Und tut das nicht weh?" fragte ich.

„Doch", sinnierte Hans nachdenklich, „ich habe den Beschneider daher gebissen."

„Wirklich?" fragte ich sichtlich beeindruckt.

„Nein", sagte Hans trocken. Er machte Beißbewegungen eines Menschen ohne Zähne und ich lachte.

„Noch keine Zähne!", konstatierte ich!

„Richtig!", vermeldete Hans.

Ich war froh, dass ich zumindest das schnell herausgefunden hatte, bekam Oberwasser und legte nach: „Dass Du das noch weißt…"

Wir lachten beide. Und es war ein befreiendes Lachen. Ein Lachen, das uns näher brachte, aber auch ein bitteres Lachen, weil mir eine gewisse Aussichtslosigkeit der Situation bewusst wurde. Hans war Jude, ohne dass er es sein wollte. Hätte man ihm gesagt, er müsse unterschreiben, dass er kein Jude mehr sein wollte, hätte er das ohne Zögern auf der Stelle getan. Aber es fragte ihn keiner.

„Sind denn Deine beiden Eltern Juden?", erkundigte ich mich noch.

„Ja", sagte Hans.

Und es klang so verdammt traurig und bitter. Er wusste damals schon, dass er damit in unserer Gesellschaft immer ein Außenstehender sein würde.

Als ich später am Abend meine Eltern danach fragte, ob man helfen könne, dass Hans kein Jude mehr sei, schauten meine Eltern sich an und reagierten reserviert. Wie ich denn darauf käme und da gäbe es nach den im letzten Jahr erlassenen Rassegesetzen wohl keinen Spielraum. Ich könne froh sein, dass ich beim Boxen noch mit Hans trainieren könne. Das sei nicht selbstverständlich. Als ich dann in meinem Bett lag und enttäuscht war, von der Ausweglosigkeit und dem

90

Unverständnis für diese Regel, kam Vater zu mir und fragte mich, „Helmut? Schläfst Du schon?"

„Nein", sagte ich und war wieder wach.

„Ich habe über Deine Frage nochmal nachgedacht", begann Vater, „und möchte mit Dir noch etwas reden. Du weißt, dass Onkel Paul verhaftet wurde, nur weil er für die SPD gearbeitet hat. Also für eine Partei, die in Konkurrenz zur herrschenden NSDAP steht! Du weißt auch, dass letzten Monat die Arztpraxis von Herrn Dr. Meyne in der Walddörfer Straße geschlossen wurde."

Ich nickte jeweils.

Er redete sehr nachdenklich: „Es gehen in Deutschland Dinge vor, die ich nicht verstehe und mit denen ich nicht einverstanden bin, die ich oder wir aber nicht ändern können."

Jetzt war ich hellwach.

„Was für Dinge?", unterbrach ich.

Vater fuhr unbeirrt fort. „Menschen werden verfolgt aus Gründen, die eine Verfolgung ganz und gar nicht rechtfertigen. Menschen, die anderer Meinung sind, die Kritik äußern. Ich bin auch kein Judenfreund."

Sofort hakte ich ein. „Warum nicht?", unterbrach ich erneut. „Magst Du Hans auch nicht?"

Vater wirkte irritiert. „Natürlich mag ich Hans! Ich mochte auch Dr. Meyne! Aber der Reichtum vieler Juden, die Macht ihrer Banken und ihre fremde Religion, ihre Mentalität! Das ist mir alles nicht geheuer."

Er sammelte sich und strich mir liebevoll über meinen Kopf. „Aber die Verfolgung trifft auch die Unschuldigen. Das ist nicht in Ordnung. Das heißt aber nicht, dass wir das offen kritisieren dürfen. Wir könnten dabei unser Leben riskieren. Denk an Onkel Paul. Wir müssen nicht zu allem ‚Ja' sagen, aber wir müssen auch nicht laut ‚Nein' rufen, und damit uns und unsere Familie in Gefahr bringen, verstehst Du?"

Ich verstand und verstand nicht. Ich verstand, dass Vater mich und unsere Familie schützen wollte. Dass Vater offensichtlich vor irgendjemandem Angst hatte. Dieser Irgendjemand war offensichtlich im Bunde mit der Polizei, wenn diese Onkel Paul einsperrte. Was ich nicht verstand, war, warum Vater die Juden nicht geheuer waren. Ich fragte mich, ob sich das ändern würde, wenn Vater auch mal in eine Synagoge gehen würde. Sicherlich war uns etwas eher geheuer, was wir kannten. Hans hatte mich einmal mit zu der großen Synagoge am Bornplatz genommen. Der Rabbi, dem Hans etwas bringen sollte, war ein älterer Herr mit lustig funkelnden Augen. Niemand vor dem man Angst haben musste. Später erfuhr ich, dass sein Name Dr. Joseph Carlebach war. Die Synagoge hatte mich beeindruckt, aber nicht geängstigt. Ich nahm mir vor, Hans zu bitten, ob wir mit der ganzen Familie mit ihm in die Synagoge zu einem Gottesdienst kommen dürften. Über diesen Gedanken schlief ich zufrieden ein.

Ich träumte davon, wie ich mit Vater, Onkel Paul und Hans in der Synagoge tanzte. Es war wunderschön, aber ich wachte irgendwann schweißgebadet auf und hatte das Gefühl, dass es nach Feuer roch. Als ich jedoch zum Schluss kam, dass der Geruch auch Teil meines Traums war, schlief ich wieder ein. Am nächsten Morgen hatte ich die Idee des gemeinsamen Synagogenbesuchs wieder vergessen.

Nur drei Monate später, im Januar 1938, wurde mein Onkel Paul wegen des Versuchs, ‚die Ziele der SPD zu fördern' und damit der Anklage entsprechend für eine ‚hochverräterische Tat' zu fünf Jahren Zuchthaus verurteilt. Das war für ihn wegen seiner Tuberkulose fast ein Todesurteil.

Manchester, 1942

„Meine Herren, herzlich Willkommen in Manchester. Sie haben sich im letzten Jahr freiwillig zum 1. Fallschirm-Regiment gemeldet und sind mir seit zwei Monaten in der C-Kompanie des 2. Bataillons unterstellt. Ich freue mich, Ihnen mitteilen zu können, dass wir ab sofort unser Training ändern. Dafür sind wir hier zu Gast beim Glider Pilot Regiment. Ab heute trainieren wir für ein Manöver, das voraussichtlich Ende Februar vor unserem Kriegskabinett stattfindet. Sollte unsere dortige Demonstration erfolgreich sein, besteht die Möglichkeit, dass wir unsere Schlagkraft auch im Kampfeinsatz zeigen dürfen."

Ein Raunen ging durch die Gruppe der 120 Männer, die ihrem Kompanieführer Major John Frost zuhörten. Dieser strich sich über seinen akkurat gestutzten Schnurrbart und genoss die Spannung, die er erzeugt hatte, denn ihm war klar, dass die Jungs darauf brannten, endlich ihr Können im Angesicht des Feindes zu zeigen. Er wartete also, bis wieder Ruhe einkehrte und fuhr dann fort:

„Wie Sie sicher bereits festgestellt haben, wird drüben auf dem Übungsgelände zurzeit ein Haus fertiggestellt. Sie werden es in den nächsten Wochen besser als Ihre Westentasche kennenlernen. Wir nennen es ‚Fritz-Haupt-quartier'."

Frost ging zu einer Tafel und zeichnete vier Kreise in unterschiedlichen Abständen ein. „Der Einsatzbefehl lautet wie folgt:

Wir werden in 12 Maschinen in Gruppen zu ca. 10 Mann aus ca. 400 Metern und 600 Meter entfernt von unserem Ziel abspringen und uns hier sammeln. Nennen wir es ‚Rendezvous'"

Er malte ein R in den ersten Kreis. „Wir werden dann Punkt A, unser ‚Fritz-Hauptquartier', einnehmen."

Er malte in einen zweiten Kreis ein A hinein. Dieser war etwa eine Armlänge von dem mit R gekennzeichneten Kreis entfernt.

„Dazu müssen wir ca. 20 feindliche Soldaten ausschalten und haben dann eine halbe Stunde Zeit, um ein kriegswichtiges Gerät - hier bei Punkt B - zu demontieren und es zu Punkt C zu schaffen."

Während seiner Ausführungen hatte er auch die Buchstaben B und C in die beiden verbliebenen Kreise geschrieben.

„Diesen Punkt C müssen wir gegen Angriffe halten, bis die Kavallerie kommt."

Er schaute in die Runde und vergewisserte sich, dass er die Aufmerksamkeit aller genoss.

„Ich werde Sie dafür in drei Hauptgruppen unterschiedlicher Stärke einteilen. Als erstes springt die von mir so benannte Gruppe ‚Drake' mit 50 Mann ab. Diese Gruppe wird von Lieutenant Young, Lieutenant Naumoff und mir kommandiert. Young und Naumoff stoßen mit jeweils 13 Mann sofort zu dem Gerät vor, das abmontiert werden soll, während ich mit meiner Gruppe das ‚Fritz-Hauptquartier' einnehme.

Die zweite Hauptgruppe ‚Nelson' unter dem Kommando von Lieutenant Charteris hat mit 40 Mann die Aufgabe, den späteren Rückzugsweg freizukämpfen und zu halten, bis Entsatz kommt.

Die dritte Hauptgruppe, genannt ‚Rodney‘, mit einer Stärke von 30 Mann, wird kommandiert von Lieutenant Timothy. Sie soll einen zu erwartenden Gegenangriff abwehren und dient als Reserve.

Von der Dropzone zum ‚Rendezvous‘ sind es ca. 200 Meter. Von dort, wie gesagt, etwa 600 Meter zum ‚Fritz-Hauptquartier‘. Hier im Norden, weitere 500 Meter entfernt, ist mit weiteren feindlichen Kräften – mindestens 100 Mann – zu rechnen.

Das zu demontierende Gerät ist an eine Sprengladung angeschlossen und bewacht. Eine Sprengung ist um jeden Preis zu vermeiden. Daher müssen die drei Abteilungen der Gruppe ‚Drake‘ absolut parallel agieren. Auf dem Weg zum Punkt C sind zwei MG Nester, vermutlich Bunker, auszuschalten.

Wir werden während des verbleibenden Januars üben, üben, üben: Den Absprung, die Kommunikation, die Einnahme des Hauses, die Demontage und den Weg zum Strand inklusive Aushebung der MG Nester. Für ein realitätsnahes Training des Weges zum Punkt C geht es Anfang Februar nach Schottland. Punkt C ist ein tiefer gelegener Strand. Die Kavallerie ist die Royal Navy.

Mitte Februar müssen alle Abläufe perfekt klappen. Im Manöver werden Sie alle hier genannten und geübten Entfernungen und Gegebenheiten im Detail wiedererkennen. Noch Fragen?“

Stille.

„Die Herren Offiziere brauche ich noch. Der Rest: Wegtreten!"

Nachdem sich die Unruhe gelegt hatte, witzelte Lieutenant Timothy: „Warum werde ich das Gefühl nicht los, dass das Kriegskabinett, vor denen wir vortanzen sollen, eher aus Deutschen besteht?"

Die anderen schauten ihn fragend an! „Wer wettet mit mir um eine Walther P1, die ich von unserem Ausflug mitbringen möchte, dass wir unser Tänzchen gar nicht hier aufführen, sondern direkt beim Fritz im Vorgarten?!"

Frost schaute ihn kalt an: „Lieutenant, wenn es so wäre, müsste ich sie jetzt erschießen lassen. Mit Ihrem Geschwätz hätten Sie bereits jetzt eine Kommandoaktion gefährdet, wenn es eine gäbe. Das ist Ihnen klar, oder?"

Die Stimmung wurde eisig, dann grinste Frost, „da ich das nicht tue, haben Sie wohl Ihre Wette verloren."

Die fünf Männer lachten, insb. bei den jungen Lieutenants spürte man Erleichterung.

Frost wurde wieder ernst: „Morgen reist ein Ingenieur namens Cox an. RAF Flight Sergeant Charles Cox. Er hat keine Ahnung von Ihrem Geschäft, meine Herren, denn er ist ein Spezialist für solche Geräte, die dem Gerät, das wir in der Übung demontieren sollen, zumindest ähneln. Und er ist freiwillig hier. Ich möchte, dass Sie, Lieutenant Young, ihn abholen und ab dem Zeitpunkt sind Sie mir mit Ihrer Gruppe für sein Leben verantwortlich und wenn Sie ihm in sein Bett folgen. Seine Aufgabe ist die Demontage. Ihre Aufgabe ist es, ihn mit Ihrem Leben zu schützen. Verstanden?"

„Sir, Yes Sir!" sagte Young in einem Ton, der einen ahnen ließ, dass er sich der Wichtigkeit dieser Aufgabe bewusst war.

Frost zeigte den Befehlshabern jeder Gruppe auf der Karte ihren jeweiligen Weg vom Absprungplatz zu ihrem Bestimmungsort und ihre Aufgabe. Das Setting war simpel, aber der Erfolg würde von einer guten Abstimmung der einzelnen Gruppen miteinander abhängen und davon, dass sie das Überraschungsmoment nutzen konnten, damit für die Demontage ausreichend Zeit blieb.

Frost erklärte noch, dass zwei Bunker mit MG Stellungen auf dem Weg zum Strand von Lieutenant Charteris und seiner Gruppe Nelson sowie Lieutenant Naumoff mit den ihm unterstellten Männern von Gruppe Drake genommen werden müssten. Als er seine Ausführungen beendet hatte, trat ein Staff Sergeant ein und forderte die Offiziere auf, ebenfalls auf den bereitgestellten LKW aufzusitzen, die die gesamte Kompanie zum Sprungturm befördern sollten, damit mit dem Training des Fallschirmspringens am Sprungturm begonnen werden konnte.

Hamburg, 1938

Donnerstag, der 10. November

‚Ich bin am Ort das größte Schwein
und lass mich nur mit Juden ein‘,

so stand es auf dem großen Holzschild, das mit einem Seil am Hals einer jungen Frau hing, die ein weißes Kleid trug. Neben ihr stand ein kleiner, ebenfalls junger Mann, der aussah als hätte man ihn gerade aus dem Bett geholt, ungewaschen in seinen Anzug gesteckt und hier ausgestellt. Auch ihm hatte man ein Schild mit einem groben Seil um seinen Hals gehängt. Auf seinem Schild stand:

‚Ich nehm als Judenjunge immer,
nur deutsche Mädchen mit aufs Zimmer‘.

Hans und ich waren mit Günther und Anton auf unserem Schulweg auf der Adolf-Hitler-Straße und hatten über die ersten Übungen zur Pimpfenprobe gesprochen, als wir Zeugen dieses Schauspiels wurden. Die Pimpfenprobe war eine Leistungsprüfung des deutschen Jungvolks – also für die 10 bis 14jährigen - zu der auch ein 70 Meter Lauf gehörte, den man in 15 Sekunden bewältigen musste. Das war so unproblematisch für mich wie der ebenfalls geforderte Weitsprung über 3,50 Meter und der Schlagballweitwurf über 25 Meter, dagegen fiel es mir schwer, eine Minute die Luft anzuhalten. Leider gehörte auch das zu der Prüfung. Außerdem mussten wir auswendig das Horst Wessel Lied können und die Schwertworte des Jungvolkjungen aufsagen können, die wie folgt lauteten:

‚Jungvolkjungen sind hart, schweigsam und treu.

Jungvolkjungen sind Kameraden.

Des Jungvolkjungen Höchstes ist die Ehre.'

Günther hatte sogar schon ein Deutsches Jungvolk-Leistungsbuch, in das man die Ergebnisse der Pimpfenprobe eintragen konnte. Meine Eltern hatten sich geweigert, für so einen ‚Lappen', wie es mein Vater charmant ausdrückte, 30 Reichspfennige auszugeben und Mama hatte vorgeschlagen, ich sollte mir das Geld selbst verdienen. Ich war wie so oft dankbar über den Vermittlungsversuch meiner Mutter, hatte aber noch keine Idee, wie ich das anstellen sollte.

In unser Gespräch vertieft, standen wir dort und sahen auf der anderen Straßenseite diese beiden jungen Menschen mit ihren demütigenden Schildern auf dem Bürgersteig stehen. Um sie herum feixende SA Männer. Die SA Trupps waren einige Jahre im Straßenbild untergetaucht und wenig zu sehen gewesen, aber jetzt waren sie wieder da, als wären sie zurück aus der Hölle, und freuten sich an der Zurschaustellung dieser bedauernswerten Menschen.

Nur ein paar Meter weiter lag Glas auf dem Bürgersteig. Die Scheibe des Kiosks von Herrn Schulte war eingeschlagen. Dort hatten wir häufig unsere Süßigkeiten auf dem Heimweg gekauft. An der Tür prangte groß der Davidstern, der mit weißer Farbe grob aufgemalt war. Erst jetzt fiel mir auf, dass eine unangenehm aggressive Stimmung in der Luft lag. Ich wollte gerade ganz pfiffig feststellen, dass die beiden Schildträger wohl ‚etwas miteinander gehabt' hätten, als Hans plötzlich losrannte. Aber nicht in Richtung der Schule, sondern zurück nach Hause. Er verabschiedete sich nicht, sondern lief ohne ein Wort plötzlich weg. Ich rief ihm noch zweimal nach, aber er reagierte nicht. So gingen wir drei weiter zur Schule. Auf dem Weg sahen wir noch zwei weitere Geschäfte, deren Schaufenster zerstört waren und die offensichtlich auch jüdische Eigentümer hatten.

Unsere Schule lag in der damaligen Ahrensburger Str. 53, die heute Krausestraße heißt. Wir gingen die knapp zwei Kilometer mit schnellem Schritt, da wir hofften in der Schule Näheres über die Vorfälle in der vergangenen Nacht zu erfahren.

Die Aufregung auf dem Pausenhof vor dem Fritz-Schumacher Rundbau war förmlich zu greifen. Es war noch eine reine Jungenschule, aber ab Februar des kommenden Jahres sollten auch Mädchenklassen bei uns unterrichtet werden. Wir freuten uns darauf, dass die Mädchen kamen und fanden das unendlich aufregend. Es war ständiges Thema bei uns Jungs. Aber an diesem Morgen war das plötzlich völlig uninteressant. Alle tauschten Neuigkeiten über die Geschehnisse der letzten Nacht aus.

Auch die anderen Jungen unserer Klasse hatten keine Ahnung, was letzte Nacht passiert war, obwohl die meisten wie wir über Scherben auf dem Schulweg gelaufen waren. Uns war klar, dass die Aktionen offensichtlich nur oder hauptsächlich gegen die Juden gingen. Die Schulklingel läutete und wir hatten in der ersten Stunde Geschichte.

Zwischenzeitlich brannten wir vor Neugier. Unser Geschichtslehrer, Herr Studiendirektor Gölz, war nicht gerade mein Lieblingslehrer. Nicht weil er überzeugter Nationalsozialist war, sondern weil er mit seinem dicken Bauch und seiner schmierigen Art so gar nicht in mein Bild eines edlen Ariers passte. Dennoch tat er so, als wäre er die Verkörperung der Herrenrasse. Auch hatte er eine widerlich herablassende Art und malträtierte Hans am liebsten täglich mit dem Rohrstock. Als er hereinkam, spürte die ganze Klasse seine Hochstimmung.

Wir sprangen auf, machten den Hitlergruß und schrien: „Heil Hitler, Herr Gölz."

Wie immer schlug er geräuschvoll die Hacken zusammen, wenn er den rechten Arm hob. Heute wanderte er durch die Klasse, verschränkte selbstgerecht die Arme hinter dem Rücken und begann:

„Jungs, wie ihr vielleicht mitbekommen habt, gab es ein feiges Attentat des internationalen Weltjudentums auf das Deutsche Reich. Vor drei Tagen, am Montag, dem 07. November, wurde unser - erst 29jähriger, aufstrebender und gerade zum Botschaftssekretär I. Klasse beförderter - Ernst Eduard vom Rath von einem jüdischen Attentäter mit fünf Schüssen in der deutschen Botschaft Paris niedergestreckt. Er ist gestern gegen Abend nach zwei Tagen Todeskampf verstorben. Damit waren wir Deutschen zum Handeln gegen die Vertreter des Weltjudentums in unserer Heimat aufgefordert. Darum sind gestern Nacht jüdische Häuser, Läden und Synagogen in Vergeltungsaktionen bekämpft worden. Wie sagte unser Reichspropagandaminister Dr. Goebbels: ‚Einmal wird unsere Geduld zu Ende sein, dann wird den Juden das freche Judenmaul gestopft werden'. Vom Ende dieser, unserer Geduld hat der Jude gestern nur den Anfang erlebt."

Mein Klassenkamerad Zoltan Boranow stand auf und schrie „Sieg Heil."

Ich war mir nicht sicher, ob er überhaupt Deutscher war. Als er merkte, dass er alleine stand, setzte er sich schnell wieder, nicht ohne noch ein zustimmendes Lächeln von Gölz zu erhalten. Ich war starr vor Angst. Hoffentlich war Hans nichts passiert.

Gölz setzte nach: „Ich empfehle Euch, dass Ihr nach den heutigen Jungvolkaktivitäten schnellstmöglich nach Hause geht. Helmut, wo waren wir in der letzten Stunde stehen geblieben?"

Ich hörte nicht einmal, dass er mich angesprochen hatte. Sogar Gölz, der bisher nicht durch Einfühlungsvermögen aufgefallen war, schien dies zu bemerken und es setzte nicht sofort Schläge, weil ich vielleicht schlief, sondern er wiederholte wohl seine Frage und stand dann vor mir. „Helmut, ist Dir wohl? Du bist blass?"

Ich versuchte aufzustehen. „Mir…mir geht's nicht gut!"

„Besser du gehst nach Hause", sagte er, „Du bist ja gar nicht anwesend. Nimm Deine Tasche und geh. Brauchst Du jemanden, der Dich begleitet?"

„Nein, nein. Es tut mir leid. Auf Wiedersehen, Herr Gölz."

Als ich hinaus stürzte, höre ich ihn noch rufen, für den Hitlergruß sei immer Zeit. Sofort rannte ich zu Hans in die Albertstraße 1, die heute Dorfstücken heißt. Aber es machte niemand auf. Ich war trotzdem sicher, dass er und seine Mutter zuhause waren. Ich versuchte es erneut erfolglos. Ich gab auf und ging nach Hause. Auf dem Weg versuchte ich meine Gedanken zu sortieren.

~

Zuhause traf ich meine Mutter. Ich umarmte sie, hielt sie fest und fragte ängstlich: „Mama, was ist heute Nacht passiert?"

Sie antwortete tonlos: „Gestern Abend und auch die ganze Nacht hindurch gab es Judenpogrome. Das Attentat von Grynszpan in Paris wurde nur als Vorwand genutzt. Viele Menschen haben ihrem Hass auf Juden freien Lauf gelassen. Viele Schaufenster von Geschäften wurden eingeschlagen, Läden geplündert, Juden wurden verhaftet und auch die große Synagoge am Bornplatz (dem heutigen Joseph-Carlebach-Platz) wurde demoliert. Was ist bloß los in diesem Land?"

Meine Mutter guckte ängstlich und traurig zugleich. „Auch Hans und seine Familie sollten lieber das Land verlassen, so lange es noch möglich ist."

Ich war fassungslos über diesen letzten Satz. Ich war hin und her gerissen. Denn ich war stolz auf das neue Reich und was es darstellte. Deutschland war wieder wichtig in der Welt. Man nahm uns ernst. Das Rheinland war zurück, auch Österreich war ‚heim ins Reich' gekommen und schließlich wurde uns auch das Sudetenland zugesprochen. Sogar mein Vater, der immer SPD gewählt hatte, hatte das positiv zur Kenntnis genommen. Und ich liebte das Jungvolk und die vormilitärische Ausbildung, die Uniformen und den kleinen und den großen Dienst. Ich liebte es, beim großen Dienst draußen mit meinem Tornister loszuziehen. Wenn ich Decke, Taschenlampe, Zelt, Essgeschirr und die Feldflasche in den Affen - so nannten wir den Tornister - packte, kam ich mir vor wie ein heldenhafter Soldat, der mit Marschgepäck in den Krieg zieht, um seine Lieben zu verteidigen. Auch die Geländespiele waren wunderbar und ich liebte die mehrtägigen Fahrten. Sie waren das Aufregendste, was ich je erlebt hatte.

Aber ich wollte einfach nicht verstehen, warum Hans nicht ein Teil dieses Abenteuers sein sollte. Hans hätte so gerne dazugehört, den ständigen Anfeindungen auch von unserem Lehrer Gölz und den älteren Jungen der Hitlerjugend zum Trotz.

Hetze und Gewalt in Hamburg gingen noch den ganzen Donnerstag weiter. Auch durch die Initiative der beiden fanatischen Nazis, dem NSDAP Kreisleiter Harburgs, Wilhelm Drescher, und dem SA Obersturmführer Hamburgs, Wilfried Sievers, war die Zerstörungswut von SA und SS in unserer Stadt gewaltig. Von Harburg zogen sie durch die Kaiser-Wilhelm-Straße und den Steindamm. Sie hinterließen überall Glasscherben. So entstand auch der Begriff ‚Kristallnacht', der sich trotz des offensichtlichen Zynismus über all die Jahre gehalten hat.

In der Hamburger Gestapozentrale im Stadthaus wurden fast 1.000 Menschen eingesperrt und gefoltert. Die national-sozialistische Führung lobte die ‚spontanen' judenfeindlichen Aktionen im ganzen Reich. Wie ich erst viel später erfuhr, wurden innerhalb von 24 Stunden 7.500 Geschäfte zerstört, 1.400 Synagogen demoliert oder in Brand gesetzt und 30.000 jüdische Bürger verhaftet. Von diesen starben mindestens 400 Menschen in den Konzentrationslagern Sachsenhausen, Dachau und Buchenwald.

Hans erschien auch am Freitag nicht in der Schule und Samstag nicht beim Boxen. Ich suchte ihn am Samstagnachmittag erneut auf. Dieses Mal machte er mir auf. Er hatte sich in diesen zwei Tagen verändert. Er war blass und sah krank aus. Er wirkte verstört. „Was willst Du, Helmut? Macht Ihr dieses Wochenende keine Pimpfenfahrt?"

Bei ihm klang das Wort ‚Pimpf' immer so böse herablassend. Ich schüttelte den Kopf.

„Aber Heimnachmittag ist doch immer samstagnachmittags?" bohrte er nach.

„Ja, ich weiß?" antwortete ich ausweichend.

Aber er ließ nicht locker: „Warum gehst Du dann nicht hin?"

„Weil ich sehen wollte, wie es Dir geht!"

Er ging hinein, ließ aber die Tür offen. Ich ging also hinterher und schloss die Tür.

„Mir geht's prächtig. Ich darf demnächst mit Meinesgleichen auf die Schule gehen. Die Talmud Tora Schule hat mich eingeladen. Offensichtlich will man mich dort aufnehmen. Vielleicht muss man mich auch nehmen. Praktisch, wenn der Jude zusammengepfercht wird. Gölz wird sich freuen. Und Du wirst es nicht glauben, aber auch ich fühle Erleichterung, wenn ich daran denke, das Spießrutenlaufen künftig vermeiden zu können."

„Ich verstehe Dich. Ich würde an Deiner Stelle auch nicht mehr in unsere Schule gehen wollen."

Plötzlich schaute mich Hans mit glasigen Augen an. „Ich habe Angst, Helmut. Ich habe beschissene Angst. Die sind alle mit so viel Begeisterung dabei, uns auszustoßen und zu demütigen. Ich mag mich selbst kaum noch leiden."

Ich hatte keine Antwort. Es gab auch keine. Ich wollte ihm sagen, was meine Mutter gesagt hatte, aber ich hatte Angst, meinen Freund zu verlieren und so sagte ich nichts. Wir saßen noch eine Weile schweigend in seinem Zimmer. Mir fiel auf, dass ich auch seine Mutter, seine Schwester Irmgard und seine Oma lange nicht mehr gesehen hatte. Aber obwohl ich neugierig war, traute ich mich nicht, ihm eine Frage über den Verbleib seiner Familienangehörigen zu stellen. Ich hatte zu große Angst vor einer Antwort. Irgendwann kamen wir wieder zu normalen Themen und spielten miteinander mit unseren Zinnsoldaten.

Wir hatten gemeinsam eine großartige Sammlung von hunderten Soldaten des beginnenden neunzehnten Jahrhunderts, und wir spielten zu gerne die Schlacht von Waterloo nach. Ich hatte meine Soldaten schon vor Monaten zu ihm gebracht. So hatten wir tatsächlich kleine Armeen, die wir aufstellen konnten. Während ich meine Soldaten alle als Geschenk erhalten hatte oder mir von meinem Taschengeld auf Flohmärkten gekauft und nur teilweise neu bemalt hatte, hatte Hans seine Soldaten zum großen Teil selbst gebastelt und bemalt. Es waren große, bunte Armeen, die wir aufstellen konnten, und es war natürlich auch ein großer Spaß, in die Kämpfe mit unseren Zwillen einzu-steigen. Die Kämpfe waren meist sehr verlustreich und wurden bis zum letzten Mann geführt. Es gab keine Gefangenen und niemals gab einer auf. Hitler hätte unsere radikale Art der kompromisslosen Kriegsführung sicher ge-fallen. Und je nach Tagesform gewann mal der französische Kaiser oder der englische Duke, natürlich mit entscheidender Hilfe des preußischen Generals. Meist stand es bis zum Schluss auf Messers Schneide und entschied sich unserer Gemetzel erst mit den letzten aufrecht stehenden Helden.

Manchmal hatte aber auch Hans' Schwester Irmgard in die Kampfhandlungen eingegriffen, indem sie wie ein Orkan über unsere Armeen hinwegfegte. Sie teilte sich das Zimmer mit Hans und war der Ansicht, man könne sich noch besser dort bewegen, ohne englische, preußische oder französische Zinnsoldaten auf dem Fußboden. Da sie wesentlich älter war, akzeptierten wir ihre Eingriffe in unsere Schlachten. Das änderte aber nichts daran, dass die Schlachten geschlagen werden mussten, nur eben noch verlustreicher und noch unvorhersehbarer.

Hans' ‚Napoleon' gewann dieses Mal und begutachtete mit seiner Hand in der Knopfleiste seines Hemdes und mit kritischem Blick die Reste seiner Grande Armee. Ich schaute ihm feixend zu und bettelte um Gnade, während er irgendeinen Schwachsinn brabbelte, der französisch klingen sollte. Wir hatten großen Spaß und ich war so glücklich, dass es uns wieder gelungen war, ein wenig Normalität zurückzuerobern. Es war ein wunderschöner Nachmittag und ich ging trotz meiner wahrhaft vernichtenden Niederlage außerordentlich zufrieden mit mir nach Hause.

Nur drei Tage später, am 15. November gab es einen erneuten Erlass der Hamburger Schulverwaltung auf Anordnung des Reichserziehungsministers. Jüdische Schüler wurden von allen staatlichen Schulen ausgeschlossen.

Hans war in unserer Schule nicht mehr erschienen und ich wusste ja, auf welche Schule er jetzt ging.

Am 28. November folgte ein Erlass, der den Regierungsbezirken ermöglichte, Juden den Zutritt zu bestimmten Ortsbereichen zu bestimmten Zeiten zu verbieten, Anfang Dezember wurde allen Juden ihre Führerscheine und sogar die KFZ Briefe weggenommen. Sie wurden gesetzlich verpflichtet, ihr Grundeigentum zu verkaufen. Sie durften kein Gewerbe mehr betreiben und keine Vermögensgegenstände mehr veräußern. Von jetzt an waren die Juden, die nicht schon nach Polen abgeschoben worden waren oder noch rechtzeitig emigrierten, rechtlos in Deutschland. Ich bekam Angst um Hans und seine Familie und fragte mich, ob das, was wir Deutschen den Juden und damit auch Hans antaten, irgendwie zu rechtfertigen sei. War es vielleicht doch richtig, weil so viele einverstanden waren oder – wie meine Eltern -

zumindest nicht protestierten. Oder protestierten sie nur aus Angst nicht? Dann war es falsch, was wir den Juden antaten. Aber ich wagte nicht, meine Eltern zu fragen. Vermutlich weil ich nicht hören wollte, dass sie ihre Angst eingestehen würden. Denn Feiglinge waren ja das Schlimmste, was es gab. So lernten wir es im Jungvolk. Und ich wollte um keinen Preis meine Eltern als Feiglinge brandmarken müssen. Das hätte ich nicht ertragen.

Die Angst vor der ,Schande' der Feigheit verhinderte auch andere Gespräche mit meinen Eltern. Wie viele Bösartigkeiten uns beim Jungvolk zugemutet wurden und was wir alles ertrugen, ohne unseren Eltern davon zu erzählen, bleibt mir aus heutiger Sicht unverständlich. So galt als ,Befehlsverweigerung', wenn wir auf einen Vorgesetzten nicht blitzschnell reagierten. Ein solches Vergehen oder ein rührender Fehler an der Uniform oder eine lächerliche Verspätung, all dies wurde mit Strafexerzieren geahndet: Und zwar jedes einzelne Mal! Überforderte oder unterdurchschnittlich intelligente Unterführer machten ihre Machtspielchen mit uns. Und so lernten wir methodisch zweierlei im Kindesalter: Härte und blinden Gehorsam.

Warum ertrugen wir das? Warum habe ich meinen Eltern nichts davon erzählt, obwohl ich wusste, dass sie mit Vielem nicht einverstanden waren, was um uns herum geschah? Erhoffte ich keine Hilfe von ihnen? Merkte ich, dass sie resigniert hatten? Oder hatte ich einfach nur Angst? War ich gar der Feigling? Denn war es nicht feige, alles hinzu-nehmen und nicht zu widersprechen? Vermutlich war es von allem etwas. Ich spürte in diesen Tagen jedenfalls den Zweifel an mir nagen. Wenn so viel Angst und Gewalt von diesem System ausging, dann war es auch nicht richtig, nur das Gute zu sehen und vor dem Rest die Augen zu schließen, nur um das zu genießen, was mir gefiel. Ich wurde sehr nachdenklich. Die Jungvolk-Euphorie war verflogen.

Ich erinnerte mich an das Gespräch mit Onkel Paul. Als ich ihn wieder besuchen durfte und ihm von meinem Besuch bei Martel erzählt hatte, meinte er: „Du bist ein mutiger Junge! Aber nun mach erst einmal Deine Schule zu Ende."

Ich hatte geantwortet, dass ich die Nationalsozialisten nicht so negativ sehe, wie er, auch wenn ich natürlich nicht einverstanden sei, dass sie ihn ins Gefängnis eingesperrt hatten. Auch verstünde ich nicht, dass Hans und andere Juden angegriffen würden. Jedoch gäbe es so viel Begeisterung für unseren Führer. All diese Menschen könnten sich doch nicht irren? Jedenfalls sei ich zwischen Zustimmung und Ablehnung hin und her gerissen.

Onkel Paul schaute mich lange an, bevor er antwortete: „Du bist für Dein Alter erstaunlich weit, Helmut. Viele 11jährige machen sich solche Gedanken sicher nicht. Aber weißt Du, Helmut, wir alle sind ständig auf der Suche nach dem richtigen Weg. Auf der Suche nach der Wahrheit. Deine Wahrheit ist vielleicht eine andere als meine oder die Wahrheit von Hans. Du musst für Dich herausfinden, welche Wahrheit die Deine ist. Ob Dir das in Deinem Alter schon gelingt? Ich weiß es nicht. Vermutlich wird es länger dauern. Aber damit, dass Du weißt, dass Du auf der Suche bist, bist du schon weiter als viele Erwachsene. Und dass Du hinterfragst, was passiert und nicht blind hinter den Massen herläufst, macht Dich schon zu einem beeindruckenden, jungen Individuum. Halte Ohren und Augen offen und bleib kritisch, dann wirst Du Deine Wahrheit finden. Erst vor Gott werden wir dann wissen, ob unser Weg ein guter Weg war."

Auch wenn ich nicht alles verstanden hatte, was er mir sagen wollte, fühlte ich doch, dass er Verständnis für mich

110

aufbrachte, wenn ich an den Nationalsozialismus und seine positive Bedeutung für Deutschland glauben wollte.

Mir wurde klar, dass ich mich irgendwann würde entscheiden müssen. Eine Entscheidung für das nationalsozialistische Deutschland wäre eine Entscheidung gegen Hans und Onkel Paul. Eine Entscheidung für meine Freundschaft mit Hans und für Onkel Paul und seine Werte würde bedeuten, dass ich mich gegen das Deutsche Reich und seine Regierung, aber auch gegen alle diese Männer von SA und SS, gegen die Gestapo würde stellen müssen. Das machte mir höllische Angst. Ich wollte und konnte diese Entscheidung nicht treffen. Zumindest jetzt noch nicht!

Wie man in den nächsten Tagen erzählte, hatte das Reichsjustizministerium inzwischen die Staatsanwälte angewiesen, keine Ermittlungen ‚in Sachen der Judenaktion‘ am 9. und 10. November vorzunehmen. Den Opfern den Rechtsweg zu versperren, war nur konsequent. Der Gipfel der Demütigung war jedoch, dass den Juden wegen der Schäden des Pogroms eine ‚Sühneleistung‘ von einer Milliarde Reichsmark auferlegt wurde.

Hans wird das egal gewesen sein. Ich habe ihn nie danach gefragt. In diesem Jahr 1938 sahen wir uns nicht mehr.

Tilshead, 1942

Frost zerbrach sich zum wiederholten Male darüber den Kopf, ob die Ausbildung der Männer für den geplanten Überfall ausreichend gewesen sei. Sie hatten mehrfach den Sprung in der Nacht aus den Whitley Bombern geübt und es schließlich geschafft, so zügig, aber im richtigen Abstand, aus dem Flugzeug zu springen, dass sie weder in den Schirm des Vordermannes gerieten, noch zu weit voneinander entfernt landeten. Das Sammeln und der Abmarsch zum Einsatzort gelang lautlos, ebenso wie die Kommunikation und die Abstimmung mit den anderen Gruppen. Den letzten Teil der Übung, den Weg zu den MG Bunkern und dann zum Strand, übten sie in Schottland, in der Nähe von Inveraray.

Als sie Anfang Februar an die Küste des schottischen Meeresarms Loch Fyne verlegt worden waren, hatte er seiner Kompanie auch den letzten Teil der Übung erklärt. Die Kontaktaufnahme mit den Landungsbooten und die Ein-schiffung voraussichtlich unter Feuer in der Dunkelheit waren komplexer und anstrengender als vermutet und schon ohne feindliches Feuer nicht ungefährlich.

Die Zugfahrt von Tilshead in Wiltshire nach Schottland und ihr Quartier auf dem Zerstörer Prince Albert in der Holy Loch Bucht mit Blick auf das fast zweihundert Jahre alte Inveraray Castle muteten fast wie eine Klassenreise an. Entsprechend war die Stimmung hervorragend bis ausgelassen.

Und schließlich stattete ihnen auch noch Admiral Lord Louis Mountbatton, Chef der Combined Operations einen Besuch ab. Er hatte eine ergreifende Rede gehalten, ohne ein Wort darüber zu verlieren, wofür diese Männer wirklich trainierten. Frost hatte die Rede seines Admirals mit gemischten Gefühlen angehört. Die Tatsache, dass nicht alle seine Männer die Operation überleben würden, hielt ihn vor übertriebener Euphorie zurück und er war sicher, dass viele seiner Männer spätestens jetzt ahnten, dass sie keinesfalls für ein Manöver trainierten.

Das Training war zudem nicht in allen Abschnitten erfolgreich gewesen. Besonders die Aufnahme seiner Leute durch die Landeboote der Prince Albert machte ihm Sorgen. Eine Einschiffung mit 120 Mann, deren Ausrüstung und Waffen, Verwundete und erwünschte Gefangene, sowie schweres Gerät, dies alles unter schwerem Feuer an Bord schaffen zu müssen, behagte ihm ganz und gar nicht. Und die Übungen waren zudem dermaßen schief gegangen, dass er fünf Mann ersetzen musste, die im Eifer des Gefechts im eiskalten Wasser von Loch Fyne fast ertrunken wären. Die britischen Landungsboote, die unhandlichen Landing Craft Assaults, kurz LCA, konnten zwar leise und schnell landen und perfekt Soldaten absetzen, aber sie waren nicht dafür entwickelt worden, Soldaten und Gerät bei Dunkelheit aufzunehmen.

Nun waren sie bereits seit vier Tagen wieder zurück in Tilshead. Hier hatte jeder erneut drei Fallschirmsprünge gemacht, dieses Mal aber aus den Whitley Bombern, die sie auch nach Frankreich bringen würden. Es gab außer ein paar Prellungen und Verstauchungen, die bei den kaum lenkbaren Rundkappenschirmen zu den Standardverletzungen gehörten, keinerlei Ausfälle. Zumindest das war beruhigend.

Heute würde er seiner Kompanie den wahren Plan verraten, denn nun hing es nur noch von den richtigen Wetterbedingungen ab. Seine Truppe benötigte möglichst Vollmond und die Navy in jedem Fall die Flut.

Als seine Offiziere und Flight Sergeant Cox erschienen, dachte Frost, dass Cox ein mutiger Mann ist. Cox war zwar Ingenieur und ein ausgewiesener Spezialist für Radargeräte, aber noch nie auf einem Schiff gewesen, niemals zuvor geflogen und hatte dementsprechend auch bisher nicht darüber nachgedacht, gar aus einem Flugzeug zu springen - mit oder ohne Fallschirm.

Nach Rücksprache mit Wing Commander Pickard hatte Frost Cox bereits Anfang Februar ins Vertrauen gezogen und ihm weitere Informationen über die Aktion gegeben. So wusste Cox seitdem, welches Gerät sie demontieren sollten, er wusste aber nicht, wo und wann die Aktion geplant war.

Sofort nach diesem Gespräch hatte Cox weitere sechs Radarspezialisten angefordert, die auch problemlos und unbürokratisch bewilligt wurden und einige Tage später anreisten. Einen Teil des Sprungtrainings hatten die Neuankömmlinge zwar verpasst, aber das ließ sich nicht ändern. Cox bestand darauf, dass sie mitgenommen werden müssten. Und Frost stimmte zu, solange der Zeitplan eingehalten werden konnte und keine zusätzlichen Trainingseinheiten für das Fallschirmspringen notwendig würden.

So hatten sie nach den Fallschirmübungen tagein tagaus die Demontage eines Radargerätes geübt. Um es anspruchsvoller zu gestalten, hatte Frost ihm ab und zu unterschiedliches Werkzeug gegeben. Einmal nur einen Schraubenschlüssel, einmal ausschließlich eine Säge, und einmal musste er sogar ohne Werkzeug improvisieren. Als ‚Übungs-Radargerät' dienten entweder englische Flugabwehrkanonen oder auch englische Radargeräte, die überarbeitet worden waren.

Jedenfalls erwartete die Männer fast bei jedem Training eine Überraschung in Form eines ihnen unbekannten Geräts.

Frost sah seine Offiziere und den Ingenieur an, als sie sich um den Tisch mit dem Modell des Einsatzzieles versammelt hatten. Dann holte er plötzlich eine Pistole hervor. Es war eine deutsche Walther P1.

Lieutenant Timothy platzte heraus: „Scheiße, ich habe meine Wette gewonnen!"

„So ist es, Lieutenant", sagte Frost und übergab ihm die Pistole.

Sofort spürten die Männer im Raum ihr Adrenalin und sie waren nun noch gespannter auf Frosts Ausführungen: „Was Sie hier sehen ist Bruneval in Nordfrankreich, ca. 20 Kilometer von Le Havre entfernt. Wir haben von der Resistance und durch Tiefflugaufnahmen von einem unserer Flieger sehr genaue Informationen über die Verteidigungs-stellungen, die Mannschaftsstärke sogar bis hin zu einigen Namen der dort stationierten deutschen Soldaten. Wie Sie wissen, werden wir hier auf 20 Soldaten stoßen."

Er zeigte auf das Haus, das sie inzwischen besser kannten als ihre eigene Wohnung.

Frost fuhr fort: „Das ‚Fritz-Hauptquartier' ist nach den Originalfotos des ehemaligen Eigentümers, dem es gehörte, bevor die Deutschen es konfiszierten, nachgebaut worden. Mindestens vier Mann dieser Besatzung bewachen die Radarstation."

Er warf ein Foto auf den Tisch.

„Sie werden bemerken, dass wir uns sehr genau an die Fakten vor Ort gehalten haben. Hier auf dem Hof La

Presbytère, ca. 500m entfernt, rechnen wir mit weiteren 100 Mann.

Ihnen ist hoffentlich klar, dass wir uns hier nicht im unterbesetzten Hinterland des Feindes bewegen, sondern an seiner äußeren Verteidigungslinie. Wir müssen davon ausgehen, dass innerhalb kürzester Zeit Kräfte zusammengezogen werden, die theoretisch sehr viel mehr abwehren können als unsere Kommandoeinheit.

So wissen wir, dass in einer knappen Stunde auf deutscher Seite Teile der 5. Infanteriedivision, Nachtjäger der Luftwaffe und insbesondere mehrere Kreuzer und ein Zerstörer der deutschen Kriegsmarine aktiviert werden können. Vorher sollten wir uns also wieder verabschiedet haben.

Cox, Ihre Aufgabe ist es im Schutz der Gruppen von Naumoff und Young dieses Radargerät zu demontieren."

Wieder deckte Frost ein Foto auf und schob es zu Cox. Man erkannte auf dem aus einem Flugzeug geschossenen Foto in der Nähe eines allein stehenden Hauses einen kreisrunden Gegenstand, der von oben wie eine Bratpfanne aussah. Cox Augen leuchteten.

Frost bemerkte das und sagte: „Bevor Ihnen vor Freude die Tränen kommen, noch haben wir das Ding nicht und Sie haben auch höchstens 30 Minuten, um es abzubauen. Das dürfte aber nach meiner bisherigen Beobachtung Ihrer Arbeit reichen.

Young, Sie bereiten alles für eine Sprengung vor. Sollte die Demontage aus irgendwelchen Gründen unmöglich sein, wird gesprengt – das würde allerdings auch bedeuten, dass unsere Mission gescheitert ist. Wenn das Gerät demontiert ist, wird der Standort dennoch gesprengt. Wir wollen die

116

Deutschen im Glauben lassen, dass wir nur zerstören und nicht lernen wollen.

Wir springen mit den geübten zeitlichen Verzögerungen ab, so dass Gruppe Nelson und Rodney", er blickte auf Charteris und Timothy, „nach uns landen. Sie, Charteris, schalten mit ihrer Gruppe Nelson diesen MG Bunker aus und Timothy, Ihre Gruppe Rodney wehrt den deutschen Gegenangriff ab.

Prägen Sie sich alle für Ihre Gruppen nochmals ein, wo wir Minenfelder kennen oder zumindest vermuten.

Meine Gruppe wird Kontakt mit den Landungsbooten aufnehmen und alle Gruppen werden sich am Strand sammeln, das Radargerät und mögliche Gefangene auf die Landungsboote verladen und vor Tagesanbruch werden wir auf einen Zerstörer umsteigen.

Bereits seit der Nacht vom 17. auf den 18. Februar fliegen unsere Flugzeuge jede Nacht Ziele bei Paris an. Dabei sind sie angehalten über Bruneval in Absprunghöhe von ca. 400m hinwegzufliegen, so dass die dort stationierten Einheiten bereits daran gewöhnt sind, dass dort jede Nacht Flieger in niedriger Höhe Richtung Paris fliegen. Bis wir kommen, werden sie sich an die Flieger gewöhnt haben, und wir können hoffentlich unbemerkt abspringen. Morgen werden wir nach Thruxton verlegt. Einsatzzeit ist voraussichtlich in drei Tagen in der Nacht vom 27. auf den 28. Februar. Bis dahin ist absolute Urlaubs- und Kontaktsperre. Noch Fragen?"

Frost schaute in die Runde und stellte befriedigt fest, dass die Männer ein unbändiger Wille einte. Da er keine Fragen erwartete, ergriff er wieder das Wort:

„Dann geben Sie nun bitte Ihren Männern die Befehle weiter. Meine Herren, ich danke Ihnen für Ihren großartigen Trainingseinsatz bis hierher. Nun wird es also ernst. Es wird mir eine Ehre sein, mit Ihnen gemeinsam diese für unser Land so wichtige Aktion durchzuführen. Das wird kein Spaziergang, aber ich bin sicher, wir werden erfolgreich sein. Meine Herren, wegtreten!"

Als die Männer den Raum verließen, sah er Lieutenant Young an und rief ihm zu: „Peter, noch auf ein Wort."

Er wartete, bis sie alleine waren, dann sagte er: „Flight Sergeant Charles Cox oder einer seiner sechs Helfer dürfen auf keinen Fall in Gefangenschaft geraten! Ihr Wissen ist zu wertvoll."

Er guckte Lieutenant Young lange an: „Sie haben mich verstanden, Peter? Sie bringen ihn zurück. Tod oder lebendig, ist das klar?"

Lieutenant Young zeigte keine Regung, salutierte und sagte nur: „Sir, Aye, Sir!" Dann drehte er sich um und ging hinaus.

Hamburg, 1939

Freitag, der 01. September

Der 01. September 1939, ein Freitag, war ein wunderschöner Tag. Die Temperaturen stiegen auf über 27 Grad. Ein leichter Wind wehte. Die Parks oder Schwimmbäder würden im Laufe des Tages gut besucht sein. Nur Juden waren dort nicht, denn ihnen war der Besuch in öffentlichen Einrichtungen bereits seit vier Jahren untersagt. Heute hatte der Rundfunk seit dem frühen Morgen mehrfach aufgefordert, die gegen zehn Uhr zu erwartende Ansprache des Führers anzuhören. Zuhören war Pflicht für alle Volksgenossen. Die gesamte Bevölkerung versammelte sich vor den Radios oder beim so genannten Gemeinschaftsempfang. Der ‚Großdeutsche Rundfunk' übertrug über alle Sender Hitlers Reichstagsrede.

Hitler sagte nach der Feststellung, dass das deutsche Volk durch die ‚unerträglichen Zustände' des Versailler Vertrag sehr gelitten habe, die berüchtigten Sätze: „Ich will nicht den Kampf gegen Frauen und Kinder führen. Ich habe meiner Luftwaffe den Auftrag gegeben, sich auf militärische Objekte bei ihren Angriffen zu beschränken. Wenn aber der Gegner daraus einen Freibrief ablesen zu können glaubt, seinerseits mit umgekehrten Methoden kämpfen zu können, dann wird er eine Antwort erhalten, dass ihm Hören und Sehen vergeht! Polen hat heute Nacht zum ersten Mal auf unserem eigenen Territorium auch mit bereits regulären Soldaten geschossen. Seit 5.45 Uhr wird jetzt zurück geschossen! Und von jetzt ab wird Bombe mit Bombe vergolten! Wer mit Gift kämpft, wird mit Giftgas bekämpft. Wer selbst sich von den Regeln einer humanen Kriegsführung entfernt, kann von uns nichts anderes erwarten, als dass wir den gleichen Schritt tun. Ich werde diesen Kampf, ganz gleich, gegen wen, so lange führen, bis die Sicherheit des Reiches und bis seine Rechte gewährleistet sind."

Der zweite Weltkrieg hatte begonnen. Und auch wenn heute bekannt ist, wie makaber Hitler die Wahrheit verdrehte, so hatte die Rede und ganz besonders ihre letzten Sätze auf uns Kinder und Jugendliche damals eine erstaunliche Wirkung. Hitler beendete seine Rede mit diesen Worten:

„Wenn wir diese Gemeinschaft bilden, eng verschworen, zu allem entschlossen, niemals gewillt zu kapitulieren, dann wird unser Wille jeder Not Herr werden. Und ich möchte schließen mit dem Bekenntnis, das ich einst aussprach, als ich den Kampf um die Macht im Reich begann. Damals sagte ich: Wenn unser Wille so stark ist, dass keine Not ihn mehr zu zwingen vermag, dann wird unser Wille und unser deutscher Stahl auch die Not meistern! Deutschland – Sieg Heil!"

In den Jubel im Reichstag stimmten viele nicht ein. Eher war eine seltsam abwartende Stimmung zu spüren.

Ältere Menschen, die den Weltkrieg noch in Erinnerung hatten, waren skeptisch und hatten Angst. Es gab aber auch in den jüngeren Generationen der Erwachsenen keinen Kriegstaumel wie zu Beginn des ersten Weltkrieges.

Man hörte keine Kritik, keiner sah die Katastrophe voraus, aber es herrschte auch keine Freude, sondern man war gespannt auf die Reaktionen des Auslandes. Eher ergriff die Menschen eine gewisse Gleichgültigkeit, da an dem Beginn eines Krieges nichts zu ändern war.

Für uns Jungs war das zu wenig Begeisterung. Wir wollten verschworen sein, wir wollten das Joch des Versailler Vertrages abwerfen, und wir träumten davon, Kriegshelden zu werden.

Wir hatten Hitlers Rede in unserer Klasse gehört und waren danach in die Pause geschickt worden. So standen wir auf dem Schulhof und übertrafen uns im Pläne schmieden, in welchen Einheiten wir unseren militärischen Dienst antreten würden, wenn nur der Krieg lang genug dauern würde, damit wir uns noch bewähren könnten. Sofort wollten wir den Kampf um Danzig nachspielen, aber natürlich wollte keiner ein Pole sein.

Am darauf folgenden Montag, dem 04. September, traf ich Hans, wie immer, beim Boxen. Eigentlich war seine Anwesenheit auch dort schon seit Jahren nicht mehr erlaubt, aber das störte unseren Trainer Walter Woltmann nicht. Und keiner wagte es, ihm zu widersprechen. Der Respekt vor Woltmann war größer als der allgemeine Hass auf Juden, zumal viele der Jungs Hans auch respektierten, der schon äußerlich so gar nicht dem Klischee-Juden glich, wie die nationalsozialistischen Propaganda sie verhöhnte. Er gehörte zu uns und wirkte ‚arischer‘ als die meisten von uns.

Wie wir heute in der Schule erfahren hatten, hatten gestern Großbritannien und Frankreich erwartungsgemäß dem Deutschen Reich den Krieg erklärt.

Hans empfing mich mit funkelnden Augen. „Ist das nicht großartig, Helmut? Nun hat das Reich echte Feinde und muss sich keine mehr basteln! Da werden sie uns Juden über kurz oder lang in Ruhe lassen. Oder noch besser: Vielleicht brauchen Sie uns sogar irgendwann als Soldaten. Ich würde mich auch freiwillig melden. Ich bin sicher, jetzt wird es wieder besser.“

Er umarmte mich in seiner Euphorie sogar. Es sprach so viel Hoffnung aus seiner Stimme, dass ich ihm nicht widersprechen wollte.

Also nickte ich nur und sagte: „Hoffentlich hast Du Recht."

Aber ich war skeptisch und konnte mir beim besten Willen nicht vorstellen, dass man nun von den Juden ablassen würde. Dazu war der Hass, der von den Nazis erzeugt oder hervorgeholt worden war, zu stark. Ich dachte eher, wenn wir gewinnen, werden sie wieder loslegen, wenn wir verlieren, werden sie die Juden verantwortlich machen. Auf der anderen Seite hatte Hitler auch damit überrascht, dass er mit Stalin einen Nichtangriffspakt abgeschlossen hatte. Keiner wäre auf die Idee gekommen, dass er einen Pakt mit dem Diktator des verhassten - und auch mit dem Judentum in Verbindung gebrachten - Kommunismus eingehen würde. Das war doch eine erstaunliche Wendung, dessen logische Konsequenz der nun erfolgte Angriff gegen Polen war. Ich wollte so sehr daran glauben, dass sich Hans' Wünsche erfüllten. Aber ich erinnerte mich an den 30. Januar dieses Jahres, als ich mit meiner Familie und mit Hans, der bei mir übernachtete, eine Rede von Hitler hörte. Hitler kündigte an, dass „wenn es dem internationalen Finanzjudentum in und außerhalb Europas gelingen sollte, die Völker noch einmal in einen Weltkrieg zu stürzen, dann sei das Ergebnis nicht die Bolschewisierung der Erde und damit der Sieg des Judentums, sondern die Vernichtung der jüdischen Rasse in Europa." Als der übliche Jubel und die Sieg Heil Rufe losbrachen, sah ich Tränen in den Augen von Hans. Wir konnten uns vor Scham über diese Aussagen im Beisein unseres jüdischen Freundes nicht in die Augen schauen. Wir saßen beim Essen und im Radio wurde der Tod eines mit uns am Tisch sitzenden Menschen prophezeit. Es war eine grausame Stimmung – sie glich einer Beerdigung. Sollte also

Krieg kommen, würden die Nazis die jüdische Rasse vernichten. Diese Aussage werde ich nie vergessen. Und nun war Krieg und Hans schöpfte Hoffnung, dass es besser werden würde. Das war eine kaum nachvollziehbare, optimistische Einschätzung, wie ich fand.

Ich versuchte die dunklen Gedanken zu verjagen und begann, mit Hans gemeinsam darüber nachzudenken, ob wir uns zur Luftwaffe melden sollten, um mit Georg zusammen zu kämpfen oder ob wir schneller zu Helden und befördert werden, wenn wir uns zum Heer meldeten. Und wie wir uns unserer möglichen Heldentaten ausmalten, vergaßen wir die Zeit, das Training und, dass wir gerade elf Jahre waren und somit noch nicht einmal in der Hitlerjugend. Unabhängig von seinem Alter war Hans sowieso dort nicht willkommen, geschweige denn alt genug, um in irgendeiner Waffengattung zu dienen.

Als wir auf halbem Wege nach Hause waren, lief uns mein Stammführer Walter Bartsch über den Weg. Ich konnte Hans noch zuflüstern, dass wir ihn immer ‚kalter Barsch' nannten, da erkannte mich Bartsch und befahl uns zu sich. Offensichtlich wusste er aber nicht, dass Hans Jude war und ging wohl davon aus, dass Hans seinem oder einem anderen Jungvolk-Stamm angehörte, auch wenn er sich an das Gesicht nicht erinnerte. Kurzerhand verlieh Bartsch uns beiden den Titel ‚Ordonanz', befahl uns unsere Uniformen anzuziehen, zum Generalkommando des Wehrkreises 10 in der General-Knochenhauer-Straße zu laufen, und dort den Umschlag, den er uns in die Hand drückte, ausschließlich persönlich bei Hauptfeldwebel Reinhard abzugeben. Wir waren sprachlos. Er schwor uns nochmals ein, ob wir begriffen hätten, wie wichtig unser Auftrag sei. Zunächst hatten wir Angst, weil wir natürlich hätten erklären müssen, dass Hans Jude sei, aber ich war auch stolz, dass mich ein

Stammführer, der immerhin rund 500 Jungs unter sich hatte, überhaupt erkannt hatte. Wir fühlten uns zudem geehrt, dass wir, kaum hatte der Krieg angefangen, schon - zumindest nach unserer Ansicht - gefährliche und kriegsentscheidende Befehle an der Heimatfront auszuführen hatten. Hans brannte darauf, mit zu kommen, und ich wollte ihm diesen Wunsch auf keinen Fall abschlagen. Der Auftrag sollte aber in Uniform ausgeführt werden. Also rannten wir zu mir nach Hause, denn ich hatte zum Glück noch meine alte Uniform aufbewahrt, die ich bis zu meinem elften Geburtstag getragen hatte. Zum Geburtstag hatte ich eine neue Uniform erhalten, da meine bisherige Uniform mir zu klein geworden war. Hans war ein wenig kleiner als ich und probierte sie an. Sie passte wie angegossen.

Er war so stolz in dieser Uniform und konnte sich gar nicht von seinem Spiegelbild lösen. Ich drängte ihn zur Eile und wir machten uns auf den Weg nach Hamburg-Harvestehude. Schon von außen war die dreiflügelige Anlage mit dem durch Pfeiler gestützten Mittelrisalit beeindruckend. Ganz besonders aufregend fanden wir die Ehrenwachen, die vor der großen Eingangstür standen. Als wir in Höhe der beiden Ehrenwachen waren, zuckten wir zusammen, da sie sofort ihr Gewehr präsentierten. In dem Gebäude mit der hohen Eingangshalle fühlten wir uns noch kleiner und unbedeutender als wir es waren. Einen Offizier, der uns eilig entgegenkam, fragten wir nach Hauptfeldwebel Reinhard. Wir wurden in den ersten Stock des Westflügels geschickt. Dort fanden wir ihn bereits im zweiten Raum. Nach dem Hitlergruß machte ich Meldung, dass ich ein Schreiben von Stammführer Bartsch abzugeben hätte.

Reinhard lächelte, nahm den Umschlag dankend entgegen, lobte uns und gab jedem von uns ein zehn Pfennig Stück. Wir waren stolz, dass wir diesen Auftrag wie befohlen ausgeführt hatten, auch wenn wir nicht wussten, ob er auch nur ansatzweise so wichtig war, wie uns suggeriert worden war. Hans hatte den Umschlag öffnen wollen, um das zu klären, aber ich hatte mich nicht getraut. Es war mir auch egal, was der Umschlag enthielt. Es war in jedem Fall ein wunderbares Abenteuer gemeinsam mit Hans.

Als wir das Gebäude wieder verließen, präsentierten die Wachen wieder ihre Gewehre.

Nach fünfzig Metern sagte Hans: „Helmut, warte mal, ich habe was vergessen."

Er lief zurück und wieder hinein und erneut präsentierten die Wachen. Ich folgte ihm in einem Abstand von wenigen Metern. Natürlich mussten die Wachen wieder präsentieren. Drinnen gluckste Hans vor Lachen und imitierte die Präsentation des Gewehrs mit bierernstem Gesicht. Ich begriff. Er hatte gar nichts vergessen, er wollte seinen Spaß mit den Wachen haben.

„Nun Du zuerst!" Ich ging hinaus, und wieder reagierten die Wachen.

Hans wartete so lange, bis sie ihre Ausgangsstellung eingenommen hatten und folgte mir dann. Ich freute mich, aber dann blieb Hans abrupt stehen und drehte um. Er ging tatsächlich erneut zurück ins Gebäude und wieder blieb den Wachen nichts über als zu reagieren. Ich wartete auf Hans. Aber er kam nicht hinaus. Also ging ich ihn suchen. Wieder wurde das Gewehr präsentiert. Ich machte ein möglichst ernstes Gesicht. Drinnen suchte ich Hans, aber als ich die Halle fast durchquert hatte, hörte ich Hans' unverwechselbaren Pfiff in der Nähe des Eingangs und schon war er in Richtung Ausgang und Ehrenformation unterwegs. Ich würde ihn nicht rechtzeitig einholen, also mussten die

Wachen wohl noch zweimal präsentieren. Als ich Hans draußen einholte, konnte ich ihn nur mit einer kurzen aber prägnanten Erinnerung an unsere heikle Köpenikiade und die möglichen Konsequenzen davon abhalten, dieses Spiel weiter zu treiben. Und ich wollte in keinem Fall die Ablösung der Wachen erleben, denn die Gesichter der beiden Soldaten hatten gezeigt, dass sie unseren Spaß nicht ansatzweise so komisch fanden wie wir.

Aufgekratzt fuhren wir mit der Bahn nach Hause und zogen die Uniformen aus.

Während wir uns umzogen, sagte ich zu Hans: „Wir können uns die Uniform zunutze machen. Wenn Du meine alte Uniform anziehst, können wir überall hingehen, wo Du alleine nicht hin darfst."

„Ins Schwimmbad!", jubelte Hans. Dann schaute er mich an: „Und was passiert, wenn wir erwischt werden?"

Ich zuckte mit den Schultern. „Keine Ahnung. Du wirst verprügelt, dass Du Dich als Jude falsch benimmst und ich werde verprügelt, weil ich mich mit einem dreckigen Juden eingelassen habe."

„Das klingt fair", lachte Hans. „Und es ist das Risiko wert."

So verabredeten wir uns für den nächsten Tag bei mir. Wenn wir gewusst hätten, wie brutal die Polizei tatsächlich mit Juden umging, die die Rassengesetze nicht einhielten, hätten wir uns wohl nicht auf dieses gefährliche Spiel eingelassen. Seit 1935 waren öffentliche Schwimmbäder für Juden verboten. Doch nach vier Jahren wieder einmal wie ein ganz normaler Junge schwimmen gehen zu können, war Hans wichtiger als eine rationale Risikoabwägung. Für Hans hätte es vermutlich trotz seines Alters eine Gefängnisstrafe oder gar das Konzentrationslager bedeutet.

Der Dienstag war wieder sehr warm. Am Nachmittag nach der Schule kam Hans zu mir. Meine Mutter freute sich immer, wenn er kam, obwohl sie natürlich wusste, dass es Gerede geben würde, wenn Nationalsozialisten in unserer Nachbarschaft erführen, dass uns ein Jude besuchte. Ohne dass sie es merkte, zog sich Hans wieder meine alte Uniform an und schlich zur Tür. Ich nahm zwei Handtücher und meine Badehose, rief noch, dass ich mit dem Jungvolk schwimmen gehen würde, dann fiel die Tür ins Schloss.

Wir gingen nicht wie früher an unseren Badesee, wo man uns vielleicht kannte, sondern fuhren mit der Straßenbahn in Richtung Stadtpark und freuten uns darauf, endlich wieder gemeinsam zu schwimmen.

Und es funktionierte tatsächlich. Wir tollten so vergnügt im Wasser des Stadtparksees und vergaßen jede Vorsicht. Anfangs hatten wir uns noch ängstlich umgeschaut, ob wir irgendjemanden zufällig kannten und einen Platz für uns gewählt, wo wir uns ein wenig abseits hinlegen konnten, schließlich spielten wir jedoch mit vielen verschiedenen Kindern und hatten Spaß.

Hans stürzte sich gerade auf mich und wir tauchten beide unter, als wir zwei Beine unter Wasser vor uns stehen sahen. Als diese uns den Weg versperrten, tauchten wir vorsichtig auf und die Stimme, die zu den Beinen gehörte, sagte: „Hallo Hans!"

Wir erstarrten. Da stand unser Freund und Klassenkamerad Günther Hoffmann. Wir müssen ziemlich schuldbewusst ausgesehen haben. Das war Pech, denn Günthers Familie waren überzeugte Nationalsozialisten.

„Was machst Du hier, Hans? Du darfst doch gar nicht hier sein?"

„Hallo Günther, schön, Dich hier zu sehen", beeilte ich mich zu sagen, „wir spielen Fangen mit geschlossenen Augen. Wer neu ist, ist Fänger!"

Er kam nah zu mir und nahm mich beiseite: „Du weißt, dass er hier nicht erlaubt ist?" Ich schaute ihn an und überlegte, ob ein naives oder gar ironisches ‚Ach, wirklich' angemessen wäre und entschied mich lieber für ein ehrliches:

„Klar, wissen wir das. Aber er ist unser Freund!"

„Mag sein", zischte Günther, „aber ich muss mich ja nicht strafbar machen, damit er einen Nachmittag Spaß haben kann, oder?"

Während er das sagte, schaute er gleich zweimal in eine Richtung.

„Du hast völlig Recht", sagte ich, „wir gehen."

Er schüttelte den Kopf, „Ihr hättet gar nicht herkommen dürfen."

„Günther, entspann Dich! Bist Du alleine hier?"

„Mit meinen Eltern und Anton!"

„Oh Scheiße! Wo ist Anton?"

Ich kannte Anton zu gut. Er war ein Heißsporn, der keine Rücksicht auf Freunde nehmen würde, um sich zu profilieren. Und er war ein überzeugter Nationalsozialist, der es sogar als seine Pflicht ansehen würde, uns zu verraten.

„Er ist auf dem Klo. Schon ziemlich lange." Ich malte mir aus, was geschehen würde, wenn Anton im Schwimmbad auf

Hans zeigen würde und laut schreien würde ‚Ein Jude! Ein Jude!‘ Vermutlich hätte ein solcher Schrei eine ähnliche Reaktion erzeugt, wie ‚Ein Hai!‘ Selbst ein Lynchmob war vorstellbar. Es war gar nicht auszudenken, was passieren würde, wenn es ein Jude wagte, sich nicht an die Einschränkungen zu halten, die ihm aufoktroyiert wurden. Da war mir die Polizei und eine Strafe lieber als ein aufgebrachter Mob. Wir mussten also schnellstmöglich den Rückzug antreten: „Hörzu, Günther, wir sind weg. Sieh zu, dass Anton uns nicht sieht, verstanden?“

Ich nickte Hans zu und wir bewegten uns raus aus dem Pool.

Günther rief noch: „Jungs, Ihr habt Schwein gehabt, dass Ihr mich getroffen habt und nicht…“

Ich dachte noch, Günther ist doch ein anständiger Kerl geblieben, in dem Moment sah ich Anton auf der Pooltreppe auf dem Weg zurück ins Wasser.

Sofort packte ich Hans, riss ihn rum und rief ihm zu: „Sofort tauchen!!!“

Er begriff sofort und parallel tauchten wir. Er löste sich unter Wasser aus meiner Umklammerung und wir tauchten zur Treppe. Wir waren beide gute Schwimmer und schwammen unter Wasser keinen halben Meter von Anton entfernt an ihm vorbei. Langsam tauchten wir dort wieder auf, sahen, dass Günther mit Anton sprach, stiegen nacheinander aus dem Wasser und liefen zu unseren Sachen. Schnell stiegen wir in die Uniformen und bewegten uns am Zaun entlang zum Ausgang des Freibades.

Mit der Straßenbahn fuhren wir schweigend zurück. Dankbar, dass wir dieses Abenteuer gemeinsam überstanden hatten und noch mit Adrenalin im Blut. Aber doch auch frustriert, dass wir unseren geplanten Ausflug abbrechen mussten. Wir fühlten uns wie Helden, die ihren Auftrag erfüllen konnten, aber wussten, dass die Schlacht gewonnen, aber der Krieg verloren war.

Ich grinste ihn an: „Mensch Hans, zumindest dürft Ihr noch Straßenbahn fahren."

Wir lachten. Das stimmte zwar, aber in meiner Uniform hätte er natürlich nicht erwischt werden dürfen. Etwa drei Jahre später durften Hans und alle in Deutschland verbliebenen Juden auch keine öffentlichen Verkehrsmittel mehr nutzen. Wenn ich das geahnt hätte, hätte ich das sicher nicht gesagt.

Wir verabschiedeten uns und wussten, dass wir diesen Spaß nicht noch einmal wagen würden. Doch wir waren auch stolz, dass wir unser Abenteuer gewagt hatten und wussten, dass uns beiden dieser Nachmittag lange in Erinnerung bleiben würde.

Hans drehte sich an der Tür um, als wir uns schon verabschiedet hatten und sagte leise: „Danke, Helmut! Du bist wirklich mein bester Freund."

Ich winkte zurück und sagte mehr zu mir, da er mich nicht mehr hören konnte: „Ja, Hans, aber Du doch auch für mich!"

~

Es war nun Krieg. Das Leben in den nächsten Wochen änderte sich, wenn auch für uns Kinder noch nicht entscheidend. Ab sofort wurde Verdunkelung befohlen. In ganz Deutschland wurden im gleichen Monat Lebens-

mittelkarten für Fleisch, Zucker und Milchprodukte ausge-
geben und einen Monat später auch Karten für Textilien.

Für Hans änderte es sich auf andere Art. Für Juden galt ab
sofort die Sperrstunde von 21 Uhr, im Winter sogar von 20
Uhr. Und ab Februar 1940 bekam er - wie alle anderen Juden
- in Deutschland keine Bekleidungskarte mehr.

Oslo, 1939

'Hallo, hier ist London!' So hatte der deutschsprachige Radiosender der BBC am 3. November seine tägliche Sendung begonnen.

Normalerweise begann der Sender seine Nachrichtensendung mit "Good evening, guten Abend, Sie hören die deutschsprachigen Nachrichten der BBC."

Ein anonymes Schreiben, das beim Marine Attaché in Oslo, Lieutenant Colonel Hector Boyes, eingegangen war, hatte geheime Informationen über technische Entwicklungen der Deutschen angekündigt. Wenn auf englischer Seite Interesse bestehe, so solle die deutschsprachige Nachrichtensendung der BBC am 03. November anders als sonst beginnen mit: "Hallo, hier ist London!"

~

Hans Ferdinand Mayer war 44 Jahre alt und in seinem ganzen Leben noch nicht so nervös gewesen. Obwohl es fünf Uhr morgens war und die Temperatur nur drei Grad über Null betrug, schwitzte er in dem dunklen Trainingsanzug, den er sich organisiert hatte, als er begann, sein Vorhaben in die Tat umzusetzen. Er war zwar recht schlank, aber so unsportlich, dass er gegenüber seiner Frau würde erklären müssen, was er mit einem Trainingsanzug anfangen wolle. Er hatte seinen letzten wohl mit elf Jahren erhalten. Als er herausgewachsen war, hielt er es mit seinem Wahlspruch ‚Sport ist Mord' und zündete sich lieber hin und wieder eine Zigarre an.

Mayer hatte das Gefühl, dass er sich ernsthaft auf seine Atmung konzentrieren müsse, um eine Hyperventilation zu vermeiden. Dabei war die Herausforderung, der er sich gerade stellte, weder besonders anstrengend noch wahnsinnig gefährlich. Aber er wusste, was ihm blühte, wenn er hier vom Auslandsgeheimdienst seiner Landsleute erwischt würde.

Er sah keine Wachen, wie er schon vermutet hatte. Norwegen legte auf seine Neutralität viel Wert und so bestand auch für das britische Konsulat keine Gefahr. Umso mehr als das Deutsche Reich um Norwegens Gunst buhlte und somit äußerst vorsichtig agierte, da Norwegens Rohstoffe, wie Kupfer, Schwefel, Nickel und Aluminium äußerst kriegswichtig waren.

Langsam und geduckt näherte er sich dem Gebäude. Das britische Konsulat in Oslo war ein freistehendes zwei-stöckiges Herrenhaus, das in einem Park lag, dessen Schönheit Mayer in diesem Moment entging. Das lag zum einen daran, dass es bereits Anfang November war, aber vor allem an einer ihm gänzlich unbekannten Aufregung. Sie überfiel ihn, einen selbstsicheren und souverän auftretenden Mitvierziger, der eher zur Selbstgefälligkeit neigte, völlig überraschend. Diese Aufregung begleitete ihn seit seinem Aufbruch im Hotel vor zwei Stunden. Als Physiker und Elektrotechniker war er es nicht gewohnt und schätzte es auch nicht, Situationen ausgesetzt zu sein, die er nicht kontrollieren konnte. In dieser Situation hier waren auch bei guter Planung nicht alle Möglichkeiten zu berechnen, zumal er nur zweimal seit seiner Anreise Zeit gehabt hatte, die

Umgebung und die Aktivitäten der Menschen in und um das Konsulat auszukundschaften. Eigentlich war er hier, um Gespräche mit Zulieferern für seinen Arbeitgeber Siemens & Halske zu führen. Aber schon seit seiner Ernennung zum Direktor im Jahre 1938 und den damit verbundenen zahlreichen Gelegenheiten zu Auslandsreisen hatte er den Entschluss gefasst, dass er im Falle eines Krieges sein Wissen mit den Engländern teilen würde. Er war nicht stolz auf das, was er nun tat, daher hatte er auch entschieden, anonym zu bleiben. Es war und blieb Verrat an seinem Vaterland. Aber er war sicher, das Richtige zu tun, um sein Land von den braunen Kriegstreibern zu befreien.

Er war nun nur noch wenige Meter von dem Haus entfernt. Langsam schlich er zu einem Fenster, an dem nach seiner Einschätzung eine baldige Entdeckung seiner Nachricht am wahrscheinlichsten war. Das Päckchen, das er bei sich trug, legte er auf das Fenstersims. Dann verschwand er in der Dunkelheit des Parks.

~

Marine Attaché Lieutenant Colonel Hector Boyes las den Brief, den er soeben geöffnet hatte. Er stand etwa an der Stelle, wo das Paket fünf Stunden vorher abgelegt worden war, allerdings war er im Gebäude. Er pfiff durch die Zähne. Nochmals schaute er sich das Kuvert an. Kein Absender. Weder hier noch auf dem Paket selbst. Der Brief war unterschrieben mit den Worten: ‚Ein deutscher Wissenschaftler, der Ihnen wohlgesonnen ist'. Aber sie waren dann doch übervorsichtig gewesen und hatten das Paket von Soldaten öffnen lassen, die zumindest eine Ausbildung über Sprengstoffe genossen hatten, wenn Boyes sie auch nicht als

134

Experten bezeichnen mochte. Im Gegenteil war er der Überzeugung, dass sie sich mit ihrer apathischen Herangehensweise eher zu wichtig nahmen. Aber nun hatten sie ihren Auftrag erfüllt und das Paket wurde als sicher freigegeben. Er ärgerte sich, dass sie trotz Ankündigung der Nachricht fast 90 Minuten verloren hatten, bis er nach der Entdeckung des Paketes in der Lage war, den Inhalt zu studieren. Er rief seinen Adjutanten, Warrant Officer Class 2 Nathanial Thinder, und schaute auf die Uhr als Thinder eintrat. Es war kurz nach 10 Uhr vormittags.

Um 15 Uhr startete eine Armstrong Whitworth Ensign der englischen Fluggesellschaft Imperial Airways aus Oslo-Gardermoen. Einer der vierzig Fluggäste war ein Warrant Officer Class 2, der jedoch Zivil trug. Er hatte in seiner Aktentasche das deutsche Original des Schreibens, das zwischenzeitlich ins Englische übersetzt und mit Kohlepapier vervielfältigt worden war. Sechs Kopien der englischen Übersetzung hatte er ebenso dabei, wie das Gerät, das dem Schreiben beilag, als sie es fanden. Insbesondere dieses technische Gerät, das wie ein Zünder aussah, aber definitiv nicht zur Ausrüstung der Royal Army gehörte, hatte für heillose Aufregung gesorgt, da es bei der ersten Begutachtung für eine Bombe gehalten wurde. Auch als der Warrant Officer einschlief, ließ er die Aktentasche zu keinem Zeitpunkt aus der Hand.

Pünktlich um 19 Uhr landete die Armstrong am Flughafen Croydon, im Süden Londons. Auf den Warrant Officer wartete bereits ein Wagen auf dem Flugfeld, der ihn und seine Aktentasche in fünfundzwanzig Minuten die elf Meilen zum Luftfahrtministerium brachte. Dort übergab Thinder das deutsche Original, eine englische Kopie und das Gerät, bevor er weiter zum War Office fuhr, um dort die verbleibenden Kopien zu übergeben.

Um 19.45 Uhr las der Leiter des Wissenschaftlichen Nachrichtendienstes im Luftfahrtministerium, Dr. Reginald Victor Jones, das Schreiben bereits das zweite Mal.

Der Secretary of State for Air, Sir Howard Kingsley Wood, schaute ihn erwartungsvoll an. Jones nahm das Gerät aus Oslo in die Hand und schaute Wood an.

„Es ist ein Abstandszünder für eine deutsche Flakgranate", sagte Jones.

„Lernt man das in Oxford?" schmunzelte Wood.

Jones blieb ernst: „Als ich Oxford 1932 verließ, gab es das noch nicht. Es wird erst seit 1936 hergestellt. Und nein, das lernt man eher in Farnborough."

Er spielte auf das Forschungszentrum der Luftverteidigung an, das sich in Farnborough befand. Dort war er seit 1936 tätig.

„In Oslo hätte uns dieses Wissen viel Aufregung erspart. Was ist dieses Schreiben R.V.? Ist es ein uns in den Schoß gefallenes Gottesgeschenk oder eher ein Täuschungsmanöver?"

R.V. Jones überlegte, bevor er antwortete: „Meine erste Einschätzung ist, dass die Informationen korrekt sind. Ich glaube nicht, dass es ein Täuschungsmanöver ist."

„Sehen Sie, da sind wir uns wieder einmal nicht einig. Kommen Sie, R.V., ein derart vielseitiges Wissen kann doch eine einzelne Person kaum haben?"

Jones grinste: „Wenn ich mein Wissen zusammenschreibe, würde ich den Deutschen ähnlich viel Informationen liefern können."

Wood war kurz irritiert. Dann zeigte er mit dem Finger auf R.V., als hätte er ihn beim Schummeln erwischt: „Das mag ja sein, aber eine einzelne Person mit Zugang zu diesen Informationen, die sich zu Kriegsbeginn dem möglicherweise unterlegenen Gegner anbietet. Das sind schon eine Menge erstaunliche Zufälle, finden Sie nicht?"

R.V. Jones wiegte den Kopf hin und her, und er war mit seinem Kopf schon ganz versunken in den Wissenstank, den er gerade aufgesaugt hatte, als er seine Standardantwort vor sich hin murmelte „Der Zufall Teufel ist der einzig legitime Herrscher des Universums."

„Ja, ja", winkte Wood ab „und nur deswegen hat Napoleon verloren.

„Wie bitte?" Jones schreckte aus seinen Gedanken, als er den Namen des französischen Kaisers hörte, der an der britischen Insel gescheitert war, so wie sie nun auch hofften, Hitler scheitern lassen zu können.

Er schaute Wood fragend an: „Napoleon?"

Wood versuchte Jones in die Wirklichkeit zurück zu holen. „Teufel!? Herrscher! Universums!? Das ist doch ein Zitat Napoleons?"

„Ach", sagte Jones, „und ich dachte, das sei von mir?!"

Wood lächelte gequält, zumal sein Gegenüber ihn immer noch gedankenverloren anschaute und diese Bemerkung so wenig witzig gemeint zu sein schien, wie Jones überhaupt so gar keinen ausgeprägten Sinn für Humor hatte.

„Jones, machen Sie einen Bericht über den Wisch und lassen Sie mir das Original wieder zukommen. Wir werden gemeinsam mit den Kryptologen in Bletchley Park prüfen, ob es eine Täuschung ist oder ob wir dem Inhalt glauben sollten. Meine Meinung dazu kennen Sie ja nun!"

„Ja, Sir", sagte Jones, „genau das macht mir Angst. Es wäre meiner Ansicht nach ein verheerender Fehler, diesen Inhalt nicht ernst zu nehmen."

R. V. Jones war zuständig für die Auswertung ihrer Erkenntnisse über die deutsche militärische Forschung und für die Entwicklung entsprechender Gegenmaßnahmen. Er erinnerte sich an Hitlers Rede vor knapp zwei Monaten - am 19. September in Danzig – mit seinen Ausführungen über furchtbare Geheimwaffen, gegen die Deutschlands Feinde machtlos seien. In diesem Schreiben waren einige Informationen dazu, die sich als Fakten herausstellen könnten. Sicher war einiges nutzlos! Aber die Existenz eines Forschungszentrums in Peenemünde an der Ostsee und dass es bis April 1940 um die 30.000 Langstreckenbomber mit dem Namen Ju88 geben solle, die auch als Sturzkampfbomber einsetzbar sein sollen, das war durchaus glaubhaft.

Das galt auch für die Ausführungen zu den ferngesteuerten Gleitern - den sogenannte FZ21 -, die aus großer Höhe abgeworfen werden sollten. Ausgerüstet mit Höhenmessern, sollten sie drei Meter vor der Wasseroberfläche abgefangen werden, um schließlich ferngesteuert und mit Raketenantrieb ihre tödlichen Torpedos zu den feindlichen Zielen zu bringen. Auch das war vorstellbar.

Weiter berichtete der anonyme Autor sowohl von einem Mutterschiff für Flugzeuge, als auch von einem ferngesteuerten Flugzeug und von ferngesteuerten Raketen für 80cm Geschosse sowie von zwei neuen Torpedoarten. Einer davon sollte mit akustischen Empfängern ausgestattet, lenkbar über drahtlose Empfänger sein, um sein Ziel auch nach kilometerlanger Strecke orten zu können. Der Zweite

138

war mit einer magnetischen Zündung ausgestattet, die durch die Veränderung des magnetischen Erdfeldes einen Schiffsboden über sich erkennen kann und dann gezündet wird. Für beide Torpedos wurden in dem Schreiben sogar Gegenmaßnahmen vorgeschlagen.

Der spannendste Teil für Jones war jedoch Ziffer Acht des Schreibens. Dort war die Rede von Warngeräten vor feindlichen Flugzeugen, die wie folgt beschrieben wurden: ‚An der ganzen deutschen Küste stehen Kurzwellensender mit 20 KW Leistung, die kurze Impulse, von der Dauer 10,5 Sekunden aussenden. Diese Aussendungen werden von Flugzeugen reflektiert. In der Nähe des Senders ist ein drahtloser Empfänger, der auf die gleiche Welle abgestimmt ist. Dort trifft die vom Flugzeug reflektierte Welle ein und wird von einem ‚Braunschen Rohr' registriert. Die Entfernung des Flugzeugs lässt sich durch den Abstand zwischen Sendung und reflektiertem Impuls messen. Da der Sendeimpuls viel stärker ist als die Reflektion, wird der Empfänger während des Sendeimpulses gesperrt. Durch die Markierungen von Sendung und Reflektion auf dem ‚Braunschen Rohr' wird die Entfernung des herannahenden Flugzeugs angezeigt.

Als Gegenmaßnahmen wurden vorgeschlagen, Sender aufzustellen, die auf der gleichen Wellenlänge Störimpulse senden können, so dass die Empfänger nicht unterscheiden können, ob der reflektierte Impuls ein Flugzeug ist oder nur ein Störsignal.

Jones war entsetzt. Nicht nur er war davon ausgegangen, dass in Deutschland die Radarentwicklung um Jahre hinterher hinkte. Das war offensichtlich eine gefährliche Fehleinschätzung.

Was Jones zudem Sorgen machte, war, wenn er dem Inhalt des Schreibens glauben konnte, dass ein weiteres, moderneres Verfahren vorbereitet wurde. Dabei arbeitete der Sender mit sehr kurzen 50cm Wellen und einem elektrischen Hohlspiegel, der diese Impulse sehr viel zielgerichteter ausrichten konnte. Der in unmittelbarer Nähe stationierte Empfänger soll auch mit einer Richtantenne ausgerüstet und mit dem Sender über eine Leitung verbunden sein. Durch die Leitung zwischen Sender und Empfänger kann die Impulszeit jederzeit verändert werden. Und nur, wenn der Sender sendet, wird auch der Empfänger kurz aktiv.

Dieses Verfahren sollte ermöglichen, dass Entfernungen zu Flugzeugen genauestens messbar wurden. Die kurzen Öffnungszeiten des Empfängers machten ihn unempfindlich gegen Störungen.

Jones war erstaunt: 50cm Wellen. Das bedeutete 600 MHz. Diese ultrahohen Frequenzen und damit so kurzen Wellenlängen waren grundsätzlich vorteilhaft für Radarzwecke, da sehr genaue Strahlen möglich wurden. Aber war das technisch möglich? Wenn das stimmte, waren die Deutschen sogar sehr viel weiter in der Radartechnik, als er oder seine englischen Kollegen für möglich gehalten hatten. Vor allem aber möglicherweise sehr viel weiter als sie selbst. Das war beängstigend.

~

Drei Wochen später traf sich Jones mit Wing Commander Percy Charles Pickard, der schlechte Nachrichten hatte. Es war entschieden worden, den Brief aus Oslo als Fälschung zu werten. Damit würde es keine zusätzlichen Gelder geben, um

140

die dort erwähnte Radartechnik auf Basis der 50cm Wellen kurzfristig zu prüfen. Pickard hatte befürchtet, dass er als Bote dieser Nachricht die ungefilterte Wut von Jones abbekommen würde. Dieser fluchte, stand auf und hörte nicht auf zu schimpfen:

„Genauso blind wie Wood und seine Appeasement Leute vom ‚Cliveden-Set' ihre fröhliche Politik der Zugeständnisse, der Zurückhaltung und Beschwichtigung so lange betrieben haben, bis Hitler fast in England einmarschiert wäre, um bei uns Lebensraum für seine faschistischen Freunde zu suchen, genauso blind sind sie jetzt für den einen guten Deutschen, der uns tatsächlich helfen könnte. Ich fasse es nicht, wie man jedes Mal derart daneben liegen kann."

Tatsächlich hatten der britische Premierminister Neville Chamberlain und andere Politiker, so auch Sir Howard Kingsley Wood, eine policy of appeasement betrieben. Diese Gruppe wurde nach dem Landsitz Clivedon der ebenfalls der Gruppe angehörenden Lady Astor von einem Journalisten ‚Cliveden-Set' genannt. Sie hatten Hitler viele Zugeständnisse, wie die Annexion des Sudetenlandes und der Rest-Tschechoslowakei, gemacht, um einen Krieg zu verhindern. Stattdessen hoffte man auf ein Sicherheitssystem im Rahmen des Völkerbundes. Spätestens mit Hitlers Einmarsch in Polen war diese Politik mit Pauken und Trompeten gescheitert.

Jones wetterte immer noch: „Diese brisanten Informationen nun in einer Schublade zu vergraben und sich wieder schlafen zu legen, ist so entsetzlich dumm, dass ich nur beten kann, dass sich das nicht rächen wird. Denn Informationen in einer englischen Schublade sind schwerer wieder heraus zu kramen, als Hitler anzurufen und ihn persönlich um diese Informationen zu bitten. Percy, ich werde Sie daran erinnern! Und oh, wie ich es hasse, immer Recht zu behalten!"

Dann stampfte er schnaubend davon. Pickard war erleichtert. Er hatte es sich schlimmer vorgestellt. Jetzt fragte er sich, wann wohl das ‚Hab ich doch gleich gesagt-Gespräch' stattfinden würde.

~

Am 17. Dezember 1939, sechs Wochen nach dem Erhalt des so genannten Oslo-Reports, kletterte John Bainbridge-Bell auf dem Panzerschiff Admiral Graf Spee herum. Die Graf Spee war ausgerüstet mit einem Gerät, das aussah wie ein großes Bettgestell. Nach einer gut zweimonatigen Kapern- fahrt und heftigen Beschädigungen bei einem Seegefecht mit englischen Zerstörern am 13. Dezember vor Montevideo wurde das Schiff, da man es nicht reparieren konnte, von der eigenen Mannschaft versenkt, bevor sie von Bord ging. Glück für Bainbridge-Bell, dass es der Mannschaft nicht gelungen war, das Schiff vollständig zu versenken. Teile der Aufbauten waren vollständig über Wasser geblieben. Bainbridge-Bell bewegte sich auf einem Gestell, oberhalb des vorderen Entfernungsmessers, das er richtigerweise für eine Antenne hielt, machte Fotos und schrieb einen Bericht über seine Erkenntnisse für das TRE, den Military Intelligence Section 6, kurz MI6, und den wissen- schaftlichen Nachrichtendienst im Luftfahrtministerium. Somit erhielt auch R.V. Jones diesen Bericht. Jones interessierten besonders die Antennenabmessungen, da sie Rückschlüsse auf die verwendeten Frequenzbereiche ermöglichten. Aber es bewahrheitete sich seine eigene Befürchtung, dass die Schubladen im englischen Geheimdienst lange verschlossen bleiben. So stellte erstaun- licherweise nicht einmal er selbst zu diesem Zeitpunkt den

Zusammenhang mit den Erkenntnissen aus dem Oslo-Report her.

~

Rückblickend ist es verblüffend, dass weder Jones noch andere Personen des Britischen Geheimdienstes nach dieser Entdeckung auf die Idee kamen, den nur einen Monat alten und als angebliche Fälschung deklarierten Oslo Report erneut zu verifizieren. Dadurch wären sie sehr viel früher zu der Erkenntnis gelangt, dass das Schreiben des ‚den Engländern wohlgesonnenen deutschen Wissenschaftlers‘ ausschließlich Fakten lieferte. Denn nur einen Tag nach der Information über die Radarantenne des deutschen Funkmessgerätes ‚Seetakt‘ auf dem Panzerschiff Admiral Graf Spee - am 18. Dezember 1939 – kam die deutsche Funkmesstechnik auch in der Fliegerabwehr, wie von Mayer beschrieben, zum Einsatz – mit tödlichen Folgen.

St.-Jouin-Bruneval, 1942

Freitag, der 27. Februar

Die Armstrong Whitworth MK V mit ihren zwei je 1145 PS leistenden V12-Zylinder Rolls-Royce Motoren hievte ihre knapp 9.000 Kilogramm von der einzigen Startbahn des Flughafen Thruxton schwerfällig in die Luft. Weitere elf Maschinen des gleichen Typs folgten ihr. Mit der Reisegeschwindigkeit von knapp 300 Stundenkilometern war damit zu rechnen, dass sie ihr Ziel in weniger als 90 Minuten erreichen würden. Major John Frost saß mit neun seiner Männer der C-Kompanie in der Maschine und war mit seinen Gedanken wieder und wieder beim ersten Briefing für die bevorstehende Kommandoaktion. Es war sechs Wochen her, dass Wing Commander Charles Pickard ihn mit den beiden Physikern Robert Watson-Watt und Prof. Dr. Reginald Victor Jones bekannt gemacht hatte. Er war so in Gedanken, dass er völlig überrascht war, als das Licht in der Whitley ausging und die rote Lampe leuchtete. Jetzt ging es los und sofort spürte er bei allen Männern volle Konzentration.

„X minus 10. Einhaken!" Der Absetzer, ein knurriger Sergeant der Whitley-Mannschaft, schrie und wusste dennoch, dass ihn die Männer kaum hören konnten. Es spielte aber auch keine Rolle. Sie wussten genau, was er ihnen zuschrie.

X minus 8! Er half dem einen oder anderen hoch, überprüfte den Sitz der Reserveschirme und zeigte den zehn hochkonzentrierten Männern mit seinen Fingern die Zeit bis X an. Bei X würde das grüne Licht erscheinen.

144

X minus 5. Automatisch und beinah wie in Trance machten die Männer die letzten Handgriffe, hingen sich in das Auslöseseil ein und shuffelten nach vorne.

X minus 3. Der Absetzer öffnete die Tür und stand wie ein Baum im Sturm bei knapp 300 Stundenkilometern an der offenen Tür. Es wurde schnell sehr kalt.

X minus 2. Frost, der vorne direkt beim Absetzer stand, verglich die Uhrzeit auf seiner Armbanduhr mit der Uhr des Absetzers. Es war fünfzehn Minuten nach Mitternacht, also bereits der 28. Februar.

Der Absetzer gab mit dem Blick auf seine Uhr das Zeichen für x minus 1. Von diesem Moment an fixierten alle die Lampe.

Schließlich zeigte sie grünes Licht.

Nach wenigen Sekunden freien Falls öffnete sich der Rundkappenschirm und Frost spürte sofort, dass der Wind stärker als erwartet war. Er hoffte, dass der Wind sie nicht zu weit vom vereinbarten ‚Rendezvous-Platz' abtrieb. Auch wegen des unberechenbaren Windes hier an der Kanalküste hatten sie die Aktion bereits verschieben müssen. Eine weitere Verschiebung hätte ärgerliche Konsequenzen gehabt. Sie hätten dann um fast einen Monat schieben müssen, da die Flut für die Landungsboote nicht ausgereicht hätte und der Mond für eine solche Operation nicht mehr hell genug gewesen wäre.

Doch Frosts Befürchtungen trafen nicht ein. Die Royal Air Force hatte dieses Mal einen guten Job gemacht. Die Berechnungen stimmten und er landete fast punktgenau mitten auf dem Acker, der ca. 800 Meter östlich des Landhauses und der Radarstation lag. Er sammelte seinen

Fallschirm ein und deckte ihn ab. Nachdem er seine Thompson Maschinenpistole aufgenommen hatte, sah er, dass einer seiner Männer von seinem Schirm über den Acker geschleift wurde. Bevor der Mann sich befreien konnte, öffnete sich sein Schirm durch eine Böe wieder.

Frost stellte sich dem auf ihn zukommenden Schirm entgegen und warf sich mit seinem Körper in den Schirm des Mannes. So nahm er dem Wind die Angriffsfläche. Er erkannte Korporal Walters. Als Walters sich durch seinen Einsatz vom Schirm befreit hatte, nickte er Frost nur zu und löste seine erst seit Juni 1941 ausgelieferte Sten Mk 1 Maschinenpistole aus seinem Gepäck. Frost musste lächeln. Er hielt nichts von der Enfield Maschinenpistole. Sie erinnerte ihn an die geschweißte und genietete russische PPSh, die zwar einfach zu bedienen, aber mit einem 71 Schuss Trommelmagazin ausgerüstet war. Man lästerte, dass man die Größe des Magazins bräuchte, da man mit der PPSh nicht sicher treffen konnte und daher viel Munition brauchte. Die Sten wirkte auch wie zusammengehauen und war aus gepresstem, teilweise gewelltem Metall. Sie war zwar billig und leicht zu produzieren, aber genau diese Tatsache bestärkte Frost eher in seiner Annahme, dass sie nichts taugte.

Walters hingegen hatte nur gesagt: „Wo nix ist, kann auch nix ausfallen." Das schwerere 45 Inch Kaliber der Thompson hatte zudem nicht die Durchschlagskraft der 9mm der Sten. Daher nutzten sowohl die Deutschen als auch die Russen ebenfalls das 9mm Kaliber. Auch das überzeugte Walters.

Schließlich fanden sich die anderen Soldaten ihrer Gruppe am 200 Meter entfernten ‚Rendezvous-Platz' ein. Sie waren auf vier Whitley-Bomber verteilt gewesen. Man zählte durch und es gab keine Ausfälle, abgesehen von einem verstauchten Fuß eines der sieben Radartechniker. Sechs der Radartechniker waren erst, nachdem ein großer Teil des Sprungtrainings bereits absolviert war, zu der Einheit gestoßen. Auch wenn sie versucht hatten, die Trainingseinheiten nachzuholen, war es keine wirkliche Überraschung, dass es bei der Landung einen dieser Nachrücker erwischte. Er hatte sich einen Fuß verstaucht und wurde gestützt, um so wenig Zeit wie möglich zu verlieren.

Die Lieutenants Young und Naumoff übernahmen die Führung der ihnen jeweils zugeteilten dreizehn Mann sowie der sieben Radartechniker. Frost legte mit den verbliebenen dreizehn Männern innerhalb von wenigen Minuten die 600 Meter zum Landhaus zurück. In der Nähe des Landhauses warteten Sie auf die Geräusche der nahenden Flieger der zweiten Hauptgruppe. Als sie die Whitleys hörten, ertönte der Pfiff aus der Trillerpfeife von Frost und parallel griffen die beiden Gruppen der Lieutenants die Wachmannschaft des ‚Würzburg-Radargerätes' an. Frost und seine Männer stürmten in das Landhaus!

Schnell und geübt sicherte Frosts Gruppe immer in Teams zu dritt einen Raum nach dem anderen. Dabei half ihnen die wochenlange Ausbildung in ihrem ‚Fritz-Hauptquartier'-Trainingshaus, das diesem Landhaus detailgetreu nachgebildet war. Schnell wurde das Erdgeschoss gesichert, während parallel fünf Mann den ersten Stock durchkämmten.

Die ersten sechs deutschen Soldaten, die ihnen begegneten, waren noch im Halbschlaf, griffen - wie hundertfach geübt - zu ihren Waffen und wurden von zwei parallel abgefeuerten Salven aus den englischen Maschinenpistolen so schnell getötet, dass sie keinen Laut mehr von sich gaben. Gemäß den Plänen des Landhauses musste am anderen Ende des

Schlafraums noch eine Toilette sein. Die Tür war geschlossen. Zwei Engländer näherten sich der Tür, blieben aber jeweils seitlich in Deckung.

In diesem Moment zersplitterte mit ohrenbetäubendem Lärm die Tür durch die 9mm Kugeln einer deutschen MP40. Der Mann hinter der Tür verschoss fast ein gesamtes Magazin. Die beiden Engländer waren links und rechts der Tür jedoch nicht im Schussfeld. Als ausreichend große Löcher in der Tür entstanden waren, steckte einer der beiden Engländer eine Handgranate durch und beide brachten sich in Sicherheit. Sie wussten, dass der Raum lediglich einer Toilette Platz bot. Sie prüften gar nicht, ob der Mann tot war. Er hatte keine Chance.

Hätten sie es geprüft, hätten sie den Tod des Obergefreiten Walther festgestellt, der so gerne Französischlehrer geworden wäre.

Korporal Walters war bereits mit sechs Mann im zweiten Stock. Der Überraschungseffekt hatte sich längst erledigt und es war nicht zu erwarten, dass es der verbleibende Mann nicht zu seiner Waffe geschafft hatte. Als Frost im ersten Stock vorsichtig aus dem Fenster in Richtung des Radargerät schaute, stellte er schnell fest, dass die Gruppe von Lieutenant Young nicht nur von der Wachmannschaft des Radarschirms sondern auch aus Richtung des Hauses beschossen wurden. Es gab also offensichtlich im Stockwerk über ihnen einen Schützen, der bereits einen der englischen Angreifer zu Boden gestreckt hatte.

Fast parallel hörte Frost über ihm zwei Feuerstöße einer ‚Sten‘, splitternde Scheiben und einen dumpfen Aufprall. Der Beschuss aus dem Landhaus endete. Frost hätte nie gedacht, dass er sich über den vertrauten, blechernen Laut dieser Waffe mal freuen würde.

Der Widerstand am ‚Würzburg-Radargerät' war heftiger als im Landhaus. Die Wachmannschaft bestand aus zehn Mann. Diese Anzahl überraschte die Angreifer. Drei der Verteidiger hatten es geschafft, die Stellung zunächst zu halten und versuchten sich nun zeitgleich zu verteidigen und ihren Befehl auszuführen, das Radargerät zu sprengen. Aus Sicherheitsgründen – die Deutschen waren in dieser Hinsicht sehr genau - waren Sprengstoff und Zünder getrennt gelagert und durch die Schnelligkeit des englischen Angriffs von zwei Seiten, die Handgranateneinschläge und die Dunkelheit, gelang es der deutschen Mannschaft nicht mehr, die Zünder zu installieren. Auch dieser Kampf war bald vorbei. Sowohl die sechs Wachen als auch drei der vier Funker waren nach kurzem Gefecht tot.

Als der letzte, lebende Funktechniker feststellte, dass er alleine war und die Angreifer das Feuer einstellten, versuchte er zu fliehen und rannte zu den Felsklippen am Meer. Lieutenant Naumoff befahl vier Mann, ihm zu folgen und ihn lebend zurückzubringen. Die Männer entspannten sich erstmals seit dem Schritt aus dem Flugzeug ins Nichts. Erste Euphorie war zu spüren. Der erste Teil war geschafft und man hatte bisher nur zwei Verletzte.

Gleichzeitig mit der Rückkehr der vier Männer mit dem gefangenen Funker, stieß auch Frost mit seinen Männern wieder zu Naumoff und Young.

„Verluste?", erkundigte sich Frost in dem ihm eigenen Tonfall, der ähnlich gehetzt wirkte, wie sein raubkatzenartiger Gang.

„Ein Mann angeschossen, aber transportfähig!", antwortete Young und Naumoff ergänzte: „Und ein Gefangener. Wunschgemäß!"

Frost gestattete sich ein Lächeln. Er erinnerte sich an das Gespräch mit Prof. R.V. Jones. Dieser hatte bei Frost Gefangene ,bestellt', wie er es so schön ausgedrückt hatte. Möglichst einen Funker. Die naiven Vorstellungen dieses Physikers hatten ihn geärgert. Er hatte geantwortet, ob er den Führer auch mitbringen solle. Und Jones hatte gelacht und verneint. Das würde ihm nicht helfen, denn der habe ja keine Ahnung über das ,Würzburg-Radargerät'.

Frost fing sich wieder. Der schwierigere Teil lag noch vor ihnen. Nun fehlte ihnen das Überraschungsmoment, der Gegner würde zahlenmäßig überlegen sein und im Zweifel mehr Kampferfahrung haben. Was nicht schwer war.

„Wo ist der Gefangene?", fragte Frost in die Runde.

„Hierher Sir", hörte er aus der Richtung der Klippen.

Frost bewegte sich in die entsprechende Richtung und sah zu seiner Überraschung schon ein paar Schritte später einen gut aussehenden und der Situation zum Trotz selbstbewussten Leutnant, der die braune Uniform der Luftwaffen Nach-richtentruppen trug. Frost sah den Offizier an, den er auf Anfang dreißig schätzte und der mit den Händen auf dem Kopf auf dem Boden kniete. Er sprach ihn an, ob er Englisch könne.

Als der Leutnant bejahte, fragte Frost: „Herr Leutnant, Sie sind mein Gefangener. Wenn Sie sich nicht wehren, werden wir Sie den Genfer Konventionen entsprechend behandeln. Sagen Sie, wie viele Soldaten befinden sich auf der Farm ,La Presbytère'?"

Wieder war Frost überrascht, als der Leutnant ohne Zögern antwortete: „An die einhundert Mann, schätze ich."

Frost war beruhigt, dass die ihnen bekannten Zahlen bestätigt wurden. „Danke, Herr Leutnant, für Sie ist der Krieg vorbei. Sie haben eine Reise nach England gewonnen."

Zu seinen Männern rief er: „Den Gefangenen sichern und das Teil abbauen."

Aber die Radartechniker hatten längst mit dem Abbau angefangen. Während Cox die Radaranlage aus allen erdenklichen Winkeln und Entfernungen fotografierte, schraubten seine Kollegen bereits die ersten Teile ab. Es waren 30 Minuten für den Abbau und Transport zum Strand eingeplant. Aber Frost ahnte schon, dass die Zeit nicht reichen würde.

Frost bestimmte weitere zehn Mann, die die sieben Radartechniker unterstützen sollten. Fünf Mann sollten zunächst den mitgebrachten, zerlegbaren Wagen zusammenzubauen, um die Geräteteile zu transportieren, während die anderen den Technikern Deckung geben sollten. Nachdem er Young als befehlshabenden Offizier dieser Teilkräfte instruiert hatte, gab er den verbleibenden 30 Männern den Befehl zum Abmarsch in Richtung des etwa 300 Meter entfernten Strandes.

Der Weg den Abhang hinunter zum Strand führte an einem Bunker mit einer MG Stellung vorbei. Mangels Überraschungseffekt musste ein massiver Angriff erfolgen. Frost checkte die Uhrzeit. Er wusste, dass parallel Lieutenant Charteris mit seiner Gruppe ‚Nelson' planungsgemäß in drei Minuten den Bunker auf dem gegenüberliegenden Südhang angreifen würde, um beide Bunkerbesatzungen parallel zu beschäftigen und den Weg zum Strand beidseitig frei zu kämpfen.

Aber er täuschte sich. Ein Späher, den er vorausgeschickt hatte, um die Verbindung zu Charteris Gruppe herzustellen, kam zurück. Er meldete: „Charteris ist nicht da, die MG Stellungen und damit der Strand sind noch in deutscher Hand."

Parallel mit den zwölf Whitleys, die ihre menschliche Fracht abwerfen sollten, waren zwei weitere Whitley Bomber gestartet, die einen Flughafen bei Le Havre angriffen, um von der eigentlichen Aktion abzulenken. Dieser Bombenangriff zog natürlich vermehrt Flakfeuer auf alle Flugzeuge. Die vier schwerfälligen Whitley Bomber, in denen die Nelson Gruppe von Lieutenant Charteris saß, mussten ausweichen als der Befehl zum Sprung für die Männer kam. Aufgrund der Schwerfälligkeit der Bomber, landete Gruppe Nelson drei Kilometer zu weit südlich.

Charteris befahl sofort schnelles Marschtempo. Dennoch hatten sie noch nicht den ganzen Weg zurück zum Einsatzort geschafft.

Die drei Minuten wurden für Frost zu einer Geduldsprobe. Er wusste, dass durch den von ihnen verursachten Lärm höchstwahrscheinlich die Sicherungskompanie auf der Farm verständigt war.

Das war auch tatsächlich der Fall. Jedoch hatte die Sicherungskompanie am frühen Abend eine Nachtübung gemacht und der überwiegende Teil der Kompanie nur Platzpatronen geladen. Das Wechseln der Munition kostete wertvolle Zeit.

Nach zwei Minuten und 59 Sekunden gab Frost das Kommando für den Angriff auf die MG Stellung. Von drei Seiten bewegten Sie sich im geduckten Laufschritt und nach dem Wurf mehrerer Handgranaten auf die Stellung zu. Das

Stakkato der deutschen MG 41 erklang postwendend, aber die englischen Soldaten bewegten sich geschickt und für die deutschen Soldaten im Bunker war die Ausrichtung des Bunkers auf das Meer ein Nachteil. Der Bunker stand im Hang und so hatten sie Schwierigkeiten ihr MG auf Entfernung auszurichten. Wieder war es eine Ananas, die den Kampf beendete. So nannten die Engländer liebevoll ihre gusseisernen Mills Granaten, die in ihrer Form an eine Ananas erinnerte. Mit einem Stielanschluss und Mörseraufsatz konnte diese Granate von einem Gewehr abgefeuert werden und die Reichweite der Explosion auf bis zu 150 Metern erhöhen. Sie kullerte in den vier Sekunden, die nach dem Zug bis zur Detonation blieb, den Abhang hinunter und blieb direkt vor dem Bunker liegen. Da der MG Schütze den Fuß des Maschinengewehrs für den Beschuss an den Bunkerrand gestellt hatte, wurde die Waffe durch die Explosion beschädigt. Diese Chance nutzten die Angreifer und die nächste Handgranate explodierte im Bunker.

Korporal Walters und zwei seiner Männer lagen verwundet auf dem Boden, keine zehn Meter entfernt vom Bunker. Walters hatte es übel erwischt. Er hatte zwei Bauchschüsse. Sie gaben ihm Morphium, aber Frost befürchtete, dass Walters es nicht schaffen würde.

Auf der anderen Seite des Hanges hatten zwischenzeitlich heftige Gefechte der nun angekommenen Gruppe Nelson begonnen. Die dortige deutsche MG Stellung hatte sich auf die Gruppe von Frost eingestellt, die die nördliche MG Stellung ausgeschaltet hatte und wurde dadurch von der Nelson Gruppe aus Süden überrascht. Dennoch wehrte sich ein deutscher Unteroffizier, der nicht im Bunker war, als auch dort eine Granate explodierte, verbissen und tötete einen Mann aus der Nelson Gruppe und verwundete einen zweiten, bevor er einen Schuss in den Oberschenkel erhielt und zeitgleich sah, dass etwas auf ihn zurollte, das aussah wie eine Ananas.

Im Laufschritt kamen Lieutenant Charteris und zwei seiner Männer auf Frost zu und Charteris salutierte kurz: „Sir, der Bunker ist ausgeschaltet. Der Zugang zum Strand ist frei."

Bevor Frost antworten konnte, kam ein Lance Korporal von der Anhöhe gelaufen und schrie: „Sie kommen!"

„Welche Stärke?", fragte Frost.

„Drei Lastwagen, soweit wir wissen", brachte der Korporal hervor. Er war noch immer außer Atem.

Frost schaute Lieutenant Charteris an: „Sie bleiben mit vier Mann am Strand. Alle anderen bilden einen Verteidigungs-ring vor der Radaranlage. Hoffen wir, dass Lieutenant Timothy mit seinen 30 Männern wie geplant gelandet ist. Jetzt werden wir jeden Mann brauchen."

Er schaute zum Himmel. Es war kälter geworden und zwischenzeitlich leuchteten einige Sterne. Es war eine schöne, kalte Winternacht. Hoffentlich nicht seine Letzte.

Deutsche Bucht, 1939

Flight Lieutenant John Elder tätschelte sein Flugzeug, während er zu ihm sprach „Na Wimpy, wir beide werden das schon schaffen."

Wimpy nannte nicht nur er dieses Flugzeug, das eigentlich Vickers Wellington hieß und ein zweimotoriger Bomber aus dem Hause Vickers-Armstrong war. Der Spitzname kam von J. Wellington Wimpy, der ein Freund des Zeichentrickhelden Popeye war. Aufgrund dessen Popularität wurde die Vickers Wellington von ihren Besatzungen nur ‚Wimpy' genannt.

Die Vickers Wellington war ein Kompromiss aus Hochdecker und Mitteldecker. Die Hochdecker, deren Tragflügel über der Rumpfoberkante angebracht sind, waren schwerfällig. Die Mitteldecker, bei denen die Tragflügel mittig am Rumpf angebracht sind, hatten häufig beim Bombenabwurf ein Schwerpunktproblem, da der mächtige Querholm die Tragflächen aufnehmen musste und so die Ladung nicht mittig gelagert werden konnte. Die Wellington war als tiefer Schulterdecker derart gelungen, dass kein Bomber der Royal Air Force im zweiten Weltkrieg häufiger gebaut wurde.

Elder gehörte mit seiner ‚Wimpy' zur 9. Squadron des RAF Bomber Command und war nach der Einsatzbesprechung aller 24 Flugzeugführer der 9. und 37. Squadron und ihres Wing Commander Major Ratcliff alles andere als erfreut darüber, dass sie einen Tagangriff auf Deutschland fliegen sollten, obwohl ihm bewusst war, dass die Navigation für einen Einsatz in der Nacht noch nicht ausreichte. Es war mit ihren Navigationshilfen unmöglich, sich bei einem Einsatz über einem feindlichen Gebiet, das zudem verdunkelt war, zu orientieren. Er dachte daran, wie sein Navigator Warrant Officer Anthony Britt jedes Mal in die Astro-Aussichtskuppel stieg und mit dem Sextanten hantierte, wenn sie ihre Position bestimmen mussten und weit daneben lag, obwohl Elder ihn für einen ausgezeichneten Mann hielt. Gute Navigatoren, die Astronavigation mit Koppelnavigation kombinierten, konnten eine Position bestenfalls auf zehn bis dreißig Kilometer genau bestimmen. Das reichte nicht für einen erfolgreichen Bombenangriff.

Es war nur vier Tage her, dass die deutschen Jäger fünf von zwölf Wellington Bombern abgeschossen hatten, als sie die in der Nordsee patrouillierenden deutschen Kreuzer ‚Leipzig‘ und ‚Nürnberg‘ gemeinsam mit einem englischen U-Boot der Shark Klasse angegriffen hatten. Eine weitere, schwer beschädigte Maschine war zudem auf dem Rückflug abgestürzt. Das war eine bedrückende Quote.

Er verließ sein Flugzeug nach seiner Liebeserklärung und ging zu seiner Mannschaft - die Besatzung einer ‚Wimpy‘ bestand aus sechs Mann. Er traf seine Crew im Aufenthaltsraum an und gab ihr so motiviert und optimistisch wie möglich den ihm erteilten Befehl weiter, dass sie in drei Stunden nach Wilhelmshaven zu fliegen hätten, um dort die Werft der Kriegsmarine zu bombardieren. Wie er schon vermutet hatte, hielt sich die Euphorie darüber verständlicherweise in Grenzen. So war es ganz gut, dass sie noch ausreichend zu tun hatten bis zum Abflug und keine Zeit blieb, um sich länger mit Lamentieren aufzuhalten.

Als sie vier Stunden später mit einer Geschwindigkeit von exakt 400 Stundenkilometern die Flughöhe von rund 3.800 Metern erreichten, war der Lärm durch die beiden 1.521 PS starken Hercules Motoren wie immer unerträglich. Der Lärm entstand durch die Außenkonstruktion, eine Gitterstruktur aus Leichtmetallstäben, die nur mit Stoff bespannt war, um mehr Platz für Treibstoff und Bomben zu haben. Außerdem stellte so nur ein direkter Treffer eines der Leichtmetallstäbe eine Gefahr für die steife und robuste Struktur des Flugzeugs dar. Zum Lärm kam die Kälte, die besonders jetzt im Dezember in dieser Flughöhe den Männern in die Knochen kroch.

Dabei war das Wetter über dem Kanal traumhaft schön. Nur ein leichter Dunst lag unter ihnen. Man hätte die Sonne und die grandiose Sicht genießen können, wenn es nicht auch bedeutet hätte, dass ihre Flugzeuge besser gesehen werden konnten und diese gute Sicht einen Angriff von deutschen Jägern nicht gerade erschweren würde.

In diesem Moment funkten zwei der Piloten, dass sie Motordefekte hatten. Sie alle kannten die Probleme der Hercules Motoren. Es half nichts. Elder sah, wie zwei Wellingtons sich aus dem Verband fallen ließen und schließlich abdrehten, um wieder zurück nach England zu fliegen. Wenn sie mit den verbleibenden zweiundzwanzig Maschinen ihr Ziel erreichen würden, würde ihre Bombenlast von insgesamt 44 Tonnen ausreichen, um bei diesen Sicht-verhältnissen nicht nur einige Schiffe, sondern die gesamte Werft von Wilhelmshaven in Schutt und Asche zu legen.

Es war 13.50 Uhr, als John Elder versuchte, sich in seinem gepanzerten Sitz ein wenig zu lockern, um die Beweglichkeit auch für komplexere Manöver zu haben. Nun waren es lediglich noch 110 Kilometer oder zwanzig Minuten bis nach Wilhelmshaven. Er vergewisserte sich, dass seine Mannschaft die Gefechtsstellungen besetzt hatten und jedem einzelnen bewusst war, dass sie sich nun über Feindesland befanden und somit ein bevorzugtes Angriffsziel werden konnten. Er kontrollierte seine Instrumente und dachte bei einem Blick auf seine beiden, lauten Propellermotoren, dass man sie zum Glück in Deutschland nicht hören würde.

Was John Elder und seine Crew nicht ahnten und auch nicht spüren konnten, war, dass ihre ‚Wimpy' bereits ein Echo auf elektromagnetische Wellen erzeugte, die aus Deutschland gesendet wurden. Die deutsche Luftwaffe hatte im Dezember 1939 zwar nur acht Funkmessgeräte namens ‚Freya' im Einsatz, aber davon alleine zwei in der Versuchsgruppe Wangerooge, die zum mittlerweile in Köthen stationierten Luftnachrichten-Regiment 1 gehörten.

Seitdem sich der Wellington Verband bis auf 113 Kilometer Wilhelmshaven genähert hatten, wurden sie erwartet. Zwar war zu diesem Zeitpunkt die Menge der sich nähernden Flieger noch nicht bekannt - man ging von über fünfzig Maschinen aus - aber das wurde spätestens revidiert, als der englische Verband Helgoland erreichte. Auf der Insel, die das Deutsche Reich von den Engländern 1890 im Tausch gegen etwaige eigene Ansprüche nördlich von Deutsch-Ostafrika erhalten hatte, meldeten Fliegerbeobachter der Luftwaffe immer noch mehr als vierzig Flugzeuge. Zwischenzeitlich war ausreichend Zeit gewesen, dass der Jagdführer Deutsche Bucht, Kommodore Carl Schumacher, zweiunddreißig einmotorigen Me 109 Jägern und sechzehn zweimotorigen Me 110 Zerstörern den sofortigen Einsatzbefehl hatte geben können, auch wenn Schumacher zunächst ernsthafte Zweifel hatte und sich das Herannahen der englischen Flugzeuge bestätigen lassen hatte. Er hielt das Wetter für zu gut und einen Angriff daher für ausgeschlossen. Aber die Engländer hatten auch nicht geahnt, wie früh sie entdeckt werden würden.

Der Wellington Verband erreichte Wilhelmshaven und sie sahen bereits im Anflug die Werft. Sie würden nur eine Flugkurve benötigen, um in Abwurfposition zu kommen, frohlockte Elder. So würde es schneller gehen, als er gehofft hatte. Er fasste nochmals seinen Talisman an, ein Bild seiner Freundin, die er schon zwei Jahre kannte und die auch bei der Royal Air Force arbeitete. Er hatte es nicht für möglich gehalten, einen Menschen so lieben zu können und sein Plan, ihr Weihnachten einen Heiratsantrag zu machen, stand bereits seit Wochen fest. Er lächelte.

In diesem Moment zischte es und nur kurz darauf schepperte es, um dann unaufhörlich zu klatschen, als würde eine große, nasse Fahne im Wind schlagen, und Elder merkte an der veränderten Flugeigenschaft seiner Maschine, dass ihre Stoffbespannung getroffen war. Sein Copilot Flying Officer Richard Barton verließ seinen Platz hinter ihm, um seine eigene und schließlich noch weitere Schwimmwesten zum Stopfen der Löcher in dem Stoff zu verwenden, damit sich die Flugeigenschaften ihrer ,Wimpy' wieder normalisierten und sie gefahrlos im Verband bleiben konnten.

Elder konzentrierte sich auf die Maschine und versuchte mit erheblicher Kraftanstrengung, Ausbrüche zu verhindern, sah aber im Augenwinkel, was draußen los war. Die Jäger und Zerstörer kamen von allen Seiten! Zwei Wellingtons trudelten getroffen nach unten, eine brannte, die zweite drehte sich, als läge ein Gewicht einseitig auf dem Steuer.

Er hörte das Jubeln seines Lance Corporals Peter Gant, der an den vier 7,7mm Maschinengewehren im Heckdrehturm saß. Eine enge Wellington Formation war von hinten kaum angreifbar. Die jeweils vier MGs im Heck jedes Flugzeugs waren an Effizienz kaum zu übertreffen, wenn sie nebeneinander flogen. Das musste auch der Pilot der Messerschmidt BF 109 feststellen, dessen Abschuss Gant soeben bejubelt hatte.

Auch vom Bug aus war die Wellington durch die zwei Kaliber .303 Browning Maschinengewehre im Verbandsflug gut zu verteidigen. Anders war es von der Seite. Zwar waren zwei 7,7mm MG in den seitlichen Rumpfständen angebracht, aber die Sicht hier war nicht gut und es gab Anflugwinkel, die überhaupt nicht zu verteidigen waren. Insofern war ein feindlicher Beschuss von der Seite oder aus der Überhöhung besonders gefährlich.

Zwischenzeitlich war Barton wieder an seinem Platz und Elder versuchte nun parallel in der Formation zu bleiben, die Position für den Bombenabwurf zu halten und möglichst viele der Feindflugzeuge im Blickfeld zu haben, um per Funk seine MG-Schützen über die Anflugwinkel zu informieren. Wieder driftete eine der Wellingtons ab. Auch sie war getroffen. Die Maschine neben ihr zog kurz hoch, um dem Absturz auszuweichen und brachte damit die gesamte Formation in Unruhe. Sie hatten noch ca. 600 Meter, bevor sie erstmals die Bomben auslösen konnten.

Doch schon waren die Jäger und Zerstörer wieder im Anflug. Dieses Mal kamen sie von oben, wie ihnen Warrant Officer Anthony Britt in der Astro-Aussichtskuppel über Funk warnend zurief, bis er plötzlich mitten im Satz verstummte und nicht nur Elder, sondern alle verbliebenen fünf Crew-mitglieder wussten, dass nicht nur das Flugzeug, sondern auch Britt getroffen worden sein musste. Selbst wenn er noch lebte, konnten sie für ihn nichts tun, da sie umso mehr gefordert waren, ihre Verteidigung aufrecht zu erhalten.

Zwei weitere Wellingtons trudelten getroffen nach unten.

Hätte Elder Zeit gehabt, sich über seine Gefühle klar zu werden, hätte er eine bizarre Gefühlswelt empfunden. Eine Mischung aus Zorn und Bedauern über seine gefallenen Kameraden in den abgeschossenen Flugzeugen oder ein Aufatmen bis hin zur Freude, dass es andere und nicht sie selbst erwischt hatte. Elder durfte nicht abschweifen, sondern musste sich konzentrieren, denn er navigierte nun nach Sicht, was problemlos möglich war.

Als er schließlich die Werft erneut kurz vor sich sah, schrie er in Richtung Barton so, als hätten sie keinen Funkkontakt: „Jetzt! Bomben lösen!"

Barton öffnete den Bombenschacht und die tödliche Fracht schwebte unaufhaltsam auf die Werft von Wilhelmshaven zu. Schon wurden sie wieder zu Gejagten. Die Messerschmidts hatten nun den Winkel für den An- und Abflug heraus, bei dem sie mit wenig Gegenwehr rechnen konnten. Elder sah die zwei von oben kommenden Jäger als Erstes und entschied sich mit seinem untrüglichen Überlebensinstinkt aus der Formation auszubrechen.

Er brachte die Nase seiner ‚Wimpy' nach oben und drehte dabei die im Vergleich mit den Jägern sehr schwerfällige Maschine. Es gelang ihm so, einen Jäger vor die beiden Bug Maschinengewehre in Position zu bringen, so dass der deutsche Pilot abdrehen musste, nicht ohne dass sie ihm noch ein paar Abschiedsgrüße in sein Heck feuerten. Elder gelang es mit seinem Manöver den ebenfalls gefährlich nah und bereits feuernden Me 110 Zerstörer seinem Mid Gunner im Rumpf vor die MG zu positionieren.

Wie erwartet zog die zweimotorige Messerschmidt zu der Seite ab, so dass sie kurz fast parallel flogen, bis Elder weg drehte, um die Messerschmidt nun den vier Heck MGs auszusetzen. Dabei unterschätzte er aber die starke Motorenleistung der Me 110, die problemlos nach unten absackte.

„Gut gemacht, John!", hörte er Barton über Funk, ohne dass er sich wirklich über das Lob freute. Dennoch atmete Elder hörbar auf. Sein riskantes Flugmanöver hatte ihnen das Leben gerettet.

Dann hörte er erneut das Einschlagen von Maschinengewehrsalven in sein Flugzeug, er merkte an der Steuerung, dass die Treffer bereits Auswirkungen hatten und dann sah er eine weitere Me 110 - es war nicht die, der er gerade erfolgreich ausgewichen war – aus ca. 400 Metern Entfernung und aus einem Winkel von 30 Grad über ihnen auf sie zu stürzen.

Die Einschätzung der Entfernung war sein letzter Gedanke. Der letzte Ton, den er hörte, war das Splittern des Glases, als mehrere Kugeln es durchstießen. Den Schmerz, als ihn die Kugeln erreichten, spürte er schon nicht mehr.

Bei diesem Angriff der vierundzwanzig britischen Vickers Wellington Bomber auf Wilhelmshaven wurden zwölf Maschinen abgeschossen und drei so schwer beschädigt, dass sie als Totalverlust galten. 72 Soldaten der R.A.F. starben an diesem Tag.

Die deutschen Abfangjäger dagegen hatten nur zwei Me 109 und deren beide Piloten zu beklagen.

Der Luftkampf über der deutschen Bucht ging als der erste erfolgreiche, radargeleitete Abfangeinsatz in die Geschichte ein. Sowohl die deutsche als auch die englische Seite verstärkten daraufhin ihre Forschungen an der Funkmesstechnik beziehungsweise am Radar, wie es die Engländer nannten.

St.-Jouin-Bruneval, 1942

Samstag, der 28. Februar

Es war noch immer keines der Landungsboote in Sicht. Sie erwarteten sechs Landing Craft Assaults. Korporal Saunders, einer der Funker der C Kompanie hatte sein Funkgerät am Strand aufgebaut und versuchte Kontakt aufzunehmen. Diese Landungsboote, kurz LCA genannt, des No. 12 Commando der Royal Navy hätten bereits am Strand liegen sollen, aber er bekam nicht einmal Kontakt zu ihnen. Frost schaute durch das Fernglas und sagte mehr zu sich selbst: „Wo bleibt die Kavallerie? Wo bleiben die verdammten LCAs?" Und dann befahl er Saunders: „Weiter probieren! Immer weiter probieren!"

Während Frost mit seinen Männern den Hang hinauf lief, explodierten bereits die ersten Mörsergranaten der Deutschen.

Kopfschüttelnd erinnerte er sich an die Übungen mit den Landungsbooten an der schottischen Küste und was alles schief gegangen war. Sie hatten dabei geulkt, sie seien wohl schon im Kampf, was zumindest die Ausfälle erklären würde. Fünf Männer waren damals fast ertrunken, da sie die Geschwindigkeit der herankommenden Boote unterschätzt und ihre Reaktionsfähigkeit im eiskalten Wasser überschätzt hatten. Einige waren regelrecht überfahren worden. Einer hatte sich das Bein gebrochen, beim Versuch auf die heruntergelassene Landungsklappe zu springen. Durch den heftigen Wellengang, insbesondere am ersten Tag der Übung, hatten sie die Boote derart vollgespuckt, dass sich die Besatzung, die arroganten South Wales Borderers, zunächst weigerte, die Übung mit ihnen nochmal zu machen.

Die Stimmung war auf einem Tiefpunkt gewesen. Sie hatten immer noch nicht gewusst, wo es hinging und warum, kannten aber die zu erobernden Gebäude und deren Umgebung so gut, dass sie im Ernstfall auch mit verbundenen Augen hätten springen können. Nur noch der letzte Akt sollte geübt werden und nun klappte nichts. Wenn sie tatsächlich ihren Auftrag ausführen und erfolgreich sein wollten, mussten sie damit rechnen, nur unter heftigem Feuer auf die Landungsboote zu gelangen. Das schien zu diesem Zeitpunkt unmöglich. Der Frust in der Kompanie war gewaltig.

Eine weitere Mörsergranate, die in seiner Nähe explodierte, riss Frost aus seinen Gedanken. Er schnappte sich Lieutenant Young und rief schnaufend: „Denken Sie dran, Sie bleiben im Schatten von Cox und seinen Leuten. Keiner der Jungs darf mit seinem Wissen den Deutschen in die Hände fallen. Haben Sie mich verstanden?"

„Ja, Sir. Klar und deutlich."

Als sie bei der Radaranlage ankamen, nahmen sie erleichtert zur Kenntnis, dass die dritte und zuletzt gelandete Gruppe mit dreißig Männern unter Lieutenant Timothy bereits einen ersten Verteidigungsring am Landhaus gebildet hatte. Die Soldaten gingen in Stellung und warteten. Um Munition zu sparen und ihre Kameraden nicht zu gefährden, griffen sie in das Gefecht nicht ein. Noch war das zunehmende Feuer der deutschen Soldaten recht unpräzise, da gut 250 Meter zwischen den Kampflinien lagen.

„Cox, wie lange brauchen Sie noch?", rief Frost dem Flight Sergeant zu.

Dieser kam auf Frost zu. „Wir müssen Teile absägen, da sie sonst zu sperrig sind. Wir machen es jetzt mit roher Gewalt.

164

Alles andere habe ich schon auf dem Wagen, Sir. Ich will hier auch weg."

„Okay, dann sollen drei Ihrer Männer schon mal den Wagen den Abhang hinunterrollen. Und geben Sie Gas beim Sägen, viel länger als fünfzehn Minuten werden wir uns hier nicht halten können."

Wie zur Bestätigung schlug einige Meter entfernt eine Mörsergranate ein. Beide warfen sich auf den Boden. Die Elektronikteile, die Cox in der Hand gehalten hatte, fielen dabei auf den Boden. Cox fluchte, sammelte sie wieder ein und kroch zu seinen Männern. Er befahl drei Technikern, den Wagen den Abhang hinunterzuschieben.

Dankbar, dass sie sich dem Beschuss entziehen konnten, ließen sie sich das nicht zweimal sagen, sondern stürmten zu dem inzwischen zusammengebauten Metallwagen, der, vor nicht einmal einer halben Stunde, in Einzelteile zerlegt, mit ihnen aus dem Flugzeug gefallen war. Zwischenzeitlich war er mit Teilen der Radarstation beladen worden.

Sie fingen an, den Wagen anzuschieben und Frost stellte drei seiner Männer ab, die Techniker zu begleiten.

Saunders hörte ein Krächzen aus dem Funkgerät. Er gab erneut sein Signal. Aber keine Reaktion.

Was er nicht wusste, war, dass keine fünf Seemeilen entfernt Lieutenant Commander Roy Watson, Befehlshaber der sechs LCAs, Katz und Maus mit zwei Torpedo Booten und einem Kreuzer der deutschen Kriegsmarine spielte. Bereits als die sechs LCAs keine fünfzehn Seemeilen vor der französischen Küste von den sechs wesentlich stärker motorisierten Torpedobooten, die sie bis dahin geschleppt hatten, losmachten, hatte Watson mit Feindkontakt vor seinem eigentlichen Auftrag gerechnet.

Trotzdem war es ‚Pech‘, dass er gerade den deutschen Torpedobooten begegnete, aber ‚Glück‘, dass diese von einem Zerstörer begleitet wurden, so dass sie die Schiffe rechtzeitig wahrgenommen hatten. Die Deutschen waren sehr vorsichtig, aber hatten nicht bemerkt, dass sich der Feind unmittelbar in ihrer Nähe befand.

Zwar hatte jedes LCA eine Bewaffnung von vier leichten Bren Maschinengewehren, aber das hätte gegen die 12.7 cm Bordkanonen des deutschen Zerstörers sowie gegen die sog. Torpedobootskanone, mit immerhin einer 10,5 cm Kaliber Waffe, wenig ausrichten können. Also hielten sie Abstand, versuchten die kreuzenden Bewegungen der feindlichen Schiffe zu antizipieren und verbrachten viel Zeit damit, mit abgeschaltetem Motor im Wasser zu dümpeln.

Sie wussten, dass sie es nicht mehr rechtzeitig zum Treffpunkt schaffen würden, mussten aber Funkstille wahren, um ihre Anwesenheit nicht zu verraten.

Frost überzeugte sich selbst davon, dass die Sprengladung am ehemaligen Sockel des nun abgebauten ‚Würzburg-Radargerätes‘ angebracht war. Das war ein entscheidender Punkt ihres Auftrages: Sie würden ein Feuerwerk abbrennen und den Deutschen einen Sabotageauftrag vortäuschen. Daher hatte Frost auch befohlen, dem Gefangenen Waffe, Uniformjacke, Helm, sowie seine Erkennungsmarke abzunehmen. Es musste etwas von ihm gefunden werden, damit keiner auf die Idee kam, dass er entführt worden war.

Frost machte sich Sorgen. Es war bereits nach zwei Uhr und immer noch keine Kavallerie. Er dachte an Wellington der vor 130 Jahren kaum vierhundert Kilometer entfernt gegen

Napoleon gekämpft hatte und am Rande einer Niederlage stand, als er sagte, ‚Ich wünschte es wäre Nacht oder die Preußen kämen.' Es war zwar Nacht und gegen die Franzosen mussten sie sich nicht verteidigen, aber auch sie brauchten Hilfe. In ihrem Fall von der Royal Navy, die kommen mussten, um den Erfolg ihrer Aktion, vor allem aber auch ihr Überleben zu sichern. Wie nah Sieg und Niederlage manches Mal beieinander liegen. Wäre bei Waterloo nicht Blücher mit seinen Preußen, sondern Grouchy mit 40.000 Soldaten erschienen, wäre die Schlacht von Waterloo sicher anders ausgegangen. Und auch hier stand die Entscheidung auf Messers Schneide. Länger als eine halbe Stunde würden sie sich am Strand nicht halten können. Dann würde sich ihre Reise nach Frankreich erschreckend schnell in einen tödlichen Ausflug verwandeln.

Die Explosion des Radarsockels war ohrenbetäubend und gab einen schönen, hellen Lichteffekt, der vielleicht auch von ihrer Kavallerie gesehen wurde. Frost erkannte, dass die Deutschen die Villa wieder in Besitz nahmen und befahl, den Abzug der letzten Radartechniker zum Strand zu decken. Er rannte ebenfalls zum Strand. Dort ließ er zunächst mit einer Signallampe das Meer ableuchten, aber der Nebel über der ruhigen See war undurchdringlich. Frost befahl, zwei Leuchtgeschosse abzufeuern, ohne Erfolg. Er glaubte auch nicht wirklich an ein Orientierungsproblem.

Zwischenzeitlich waren die meisten Teile des ‚Würzburg-Gerätes' am Strand. Die in zwei Teile zerlegte Parabol-antenne war zu schwer, um sie alleine zu schleppen.

Nachdem sechs Mann verzweifelt versuchten, die beiden klobigen halbrunden Teile des Radargerätes zu transportieren und sich gegen die zunehmenden Angriffe der Deutschen zu schützen, übernahm plötzlich Private Jack Burns das

Kommando. "Gebt mir Feuerschutz und helft mir, das scheiß Teil zu drehen. Charlie, Du nimmst das andere Teil."

Mit Charlie war Privat Charles Johnson gemeint, der sofort begriff und ebenfalls seine Kameraden anleitete. Sie hievten die schweren Teile auf die Seite, die relativ glatt war und auf der keine Bauteile vorstanden.

Dann schrie Burns: "Anschieben!"

Johnson tat es ihm nach und als sich die beiden Teile wie Surfbretter auf dem Abhang langsam in Bewegung setzten, standen Burns und Johnson jeweils strahlend wie kleine Jungs auf ihrem ‚Board'.

Ihre Kameraden staunten, allerdings blieb ihnen dafür nicht viel Zeit, da sie sich wieder den Deutschen zuwenden mussten.

Das Gefälle hatten Burns und Johnson allerdings unterschätzt und waren überrascht, welches Tempo sie auf ihrem Ritt zum Strand erreichten. Ihnen wurde mulmig. Sie mussten nicht nur damit rechnen, jemanden zu verletzen, sie gefährdeten auch sich selbst und das möglicherweise wichtigste Bauteil der Radaranlage. Aber an den Einbau der Bremse hatten sie in der Hektik des Überlebenskampfes nicht gedacht. Sie hielten sich jeweils an einem halbrunden Teil fest, dass auf einem länglichen Aufsatz montiert war, und rasten auf den Strand zu.

Indem sie sich festhielten und breitbeinig ihr Körpergewicht verlagerten, konnten sie ein wenig Lenkkraft entwickeln. Aber je schneller sie wurden, umso weniger konnten sie bewirken. Beide hofften auf die bremsende Wirkung des Sandes am Strand unten. Zwischenzeitlich hatten sie eine beeindruckende Geschwindigkeit erreicht. In der Anspannung merkten sie nicht, dass ihr anfängliches Johlen in ein ungläubiges und immer ängstlicheres Schreien aller Beteiligten übergegangen war, das nur vom immer heftiger werdenden Gefechtslärm übertönt wurde.

Die beiden Radar-Surfer hatten inzwischen die Aufmerksamkeit der Kameraden, an denen sie vorbeirauschten. Alle starrten ihnen ungläubig hinterher. Je näher sie dem Strand kamen, umso diebischer wurde die Freude, als ihre Kameraden ihnen zujubelten.

An einer fast geraden Fläche schlidderten sie auch an Frost vorbei und Burns hatte die Chuzpe, gegenüber seinem Kompanieführer zu salutieren. Dieser erwiderte reflexartig den Gruß und schaute ihm fassungslos nach.

Dann mussten sich Burns und Johnson wieder auf ihre Strecke konzentrieren, denn sie erkannten jetzt vor dem Übergang zum Strand einen mindestens einen Meter hohen Absatz. Ehe sie sich versahen, nutzten ihre Surfboards diesen Absatz als Sprungschanze. So kam die erhoffte Bremskraft des Sandes kaum zur Geltung. Mit unverminderter Geschwindigkeit sausten sie fast parallel über den nassen Sand und kamen erst in der leichten Brandung des Meeres zum Stehen.

Als sie es wagten, wieder die Augen aufzumachen, stellten sie fest, dass ihre Surfboards auch leidlich schwammen.

Da sprach direkt über ihnen jemand: "Ihr Schotten macht auch aus allem einen Sport, oder?"

Sie grinsten und stellten fest, dass sie gleich neben dem ersten LCA Landungsboot des No. 12 Commandos gelandet waren, das soeben aus der Dunkelheit des Meeres aufgetaucht war.

Burns grinste, schaute auf Johnson und sagte todernst: „Erster!"

Es war 2.15 Uhr, als ein weiteres LCA landete.

Hamburg, 1941

Es war ein Sonntag, als ich am späten Vormittag bei Cohns klingelte, unsicher, ob ich mich darauf freute, Hans zu sehen. Der Anlass war positiv, aber der Besuch bei ihm vor vier Wochen war mir nicht in nur guter Erinnerung.

Ich hatte ihn besucht, weil ich einen Brief von Georg erhalten hatte, in dem er seinen Besuch ankündigte. Er müsse am Montag, den 20. Oktober in Kiel sein und fragte, ob wir uns am Sonntag davor treffen wollten. Schnellstens wollte ich Hans den Brief zeigen und das Treffen mit ihm abstimmen. Ich hatte Hans lange nicht gesehen. Das lag daran, dass ich fünf Wochen der Sommerferien bei meiner Tante Anna in Dänemark verbracht hatte. Sie wohnte auf der Insel Fanø im Westen Jütlands. Ich hatte sie auch vor April 1940, also vor Beginn der deutschen Besetzung Dänemarks, regelmäßig und gerne besucht. Sie war die jüngere Schwester meiner Mutter und seit 1930 mit dem Dänen Mats Houenstaan verheiratet, der in Hamburg studiert hatte. Im gleichen Jahr war sie mit ihm zurück in seine Heimat auf die Insel Fanø gezogen.

Ich war im September in die 9. Klasse gekommen und musste erheblich mehr tun, um nicht den Anschluss zu verlieren. Und seit meinem vierzehnten Geburtstag im April war ich vom Jungvolk in die Hitlerjugend aufgestiegen. Auch dort waren wir eingespannt. Da Hans und ich seit zwei Jahren auf unterschiedliche Schulen gingen und ich am Boxtraining aufgrund einer Verletzung bereits seit Anfang Juli nicht mehr teilnehmen konnte, hatten wir uns seitdem nicht mehr gesehen. Offensichtlich hatten wir beide in den vergangenen Monaten nicht das Bedürfnis gehabt, Zeit miteinander zu verbringen. Davon ging ich zumindest aus.

Anrufen konnte ich Hans nicht, da Juden bereits seit über einem Jahr keinen Fernsprechanschluss mehr haben durften. Also war ich an einem Nachmittag vorbeigegangen und erschrocken, wie sich die Wohnung und auch Hans selbst verändert hatten. Erst bemerkte ich nur irgendeinen indifferenten Unterschied, den ich nicht zuordnen konnte. Erst als ich darüber nachdachte, sah ich, dass Möbel fehlten, die sie vermutlich verkauft hatten. Auf dem Esstisch lagen Kleidungsstücke von ihm und seiner Mutter. Hans lebte nach wie vor mit Oma, Mutter und Schwester in ihrer Dreizimmerwohnung eines Reihenhauses und teilte sich immer noch ein Zimmer mit seiner Schwester. Seine Oma und seine Schwester hatte ich seit Jahren nicht gesehen, obwohl ich mir sicher war, dass zumindest die Oma immer zuhause war, wenn ich Hans besuchte. Sie zeigte sich aber nicht. Die Tür zu dem dritten Zimmer blieb immer verschlossen. Umso gastfreundlicher war seine Mutter, Hedwig Cohn. Nachdem die Schokoladenfabrik, in der sie beschäftigt war, schließen musste, fand sie keine Arbeit mehr und musste mehrere undankbare sogenannten Pflichtarbeiten annehmen. Schließlich wurde sie seit 1938 in einer Wollkämmerei zwangsverpflichtet. Dort, hatte sie uns damals erzählt, sei sie einer Judenkolonne zugeteilt ohne Kontakt mit arischen Arbeitern. Sie müsse mehr arbeiten als die Festangestellten, erhalte aber nur 20 Prozent des üblichen Lohns. Die seit Kriegsbeginn regelmäßig verringerten Nahrungsrationen, reichten schon für meine Familie kaum. Ich wollte mir nicht ausmalen, wie knapp es bei der Familie meines Freundes sein musste. Daher war es verständlich, dass sie mit dem Verkauf von Möbeln versuchten, ihre Situation erträglicher zu machen.

Aber so wie die Wohnung aussah, waren Einnahmen aus dem Verkauf weiterer Möbel kaum zu erwarten.

Wenn auch seine immerhin schon 54jährige Mutter noch dürrer und die Wohnung leerer wirkte, war die Entwicklung von Hans dramatischer. Er hatte seine charmant-arrogante Attitüde verloren, wirkte eher zynisch, wenn er gequält über seine Witzchen lachte, die die Traurigkeit über sein Leben herunterspielen sollten. Er wirkte fahrig und so, als hätte er etwas verloren, was ihm peinlich war.

Ich sprach ihn darauf an: „Hans, hast Du etwas verlegt? Kann ich Dir suchen helfen?"

Er hielt in seiner Unruhe inne und guckte mich verstört an. Er verstand nicht.

„Du wirkst so, als würdest Du etwas Wichtiges suchen?!"

Er schaute immer noch konsterniert. Dann fing er plötzlich laut an zu lachen, ein böses und unechtes Lachen: „Ja, Helmut, such es für mich: Ich habe mein Selbstwertgefühl, meine Heimat und meinen Stolz verloren. Komm, hilf mir suchen. Ich kann den Kram einfach nicht finden."

Er schaute unter das Bett und als er wieder hoch kam, hatte er Tränen in den Augen und setzte in einem beschwörenden Flüsterton hinzu, ohne mich anzugucken

„Und es ist doch wichtig, das zu haben, oder? Meinst Du nicht?"

Ich ärgerte mich über meine gedankenlose Frage und antwortete: „Ja, Hans, es ist wichtig."

Es war still danach, weil uns beiden nichts einfiel, um die Situation zu retten. Ich wollte lässig wirken, ihm helfen und versicherte: „Irgendwann finden wir Deinen Stolz wieder.

Vielleicht nicht in Deutschland. Aber gemeinsam werden wir ihn Dir zurückholen."

Hans guckte mich erstaunt an und lächelte. Ich hatte ihn so noch nicht lächeln gesehen. Es war eine unsagbare Freude und Dankbarkeit in diesem Ausdruck und ich hatte schon befürchtet, dass er mich auslachen würde, für den Kitsch, den ich gerade verzapft hatte.

„Vielleicht finde ich meine Heimat ja in Palästina?", fragte Hans - mehr zu sich selbst.

Ich fragte erstaunt nach: „Warum Palästina?"

„Das ist unser Land, das uns 1917 durch die Balfour Deklaration als Heimstätte für das jüdische Volk versprochen wurde. Wenn man uns nirgendwo haben will, müssen wir eben unseren eigenen Staat gründen."

Das klang aufregend.

„Und da kann jeder mitmachen?" fragte ich.

„Jeder Jude!"

„Ich also nicht?", sagte ich enttäuscht.

„Würdest Du denn wollen? In meinem jüdischen Staat leben?" fragte Hans völlig überrascht.

„Dabei sein, wenn ein neuer Staat gegründet wird? Klar! Was für eine wunderbare Aufgabe", schwärmte ich.

Von jetzt an war alles wie immer mit Hans. Wir träumten von einem Land, das uns brauchte und überlegten uns absurde und irrwitzige Dinge, wie unser zukünftiger Staat aussehen sollte. Wir lachten und übertrafen uns in unseren Ideen. Natürlich wussten wir durchaus, wie unrealistisch unsere Vorstellungen von unserem eigenen Staat waren, nicht nur, weil wir naive Jungs waren, sondern auch weil es für Juden bereits sehr schwer war, auszuwandern. Seit 1938 hatten die jüdischen Reisepässe ein ‚J' erhalten und die Bewegungsfreiheit ihrer Inhaber war erheblich eingeschränkt worden.

~

Und heute – vier Wochen später - freute ich mich darauf, Georg wieder zu sehen und hoffte, dass wir Hans ein bisschen ablenken könnten. Hans freute sich sichtlich, mich zu sehen. Wir gingen in sein Zimmer und er zeigte mir seine Sammlung von Flaksplittern. Sie war nicht so beeindruckend wie meine. Aber das zeigte ich Hans natürlich nicht. Wenig später standen wir wieder im Flur und Hans schaute in den Spiegel. Es zwar sonnig und kalt, so dass Hans seine dicke Winterjacke herausgeholt hatte. Er stellte fest, dass diese noch keinen Judenstern hatte und murmelte eine Entschuldigung. Er schlug vor, dass ich schon vorgehen solle. Ich lehnte ab, denn wir hatten Zeit. So setzte er sich hin und fing an, den hässlichen Judenstern aufzunähen.

Seit einem Monat mussten Juden auch in Deutschland ab dem sechsten Lebensjahr in der Öffentlichkeit einen Judenstern tragen. In Polen war er schon seit Ende 1939 Pflicht. Nach einer Weile sagte Hans: „Ich hasse es, diesen Stern zu tragen."

„Dafür muss ich bei meiner HJ-Uniform diese doofe, rote Binde tragen", ich lachte über meinen Scherz und hatte doch Angst, dass Hans ihn so unpassend fand, wie er war.

Aber Hans grinste und fragte: „Wieso trägst Du Deine Uniform jetzt nicht? Ich wäre so stolz, ich würde sie sogar nachts tragen."

„Dürfen wir nicht. Auch nicht in der Schule. Nur zum Dienst."

Während Hans seine Näharbeit beendete, dachte ich darüber nach, was wohl geschehen würde, wenn ich in der Uniform der Hitlerjugend mit einem Juden mit Judenstern durch die Straßen wanderte. Ob ich dafür bestraft würde? Die Juden standen hinter dem Bolschewismus, wurde in der Hitlerjugend beigebracht. Und nur der Führer habe verhindert, dass das deutsche Volk ein Sklavenvolk der Juden geworden war. Der Spaziergang in Uniform mit einem Juden hätte mir sicher keine Beförderung zum Rottenführer eingebracht.

Stolz zeigte Hans mir sein Werk. Es sah furchtbar aus. Die schiefe Naht und der Hohlraum unter dem Stern schrien geradezu seine Ablehnung dieser Stigmatisierung heraus.

„Mutter hat vorgeschlagen, dass wir ihn mit Stolz tragen könnten. Es sei ja schließlich ein Talisman, der auch einst König David geschützt haben soll", er lachte dieses gekünstelte Lachen, „aber sie glaubt selbst nicht daran", er stockte, „und mich macht diese Religion gar nicht stolz. Ich habe sie mir nicht ausgesucht und sie ist mir nicht wichtig."

Wir verließen das Haus. Obwohl ich es nicht wollte, war auch mir seine Begleitung durch den für mich ungewohnten und unangenehm großen Judenstern in der Öffentlichkeit peinlich. Ich versuchte, es mir nicht anmerken zu lassen, bin aber sicher, dass Hans es bemerkte.

Auf dem Weg in die Stadt fanden wir zwei Flaksplitter, die wir mitnahmen und säuberten. Bombensplitter waren wertvollere Tauschobjekte, da die Flaksplitter vergleichsweise klein waren. Dennoch nahmen wir auch alle Splitter der Flakgranaten mit, denn es waren zumindest schöne Tauschobjekte in unserer Schule.

Als wir am Hauptbahnhof ankamen, war es so spät geworden, dass wir die letzten Meter zu dem Gleis, auf dem der Zug aus Berlin ankommen sollte, laufen mussten. Der Bahnhof wirkte leerer als früher, es fuhren auch deutlich weniger Personenzüge als vor dem Krieg. Es hieß, dass zugunsten von Lebensmitteltransporten der Personenverkehr eingeschränkt werden müsse.

Hans sah Georg zuerst und stürmte los. Wir rannten auf ihn zu und Georg umarmte uns beide. Wir hatten Georg seit unserem ersten Treffen vor fünf Jahren nur einmal kurz gesehen, aber immer Briefkontakt gehalten. Es war so, als würden wir unseren großen Bruder nach langer Zeit wieder sehen. Er sah großartig aus, in seiner Luftwaffenuniform, inzwischen als Oberleutnant.

Nach der ersten stürmischen Begrüßung, sah er uns genauer an und sagte die für uns zum Standard gewordene Begrüßungsformel der Erwachsenen, die uns länger als einen Monat nicht gesehen hatten: „Mensch, seid Ihr gewachsen.“

Dann entdeckte er den Judenstern an Hans' Jacke. „Du bist Jude?“

Hans wich zurück. „Hast Du ein Problem damit?“

Georg lachte, ging entschieden auf Hans zu und legte ihm seine Hand auf die Schulter. „Nein, überhaupt nicht, aber ich wusste es nicht! Und bin erstaunt! Oder überrascht. Ich wäre nicht auf die Idee gekommen, dass Du Jude bist.“

Hans war noch immer misstrauisch.

„Nun komm schon, Hans. Ich verstehe Dein Misstrauen gegenüber deutschen Uniformierten, aber ich habe nix gegen Juden und es ist mir egal, ob Du einer bist. Du bist und bleibst mein Freund!"

Hans entspannte sich.

Georg packte uns bei den Schultern. „Kommt Jungs, wir setzen uns an die Alster."

„Die Binnenalster ist seit April kaum wieder zu erkennen." Gab Hans in grummeligem Ton zu Bedenken.

„Sinnlose Tarnmaßnahmen?" mutmaßte Georg.

„Wieso sinnlos?", fragte ich in einem Ton, der für mich schärfer klang als gewollt. Ich konnte mir nicht vorstellen, dass die aufwändige Konstruktion aus Holz, Draht und Reet, die die Binnenalster bis auf ein schmales Fahrwasser als Stadtgebiet tarnen sollte, sinnlos sein sollte.

Georg holte mich zurück in die Realität „Ganz ruhig, Tiger", freute er sich über meine emotionale Reaktion. „Sinnlos deshalb, weil bei der sogenannten stereografischen Auswertung von Luftbildpaaren kinderleicht zu erkennen ist, ob es sich um echte Gebäude oder nur um flache Tarnkonstruktionen handelt."

„Aber warum bauen wir das dann?", fragte ich.

„Weiß ich nicht. Vielleicht um die Bevölkerung zu beruhigen und zu sagen, wir schützen Euch?!"

„Aber das ist ja Betrug?!"

Ich erhielt keine Antwort, sondern nur ein Schulterzucken und lenkte ein: „Na gut, wie auch immer, so toll ist es an der Alster momentan jedenfalls nicht", maulte ich und dachte, schade, dass es die geplante Flakstellung mitten auf der Außenalster noch nicht gab. Diese hätte ihn sicher beeindruckt.

Georg fegte unsere Bedenken beiseite: „Egal! Alster ist Alster! Darauf habe ich mich die ganze Zugfahrt gefreut. Wir erkennen die Alster ja auch getarnt."

Auf den wenigen Metern vom Hamburger Hauptbahnhof zur Binnenalster wurde Georg von uns mit Fragen beschossen. Wo er nun stationiert sei? Was er gerade fliegen würde? Ob er an die Front müsse? Er genoss es, mit uns unterwegs zu sein und meinte, er würde die Fragen zunächst einmal sammeln. Aber schließlich erzählte er doch, dass er am Stadtrand von Berlin stationiert sei, aber ab und zu nach Kiel müsse, dass er Testpilot und bei der Radarentwicklung eingesetzt sei. Er hoffe, dass er dazu beitragen könne, Deutschland gegen Luftangriffe zu verteidigen.

In einem Restaurant am Alsterdamm, der 1947 in Ballindamm umbenannt wurde, setzten wir uns an ein Fenster. Für einen Sonntagmittag war es erstaunlich leer, wie ich fand.

Der Kellner kam dienstbeflissen, sah den Judenstern und flüsterte Georg zu, während er auf Hans deutete: „Herr Leutnant, der muss hier raus. Den dürfen wir nicht bedienen."

Georg reagierte gar nicht darauf, gab dem Mann einen Schein und sagte: „Wie unschwer zu erkennen, bin ich Oberleutnant! Wir haben eine kriegswichtige Besprechung. Sorgen Sie bitte dafür, dass die Plätze um uns herum frei bleiben. Wir hätten gerne drei Limonaden und für mich noch einen Kaffee. Und bringen Sie uns die Karte, damit wir etwas zu essen bestellen können. Danke."

Der Mann wollte noch etwas sagen, als Georg seinen rechten Arm neben seinem Gesicht hochschnellen ließ und langsam aber bestimmt hauchte „Heil Hitler!"

Der Mann fuhr zusammen, hob den rechten Arm und machte sich aus dem Staub.

„Es lebe der deutsche Gehorsam", sagte Georg lapidar und setzte sich wieder zu uns.

Ich gluckste vor Freude und Bewunderung. Auch Hans war sichtlich beeindruckt, aber blieb dennoch sehr still.

„So, Männer, wo war ich stehen geblieben?"

Wir riefen fast im Chor: „Du wolltest von deinen Flugzeugen erzählen!"

Er lachte. „Oh ja, natürlich. Ich bin ja seit fast zwei Jahren zurück in Berlin und bin immer noch Testflieger. Ich fliege wirklich viele verschiedene Flugzeuge und bin jedes Mal erstaunt, dass wir noch alle Flugzeuge bekommen, die wir anfordern. Über kurz oder lang werden die alle an der Front gebraucht, da bin ich sicher. Viele der Flugzeuge haben Fronteinsätze hinter sich. So habe ich in diversen Flugzeug Einschusslöcher und sogar einmal getrocknetes Blut in einer Ju 87 entdeckt."

Wir hingen mit offenem Mund an seinen Lippen und folgten seinen Ausführungen.

„Ich fliege für Radarversuche verschiedene Flugzeugtypen, um zu sehen, wie die Radargeräte sich von verschiedenen Flugzeugen und deren jeweiligen Flugeigenschaften beeinflussen lassen. Am meisten fliege ich die Junkers Ju 87 - ein Sturzkampfflugzeug - und den fliegenden Bleistift, die Dornier Do 17 - einen mittelgroßen Bomber."

„Bleistift?" fragte Hans.

„Das ist ihr Spitzname. Sie hat einen so dünnen Rumpf, dass sie aussieht wie ein Bleistift!", erklärte Georg.

„Aber spannend ist, dass ich auch Prototypen teste. So bin ich letztes Jahr die Arado Ar 240 geflogen. Geplant als Zerstörer, Schnellbomber, Nachtjäger und Aufklärer. Da war ich schon skeptisch. Das Ding hat so schlechte Flugeigenschaften, dass wir es nun nur noch als Aufklärer einsetzen. Es sind nicht einmal 20 gebaut worden."

„Hast Du nicht mal ein Foto von Dir mit Deinen Flugzeugen?", fragte ich.

„Nein, Helmut, habe ich tatsächlich nicht. Ich denke aber für unser nächstes Treffen daran."

„Erzähl weiter", bat Hans.

„Aufregend waren meine drei Flüge mit der Messerschmidt 210. Ich bin jedes Mal mit ihr ins Flachtrudeln gekommen."

„Was ist das?", rief Hans dazwischen.

„Was trudeln ist, wisst Ihr?"

Hans sagte: „Klar, das ist, wenn das Flugzeug sich im Kreis nach unten bewegt."

„Ja, genau, wie ein Korkenzieher", erklärte Georg und machte mit seinem Zeigefinger eine kreisförmige Abwärtsbewegung.

„Die Strömung reißt an einer Tragfläche ab und kippt diese Fläche nach unten. Gefährlich wird es, wenn die Neigung der Flugzeuglängsachse geringer ist als dieser Winkel." Georg hielt seinen Unterarm in einem 45 Gradwinkel zu seinem

Oberarm. „Das nennt man Flachtrudeln. Während man beim Steiltrudeln durch Nutzen des Seitenruders das Flugzeug problemlos wieder auffangen kann, funktioniert das beim Flachtrudeln meist nicht. Häufig stürzen Flugzeuge dann ab. Beim dritten Mal musste ich auch aussteigen."

„Du bist ausgestiegen?" Ich war beeindruckt.

„Ja, mit meinem Fallschirm. Das kann einem Testpiloten passieren. Wir haben die Produktion gestoppt und die Maschinen wurden mit einem anderen Motor und einem längeren Rumpf ausgerüstet."

„Und kriegst Du für Deine gefährlichen Tests einen Orden?" fragte ich.

„Nein, Helmut, das ist ja meine Aufgabe. Und der ist sicher nicht so gefährlich, wie der von meinen Kameraden an der Front."

„Und wann kommst Du an die Front?"

„Ich weiß es nicht. Es ist nichts geplant. Offensichtlich sind meine Testflüge zu wichtig, als dass sie mich abziehen würden. Ich bin mir aber auch nicht mehr sicher, ob ich noch an die Front will!"

Hans und ich schauten ihn ungläubig an. Hatten wir uns verhört? Ich fand zuerst wieder zu Worten: „Warum? Wir würden gerne an die Front und in den Kampfeinsatz."

„Ja, Jungs, das glaube ich Euch, aber der Krieg ist eine dreckige Angelegenheit. Es gibt nicht die guten und die bösen Jungs. Alles wird grau und Dreck legt sich auch auf die scheinbar strahlenden Helden. Ich will keine Bomben-angriffe auf die Zivilbevölkerung fliegen. Ich will keine Kinder töten. Aber wie ich nun mehrfach von Kameraden hörte, haben wir inzwischen die Bombenangriffe auf die russische und englische Zivilbevölkerung zu einer Kriegsnormalität gemacht. Die Engländer bekämpfen Einzelziele, wie Bahnhöfe, Brücken, Industriebetriebe und so weiter. Mir sind nur zwei größere Angriffe von englischer Seite auf deutsche Städte bekannt: Ende August letzten Jahres auf Berlin."

„Und im November auf Hamburg", unterbrach ihn Hans.

„Richtig", fuhr Georg fort, „In beiden Städten zusammen gab es dabei weniger als 50 Tote. Alleine in London hat die Luftwaffe für fast 40.000 Tote gesorgt. Die meisten Opfer waren Zivilisten. Das wird sich eines Tages rächen. Da bin ich leider sicher."

Es entstand ein nachdenkliches Schweigen. Georg schaute auf die Alster, aber wir sahen, dass er den Anblick nicht genoss, sondern mit seinen Gedanken anderswo war. Als ich ihm den Zucker für seinen Kaffee über den Tisch reichen wollte, machte sich meine Verletzung im Arm schmerzhaft bemerkbar und ich zuckte zurück.

„Was ist denn mit Dir los?", erkundigte sich Georg.

„Ach, beim Boxen verletzt. Seit Juli bin ich außer Gefecht", meinte ich und versuchte so auszusehen, als sei es gar nicht schlimm.

„Oha", sagte Georg, „dann wird Dich Hans ja in der Luft zerreißen, wenn Du wieder beginnst."

Er lachte, aber Hans meinte: „Nein, ich habe aufgehört."

Nun war ich derjenige, der staunte. In einem Trainingskampf Anfang Juli hatte ich mir bei einer schwungvollen Geraden, die ins Leere gegangen war, eine schmerzhafte Zerrung oder einen Faserriss des Bizeps zugezogen und noch nicht wieder mit dem Training begonnen. Daher hatte ich nicht mitbekommen, dass Hans fast zeitgleich mit mir aufgehört hatte und offensichtlich monatelang nicht mehr im Boxstall war.

Ich war überrascht: „Du bist auch seit Juli nicht mehr beim Boxen gewesen?"

Hans guckte mich nicht an: „Nein!"

Ich verstand es nicht: „Warum nicht?"

„Was sollte ich da ohne Dich?" setzte er mir entgegen.

Das machte mich zutiefst betroffen. Ich spürte eine starke Verbundenheit mit diesem einsamen und tief verletzten Menschen, dass ich nicht nur Freundschaft, sondern vielleicht sogar Verantwortung für ihn empfand.

„Aber…das….", stammelte ich, „Was ist mit Woltmann? Was ist mit Deinem Training?"

„Ich weiß nicht, Helmut. Ich war nur einmal dort nach Deiner Verletzung und fühlte mich nicht wohl ohne Dich. Du hast mir die Kraft gegeben, dort hinzugehen, die Blicke und Sprüche zu ertragen. Alleine ging es nicht."

Ich schluckte den Kloß in meinem Hals herunter und sprach schon das zweite Mal an diesem Nachmittag härter als ich wollte. Doch dieses Mal aus Angst, dass er mein Zittern in der Stimme wahrnehmen könnte.

„Aber Du fängst doch wieder an, wenn ich wiederkomme, richtig?"

Jetzt schaute er mich an, „Nein!", flüsterte er und nur unwesentlich lauter fügte er hinzu: „Helmut! Ich kann das nicht. Soll ich mir als Zielscheibe den Judenstern auf mein

Sporthemd nähen? Man will mich nicht mehr dabei haben und ich hasse es, mich aufzudrängen."

Er guckte mich trotzig an. Vielleicht hatte er seinen Stolz trotz aller Demütigungen doch noch nicht verloren. Das war eine positive Erkenntnis.

Georg hatte die ganze Zeit Zigarette rauchend da gesessen und keinen Ton gesagt. Wir hatten ihn für einen Moment vergessen.

Nun räusperte er sich. „Wie ist denn Deine neue Schule, Hans?" fragte er.

Hans schaute erstaunt „Die Talmud Tora Schule?"

Georg nickte.

Hans überlegte kurz „Naja, wir haben einen tollen Lehrer. Er heißt Dr. Carlebach und unterrichtet Naturwissenschaften und Geschichte. Wir sind fast täglich auch eine Stunde in der Natur, um die Fächer in unserer ‚Lebenswelt', wie er sagt, zu erfahren. Er war früher sogar Schulleiter, ist aber jetzt Oberrabbiner der jüdischen Gemeinde von Hamburg."

Er schaute mich an. „Helmut, Du hast ihn vor ein paar Jahren mal kennen gelernt, als wir gemeinsam in der Synagoge waren."

Ich erinnerte mich, und Hans sinnierte weiter: „Er war Soldat im Weltkrieg. Ich meine, mich zu erinnern, dass er sogar Hauptmann war. Er sagt, dass Ausgangspunkt für Alles sein Glaube sei, der alle Lebens- und Wissensbereiche durch-dringe und Einheit von Seele und Geist garantiere. Alles sei getragen vom höchsten jüdischen Wert, der sittlich-ethischen Verantwortung. Ein schöner Gedanke!"

Er stockte kurz. „Nur schade, dass der in meiner Heimat mit Füßen getreten wird."

Er sah auf, erschrocken, dass er so ehrlich gewesen war.

Georg und ich blickten ihn schuldbewusst an. Wir traten zwar nicht selbst zu, aber wir schauten zu und taten nichts dagegen. Ich erinnerte mich an die Situation vor fünf Jahren, in der ich Hans, der am Boden lag, getreten hatte. Ich hatte geschworen, nie mehr ein solches Charakterschwein zu sein. Nun war ich Vierzehn und nicht besser, wie ich soeben feststellen musste. Ich trat zwar nicht, aber ich trug die Uniform derjenigen, die traten; und ich war bereit, für deren Sache zu kämpfen. Auch durch meine Unterstützung gab ich ihnen die Gelegenheit, meinen Freund zu treten. Ähnliches musste Georg denken, denn es entstand eine unangenehme, beklemmende Stille.

Schließlich löste Hans die Spannung auf. „Wir lernen sogar Hebräisch, um irgendwann einen jüdischen Staat im Heiligen Land zu errichten. Diese Sprache fällt mir schwer. Ich mag sie nicht. Und ich will auch gar nicht in der Wüste leben, ganz egal, wie heilig sie ist. Aber wir werden hier weg müssen. Anfang September mussten wir sogar das Gebäude der Talmud Tora Schule am Grindelhof räumen. Nun sind wir im Karolinenviertel. Irgendwann werden wir auch dort rausfliegen."

„Ja", sagte Georg, „leider hast Du wohl recht."

Mir stockte der Atem. Seine ehrliche Reaktion überraschte mich. Ich schaute Hans an, ob er geschockt war, aber er schaute Georg dankbar an und erzählte weiter, sprudelnd wie ein Wasserfall.

„Ich hatte meine Bar Mizwah bereits vor einem Jahr. Das ist nicht nur die Aufnahme in unsere Glaubensgemeinde, so wie bei Euch Christen die Konfirmation oder Firmung, sie bedeutet auch, dass ich für meine Taten und Handlungen im religiösen Sinn voll verantwortlich bin. Also, was meinst Du, Georg, soll ich tun, um dem gerecht zu werden?", fragte Hans.

Georg überlegte kurz: „Ich weiß es nicht, Hans. Aber die simpelste Empfehlung ist: Sieh zu, dass Du abhaust! Wenn Du die Möglichkeit hast, in Eurem Heiligen Land zu leben und Dir und Deiner jetzigen und zukünftigen Familie dort eine Existenz aufzubauen, was ist daran schlecht? Dein Glück hängt nicht an der deutschen Sprache, oder an Hamburg! Sondern Dein Glück ist dort, wo Du eine Heimat findest. Warum nicht in Palästina? Und wir, Helmut und ich, würden Dich überall besuchen, oder Helmut?"

Er knuffte mich.

Und ich tönte: „Natürlich! Wir finden Dich überall!"

~

Als Hans kurz danach die Toilette aufsuchte, packte mich Georg: „Hans muss raus aus Deutschland. Ich habe zufällig und verbotenerweise einen geheimen Erlass von Göring an Heydrich überfliegen können, der auf den 31. Juli datiert war. Göring beauftragt Heydrich darin, alle erforderlichen Vorbereitungen für eine Gesamtlösung der Judenfrage im deutschen Einflussgebiet zu treffen. Später war von einer ‚angestrebten Endlösung der Judenfrage' die Rede. Sprich mit ihm und sieh zu, dass Du ihn dazu überredest, das Land zu verlassen! Hast Du gehört, Helmut? Ich habe gar kein gutes Gefühl, wenn von einer ‚Endlösung' die Rede ist."

Ich nickte nur, weil mir diese Offenbarung zu überraschend kam.

Georg schaute mich noch ein Weilchen an und sagte dann sehr nachdenklich und fast schwermütig: „Helmut, ich sollte Dir das nicht erzählen, da Du noch zu jung bist und ich Dich in Gefahr bringe, ich mache es aber trotzdem, damit Du weißt, warum Hans raus aus Deutschland muss:

Sie erschießen Juden in Russland. Nicht fünf oder zwanzig, sondern Tausende. SS-Einheiten folgen der Wehrmacht, die seit Beginn des Russlandfeldzuges im Juni mit über einer Million russischen Gefangenen überfordert ist. Die SS-Einheiten holen die Juden raus, egal ob Soldaten oder Zivilisten. Und glaube mir, sie sind alles andere als zimperlich."

Ich war fassungslos und zweifelte keinen Moment an seiner Aussage. Es wunderte mich nicht einmal. Dennoch war ich entsetzt.

Und offensichtlich sah man, dass ich an der Aussage zu knabbern hatte, denn Georg meinte: „Hans kommt zurück und Du bist zu blass."

Ich verstand nicht und schon gab er mir links und rechts zwei Klapse auf die Wangen.

Hans sah das und freute sich. „Hat er sich wieder daneben benommen?"

Georg grinste auch. „Ja, er war abwesend und träumte von seinen Heldentaten im Krieg, da musste ich ihn kurz in die Realität zurückholen."

Auch ich versuchte zu lächeln. Es muss merkwürdig ausgesehen haben, denn es war mir noch nie so schwer gefallen, ein fröhliches Gesicht zu machen.

~

Fünf Tage später trat die Regelung in Kraft, dass ‚deutsch-blütige Personen, die in der Öffentlichkeit freundschaftliche Beziehungen zu Juden zeigen' aus ‚erzieherischen Gründen vorübergehend in Schutzhaft' genommen werden konnten. Damit wurde die Freundschaft von Hans und mir offiziell untersagt.

Bereits einen Tag zuvor am 23. Oktober 1941 wurde Juden die Auswanderung aus dem deutschen Reich verboten.

Kiel, 1941

Leutnant Emil Grau wunderte sich, dass Dr. Kühnhold ihn rufen ließ. Er hatte seinen Chef seit Monaten nicht gesehen. Als er an der Tür stand, holte er noch einmal tief Luft, klopfte und trat ein. Dr. Rudolf Kühnhold, der wissenschaftliche Leiter ihrer Abteilung, stand am Fenster hinter seinem Schreibtisch und hatte ein Glas in der Hand. Grau hatte Kühnhold noch nie mit Alkohol gesehen und hatte auch keine Gerüchte darüber gehört, war sich aber sicher, dass in dem Glas Whisky war.

Kühnhold sah nach draußen und wirkte angespannt. Er war ein leutseliger Mensch, der in seiner Arbeit aufging. Er konnte aber aggressiv werden, wenn man durch eigene Nachlässigkeit seiner Arbeit nicht den nötigen Respekt zollte.

Bisher kannte Grau diesen Zug Kühnholds nur vom Hörensagen. Er rekapitulierte die letzten Wochen. Gab es seinerseits irgendeine Nachlässigkeit, die Kühnholds Unwillen provoziert haben könnte? Obwohl ihm keine einfiel, wurde er langsam nervös.

Kühnhold würdigte ihn keines Blickes. Er hielt sein Glas hoch „Auch einen?"

„Nein, danke!", lehnte Grau höflich aber bestimmt ab.

Kühnhold nickte. „Setzen Sie sich!" Grau setzte sich. Es vergingen endlose Sekunden, in denen sich Grau marterte, was Kühnhold von ihm wollte.

Dann drehte sich Kühnhold abrupt um, setzte sich ihm gegenüber und schaute ihm in die Augen. „Grau, ich bedaure, Sie zu verlieren, doch ich werde Sie nach Frankreich versetzen."

Grau wurde blass. „Warum? Ist etwas vorgefallen?"

„Sie sind ein guter Mann und ich möchte sie schützen!"

Grau war immer noch vorsichtig: „Vor wem?"

„Vor Neidern oder Fanatikern!" sagte Kühnhold

„Habe ich was falsch gemacht?"

„Ja", sagte Kühnhold und er machte eine lange Pause, „Sie haben ihre sexuelle Präferenzen nicht so geheim gehalten, wie Sie es hätten tun sollen."

Nun lag die Wahrheit auf dem Tisch. Kühnhold wusste, dass Grau homosexuell war. Die Gedanken rasten durch Graus Kopf. Woher wusste er das? Wenn er ihn schützen wollte, dann meinte er es wohl gut mit ihm? Oder hatte Kühnhold vielleicht selbst ein Problem damit? Warum hatte es jemand Kühnhold erzählt? Warum war er in Frankreich sicherer? Er wusste nicht, was er fragen sollte. So saßen sie wieder schweigend voreinander.

Schließlich fragte Kühnhold: „Wollen Sie doch einen Whisky?"

„Ja, ich glaube, jetzt könnte ich einen vertragen!"

Kühnhold schenkte Grau ein Glas ein und sagte dabei. „Es ist ein Scotch von der schottischen Insel Islay. Ich gehe davon aus, dass Sie ihn nicht durch Eis verhunzen wollen, richtig?!"

Grau reagierte nicht. Es hätte auch keinen Sinn gemacht, denn Kühnhold reichte ihm bereits das Glas.

„Ein guter Freund, Ihnen und auch mir wohlgesonnen, hat Sie in eindeutiger Pose mit einem Mann gesehen…..und mir den Vorfall gemeldet. Keine Angst, Grau! Ich werde Ihnen seine Identität zwar nicht verraten, aber er ist absolut vertrauenswürdig. Er hat mich lediglich ins Vertrauen gezogen, weil er mich so gut kennt, und weiß, dass ich keine Gefahr für Sie bin. Er hatte sich aber Sorgen um Sie gemacht und erwogen, Sie persönlich anzusprechen. Aber was soll das bringen?! Ich bin Ihr Vorgesetzter und fühle mich für Sie verantwortlich, kann sie aber nur bedingt schützen, wenn Sie es selbst nicht tun. Ich muss Sie also auch vor sich selbst schützen."

Er hielt inne. Grau sagte nichts. Ihm schwirrte der Kopf. Seine Homosexualität war ihm peinlich, nicht nur, weil sie bestraft wurde wie ein Verbrechen. Nicht einmal seinen Eltern hatte er davon erzählt. Die wunderten sich immer noch, dass er nie eine Freundin mit nach Hause gebracht hatte. Aber sie fragten nicht. So hatte er auch keinen Grund, Lügengeschichten zu erfinden. Er ahnte, in welcher Situation er gesehen worden war. Er war wirklich unvorsichtig gewesen und empfand nicht einmal etwas für den Typen.

Die weiteren Ausführungen von Kühnhold hörte Grau wie durch einen Nebelschleier. Kühnhold sagte etwas von ‚Würzburg-Radargeräten' in der ‚Kammhuber-Linie', die zu überprüfen seien. Ein Auftrag, der Grau zunächst für einige Monate aus der möglichen Schusslinie nehmen würde. Grau hörte sich sagen, dass er das zunächst verarbeiten müsse und Kühnhold ihn entschuldigen möge.

Dann verließ er fluchtartig den Raum und ging auf die Toilette. Viel kaltes Wasser brauchte er jetzt für einen klaren

Kopf. Aber was war eigentlich passiert? Tausendfach hatte er sich ausgemalt, was wäre, wenn jemand herausfand, dass er schwul war. Und wie er mit einer Ablehnung umgehen würde. Nun wusste sein Vorgesetzter alles und akzeptierte die Homosexualität nicht nur, sondern versuchte ihn sogar zu schützen. Also alles im grünen Bereich. Ihm wurde bewusst, dass er Kühnhold noch würde danken müssen. Er atmete schwer und beruhigte sich langsam. Ja, alles war soweit im grünen Bereich, überlegte er immer und immer wieder und benetzte sein Gesicht wiederholt mit eiskaltem Wasser. Dann ging er in sein Büro, warf die Tür zu, durchquerte den Raum und ließ sich in seinen Stuhl fallen.

Plötzlich tönte es von der anderen Seite des Raumes: „Grau, Grau, Grau sind alle meine Kleider…"

Grau musste grinsen „Lützen, Sie Scherzbold, Sie sollten doch schon gestern anreisen?"

„Bin ich auch, mein Lieber, aber ich habe noch Freunde in Hamburg besucht."

Grau ging nicht darauf ein: „Ich habe gerade erfahren, dass ich versetzt werde."

Lützen stutzte „Das klingt nicht danach, dass ich gratulieren könnte. Warum denn und wohin geht's?"

Grau antwortete ohne nachzudenken: „Nach Frankreich! Weil ich schwul bin."

Lützen hatte sich gerade aus der auf dem Tisch stehenden Wasserflasche bedient und beim letzten Satz von Grau prustete er das Wasser im hohem Bogen aus.

„Das gibt's doch nicht? Was ist denn los mit Euch? Gestern erfahre ich von einem Freund, dass er Jude ist, jetzt offenbaren Sie mir, dass Sie schwul sind. Mal sehen, was morgen kommt!"

Sie lachten beide, dann wurde Lützen wieder ernst: „Wieso vertrauen Sie mir das an? Ich könnte Sie hochgehen lassen. Immerhin bin ich Offizier und NSDAP Mitglied. Fast seit Beginn der Bewegung dabei! Oder war das eine Anmache? Falls das so ist, ich bin nicht schwul!"

„Hören Sie auf zu labern, Lützen! Ich weiß, dass Sie nicht schwul sind und ich weiß auch, dass Sie Zweifel daran haben, was in Deutschland passiert."

„Woher wollen Sie das wissen?"

„Weil sie gleich in unserem ersten Gespräch eine abfällige Bemerkung über Goldfasane gemacht und mir außerdem über Gernika erzählt haben. Und ich erkenne, wenn ein Mensch an dem verzweifelt, was er tut, weil er nicht weiß, ob er den richtigen Weg geht. Glauben Sie mir, das ist nicht nur ein Gerücht, dass wir Schwulen empathischer sind als manch heterosexueller Mann. Das liegt schon daran, dass wir wohl oder übel zu Geheimniskrämerei neigen."

Lützen grinste. „Na, dann hoffe ich, dass Sie nicht allen so vertrauensvoll von Ihrer Homosexualität erzählt haben, oder wie wurde diese Erkenntnis über Ihr Sexualleben ausgebuddelt?"

Grau schüttelte den Kopf: „Natürlich habe ich das keinem erzählt. Ich war wohl unvorsichtig. Dabei weiß ich zu gut, was passiert, wenn es rauskommt. Ich hatte Freunde in Berlin. Damals, während meines Studiums, konnte man noch in einschlägige Bars gehen. Einer ist im KZ, einer wurde zur Kastration gezwungen und einer ist plötzlich nicht mehr aufgetaucht. Und er ist kein Typ, der sich ohne Abschied ins

Ausland absetzt. Zumal er als Schauspieler seine Sprache für den Beruf benötigt. Da ist irgendwas passiert."

Er machte eine Pause. „Mein Gott, waren das schöne Zeiten in Berlin. Schon mal was vom El Dorado gehört?"

„Nein", sagte Lützen.

Grau erklärte: „Es gab davon mehrere Lokale in Berlin-Wilmersdorf. Eines war geradezu berühmt. Sogar Marlene Dietrich und ihren Mann, Rudolf Sieber, habe ich dort gesehen. Dort gab es für mich Momente der Normalität. Wir nannten uns ‚Freunde' und waren auf dem Weg der Emanzipation. Und ich Idiot hatte die Hoffnung, dass mein Versteckspiel irgendwann nicht mehr nötig sein würde. Was für eine Illusion! Und jetzt arbeite ich sogar für die, die mich am liebsten vernichten wollen. Das ist schon eine skurrile Welt, in der ich mitspiele."

„Na, dann wissen wir wenigstens, dass wir offen sprechen können. Wo kommen Sie denn hin in Frankreich?"

„Ich soll die Genauigkeitsprobleme prüfen, die wir mit den ‚Würzburg-Geräten' entlang der ‚Kammhuber-Linie' an der Nordfranzösischen Küste haben."

Lützen stand auf, „Kommen Sie, Grau, wir brauchen beide ein bisschen Wind um die Ohren. Lassen Sie uns zum Strand fahren, den schönen Herbsttag genießen und dort reden, wo wir keine Angst haben müssen, belauscht zu werden."

Er wartete einen Moment auf Graus Reaktion, dann sagte er verschmitzt: „Der Feind hört mit!"

Grau überlegte kurz. Es würde nichts anbrennen. Warum also nicht. Er würde sich heute sowieso nicht konzentrieren können. Er nickte, nahm seine Uniformjacke und sie verließen das Zimmer.

Als sie am Strand nordwestlich von Kiel den wunderschönen Blick auf die Förde genossen, schwiegen Sie zunächst.

Dann fragte Lützen noch einmal nach: „Wie sind Sie aufgeflogen?"

Grau zuckte mit den Schultern: „Ich weiß es nicht. Kühnhold hat mich vorhin reingeholt, mir erzählt, dass er es von jemandem weiß, dem ich vertrauen kann, auch ohne, dass ich ihn kenne."

Ihm fiel niemand ein, der Kühnhold informiert haben könnte. „Ich muss zugeben, ich habe Kühnhold unterschätzt. Scheint ein anständiger Kerl zu sein. Er meint, in Frankreich werde ich weniger Gelegenheit haben, mein Leben aufs Spiel zu setzen. Vielleicht wird es dort auch weniger fanatische Nazis geben, die mich aus Führerglauben und falsch verstandenem Rechtsverständnis ans Messer liefern."

Lützen nickte. „Recht hat er wahrscheinlich. Schön, dass es doch noch eine nicht unerhebliche Anzahl anständiger Menschen gibt."

Beide schwiegen.

Dann setzte Lützen erneut zu einem Gespräch an. „Wissen Sie von der Entwicklung der sogenannten ‚Düppel'?"

Grau schüttelte den Kopf und Lützen fuhr fort: „Wir nennen so ein mögliches, wenn auch noch nicht ausgereiftes Verfahren, um Radaranlagen zu stören. Wir testen mit irgendwelchen Fäden, die wohl ein Falsch-Echo senden sollen. Es wissen nur eine Handvoll Ingenieure davon. Ich weiß es, weil ich die Dinger aus dem Flugzeug abgeworfen habe. Ich weiß aber nicht, ob der Test funktioniert hat, da die Ergebnisse als streng geheim eingestuft wurden. Was meinen Sie?"

Grau hatte interessiert zugehört. „Keine Ahnung. Was für Fäden sind das?"

Lützen zuckte mit den Schultern. „Weiß ich leider nicht. Ich habe das Zeug erst nach dem Abwurf gesehen. Könnte das funktionieren?"

Grau schüttelte den Kopf. „Kann ich nicht beurteilen. Dazu bräuchte ich mehr Informationen dazu."

Lützen blieb stehen und packte Grau am Arm: „Grau, Glauben Sie an den Endsieg?"

Grau guckte erschrocken. „Keine Ahnung? Warum fragen Sie?"

„Ich glaube nicht daran. Unser größter Feldherr aller Zeiten und sein Oberfeldmarschall Keitel, der sogar im Generalstab wegen seiner Speichelleckerei schon Lakeitel genannt wird, machen zu viele Fehler. Sie hätten Russland nicht oder nicht erst im Juni angreifen, das zwölfte Panzerkorps nicht vor Dünkirchen anhalten dürfen und die Luftwaffe weiter Flughäfen und nicht zivile Ziele angreifen lassen müssen.

Aber was rede ich? Es ist gut, dass sie so viele Fehler machen. So geht der Krieg zwar verloren, aber wir verlieren auch die braune Brut, die uns alle ins Verderben reißt. Im Gegenteil: Wir müssen daran arbeiten, dass der Krieg noch schneller verloren geht, dass die ungebrochene Unterstützung in der Bevölkerung für diese Wahnsinnigen nachlässt und vielleicht ganz aufhört."

Grau sah ihn erstaunt an: „Keine Ahnung. Ich bin kein Kriegsstratege. Es ist mir auch egal. Hauptsache, der Krieg geht schnell vorbei."

Lützen hielt Grau wieder fest: „Nein, Grau, es ist nicht egal. Es ist ganz und gar nicht egal! Wieso meinen Sie, dass es egal ist? Sie dürfen nicht einmal Ihre Homosexualität ausleben!"

„Das darf ich in anderen Ländern größtenteils auch nicht."

„Das mag sein, aber in anderen Ländern plant man keine Endlösung für Juden, wie auch immer die aussehen soll."

„Warum nehmen die Länder dann die Juden nicht auf, wenn sie erkennen, dass sie in Gefahr sind? Das ist alles viel zu komplex. Wie kommen Sie dazu, sich einzubilden, dass Sie die Welt verändern können? Ich will das nicht, will das auch gar nicht wissen", wehrte Grau ab.

„Müssen Sie auch nicht, aber wissen wir nicht beide genug, dass es an der Zeit ist, etwas zu unternehmen?"

Grau sah Lützen an. Er brachte kein Wort heraus, riss sich los und ging ein paar Schritte weg.

Lützen merkte, dass Grau mit sich kämpfte.

Grau biss auf seine Hand und kam dann wieder auf Lützen zu. Er hat sich wohl entschieden, dachte Lützen.

Grau schaute Lützen in die Augen. „Vermutlich haben Sie Recht, mal abgesehen davon, dass ich nicht wüsste, was ich tun soll. Aber selbst wenn ich es wüsste, ich bin das nicht. Ich bin kein Held. Ich bin ein braver, kleiner Ingenieur, der tüfteln und vor allem leben will. Mir macht meine Arbeit Spaß. Dafür habe ich jahrelang studiert. Mag sein, dass ich lieber auf der anderen Seite stehen würde, aber das ist nun einmal meine Heimat. Die Seite kann man sich nicht aussuchen."

Lützen öffnete die Arme und formulierte vorsichtig: „Vielleicht doch?"

Grau schüttelte den Kopf, mehrfach und wedelte mit dem Zeigefinger.

„Nein, Lützen, vielleicht können Sie das? Ich kann das nicht. Ich….also gut, meinetwegen, wahrscheinlich haben Sie Recht, mit dem, was Sie da sagen, aber das ist nicht mein Kampf. Ich bin kein Kämpfer. Ich bin einfach zu feige. Ich bin ja sogar zu feige, meinen Eltern eine unbequeme Wahrheit zu erklären."

Lützen zeigte sich beeindruckt und lächelte nachsichtig: „Grau, ich bewundere Ihre Offenheit."

Grau bedankte sich für das wenig schmeichelhafte Kompliment und fügte hinzu: „Ja, heute habe ich meinen Tag der offenen Tür!"

„Ich schätze Sie, Grau, auch wenn Sie nicht bereit sind, Ihr Leben für eine bessere Heimat zu opfern. Sie sind trotzdem ein anständiger Kerl. Halten Sie sich zurück in Frankreich. Der Krieg wird nicht ewig dauern und wir können ihn meiner Meinung nach nicht mehr gewinnen. Hoffen wir, ihn eindeutig und schnell zu verlieren, dass wir die Nazis loswerden und ein besseres Deutschland aufbauen können. Dann brauchen wir Menschen wie Sie!"

Sie gingen noch eine Weile schweigend nebeneinander her, in Gedanken vertieft. Ein U-Boot verließ die Kieler Förde. Es war ein U-Boot des Typs IX C, gekennzeichnet mit U-156. Grau erkannte sofort, dass es mit einem Seetakt Radar ausgerüstet war, auch wenn die Antenne nur knapp einen

Meter betrug. Der Radius war dadurch auf 60 Grad eingeschränkt. Grau war alles andere als zufrieden mit der Reichweite von sieben Kilometern. Mehr war technisch nicht möglich, aber so war es seiner Meinung nach nicht wirklich zu gebrauchen, eher ein fauler Kompromiss. Wie passend, dachte er. Wie alles in seinem Leben.

St.-Jouin-Bruneval, 1942

Samstag, der 28. Februar

Frost kam schweißgebadet am Strand an und schrie seine Befehle: „Zuerst das verdammte Gerät und die Radartechniker, dann die Verwundeten und dann Ihr mit dem Gefangenen!"

Die beiden ersten Landungsboote wurden beladen, legten ab und zwei weitere Boote folgten. Der äußere Verteidigungsring war unter heftigem Beschuss. Nördlich erschienen bereits die ersten Deutschen auf den Klippen und warfen Handgranaten auf den Strand. Auch Mörsereinschläge folgten. Frost versuchte, ein Chaos zu verhindern. Er sah, dass seine Offiziere Charteris und Young am Strand, sowie Timothy im ersten und Naumoff im zweiten Verteidigungsring bemüht waren, ihre Männer zu ordnen. Noch hatten sie die Situation im Griff. Bis jetzt waren sie im Vorteil, da sie Stärke und Bewaffnung des Gegners kannten, während dieser nicht genau wusste, gegen wie viele er kämpfte und was das Ziel des Angriffs war. Ein nicht zu unterschätzender psychologischer Vorteil. Die Unsicherheit bei den Deutschen hatten sie durch die Aufteilung in Gruppen und die spätere Ankunft von Charteris Gruppe noch verstärkt. Daher agierten die Deutschen aus Angst, dass möglicherweise weitere englische Truppen vom Landesinneren folgen und sie in die Zange nehmen könnten, viel vorsichtiger, als notwendig.

Inzwischen waren das dritte und vierte Boot beladen und legten ab. Weit mehr als die Hälfte seiner Männer war nun an Bord. Frost gab Charteris ein Zeichen, den ersten

Verteidigungsring aufzulösen und sich hinter den zweiten an den Strand zurückzuziehen.

Charteris hatte noch zwei Verwundete in seinen Reihen, die gestützt werden mussten.

Die beiden letzten LCAs legten an und gaben Sperrfeuer. Ihre acht Bren Maschinengewehre hatten eine beachtliche Wirkung, die den Gegner von der Felskante fernhielt und einen gezielten Beschuss von dort oben unmöglich machte. Während sie sich Schritt um Schritt zurückzogen, freute sich Frost, dass sie die Maschinengewehrstellungen der Deutschen unbrauchbar gemacht hatten, so dass diese außer ein paar Mörsern und Handgranaten nur leichte Waffen hatten.

Schließlich befahl er den letzten Verteidigungsring an Bord und sah beruhigt, dass sie die Deutschen nach wie vor auf Abstand halten konnten.

Frost und seine Offiziere gingen als Letzte an Bord. Sie legten ab und Frost atmete auf.

Da bemerkte er Naumoff, der sich an den erschöpften Männern vorbei zu ihm durcharbeitete und erklärte: „Sechs Mann, die ich in die Maschinengewehrbunker geschickt hatte, um unseren Rückzug zu decken, sind nicht an Bord."

„Warum nicht? Tod?", fragte Frost.

„Nein, sie rannten wohl zum Strand, als wir bereits abgelegt hatten, wurde mir berichtet. Offensichtlich haben sie meinen Rückzugsbefehl ignoriert oder nicht erhalten."

Frost dachte kurz nach „Verdammt! Aber wir können unmöglich zurück. Das wäre Wahnsinn. Damit müssen wir leben. Hoffentlich sind sie so clever, sich zu ergeben und nicht weiter zu kämpfen."

Naumoff nickte mit dem Kopf. Er fühlte sich verantwortlich für diese Männer und wusste, dass sie mit unangenehmen Verhören - womöglich sogar mit Folter - durch die Gestapo rechnen mussten, wenn sie denn überhaupt in Gefangenschaft gerieten.

Zwischenzeitlich hatte ihr LCA fast zehn Seemeilen auf der nebligen, aber ruhigen See geschafft und war auf das wartende Motor-Gun-Boat gestoßen. Diese MGB entsprachen Torpedobooten, waren aber für ihre Größe von knapp 30 Metern äußerst stark bewaffnet. Neben zwei 57mm Kanonen QF 6, verfügten sie über zwei 20mm Oerlikons und zwei Vickers Maschinengewehre. Frost fühlte sich fast wie zuhause, als das LCA am Heck des MGB festmachte und die Männer umsteigen konnten.

Frost sah in den Nebel hinaus. Zwischenzeitlich wurden sie von einer Schwadron Spitfires eskortiert. Man hatte damit gerechnet, dass deutsche Sturzkampfflugzeuge möglicherweise die Verfolgung aufnehmen würden, aber nichts Derartiges geschah. Es blieb ruhig. Offensichtlich war der Angriff auf den Flughafen bei Le Havre nicht nur ein Ablenkungsmanöver, sondern auch erfolgreich gewesen.

Frost zog Bilanz. Zwei Männer gefallen, sechs teilweise schwer verwundet, sechs Männer vermisst, bestenfalls in Gefangenschaft. Ihm war klar, dass eine solche Kommandooperation nicht ohne Verluste zu bewältigen war. Er befand, dass sich ein Verlust im worst case Fall von rund zehn Prozent noch im zu erwartenden Rahmen hielt, insbesondere wenn zwölf Mann davon letztlich überlebten. Auf der anderen Seite waren das Radargerät und ein gefangener Leutnant der Luftnachrichtentruppe an Bord. Mehr konnten sie nicht erreichen. Sie waren erfolgreich gewesen.

Frost starrte in die Nacht und erst jetzt fiel die Anspannung von ihm ab. Als das MGB Fahrt aufnahm, fühlte er eine zufriedene Müdigkeit und schlief in dem Moment, in dem er die Augen schloss.

~

„Herr Leutnant, wie kommt es, dass wir uns über Ihre Gesellschaft freuen dürfen?", fragte Frost.

Sie waren im Hafen von Portsmouth angekommen und die gesamte Mannschaft hatte sich auf der Prince Albert versammelt, um ihren Erfolg zu feiern. Auch Wing Commander Pickard war gekommen, um zu gratulieren. Frost hatte sich dem Trubel entzogen, zwei Männer gebeten, den deutschen Leutnant aus der Arrestzelle an die frische Luft zu holen und so stand dieser nun an der Reling keine fünf Meter von Frost entfernt und schaute nachdenklich aufs Meer. Der Leutnant schreckte aus seinen Gedanken hoch und sah, dass Frost ihm eine Zigarette anbot, die er nahm und sich mit einem kurzen Kopfnicken bedankte.

„Warum genießen Sie nicht Ihren Sieg, Major?", fragte der Deutsche und Frost stellte erfreut fest, dass er ausgesprochen gut Englisch sprach. „Wie ich höre, wird an Bord gefeiert."

Frost lächelte: „Ja, sogar die Presse ist da. Aber wissen Sie, gestern Nacht kam das Blitzlicht von den Granaten, es wurde gestorben und heute kommt das Blitzlicht von den Fotoapparaten und es wird gefeiert. Ich verstehe es, aber ich bin nicht so schnell. Ich hätte jetzt lieber frische Klamotten, ein Bett und positivere Erinnerungen."

Sie sahen gemeinsam aufs Meer.

Frost schaute den Deutschen an und fragte: „Warum waren Sie in Bruneval? Und warum mitten in der Nacht an diesem Gerät?"

„Nun", lächelte der Leutnant, „Ich bin ihr Plein!"

Er sah, dass Frost nicht verstand.

„Sie spielen nicht, Major?"

Frost schüttelte den Kopf.

„Wenn Sie beim Roulette alles auf eine Zahl setzen, haben Sie eine Chance von 1 zu 37, dass Sie gewinnen. Das nennt man im französischen Plein! Kleine Chance, großer Gewinn. Ebenso war die Chance, mich dort zu erwischen, so gering, dass ich Sie nun - ganz unbescheiden - zu ihrem sensationellen Gewinn beglückwünschen kann. Ich habe mit meinem Stabsunteroffizier ein paar unserer Funkmessgeräte an der französischen Küste abgeklappert, um zu verstehen, warum bei diesen die Genauigkeit geringer ist, als bei den meisten anderen Geräten. Dann freute ich mich natürlich über Ihren Luftangriff, auch wenn es schließlich ja keiner war, und so wollte ich am Gerät verstehen, was nicht so funktioniert, wie gewohnt. Und den Rest der Geschichte kennen Sie ja."

Frost nickte. „Und warum sind Sie ein großer Gewinn?" fragte er, ohne den Blick vom Meer zu lassen.

„Weil ich Funkmesstechniker der Luftnachrichtentruppe bin, Einblick in alle Radarentwicklungen des Deutschen Reichs habe und – und das ist der entscheidende Punkt – weil ich kooperieren werde. Ich war und bin kein Nazi und glaube an die Vorsehung. Es kann kein Zufall sein, der mich hier nach England gebracht hat."

„Ja", sinnierte Frost, „Sie könnten Recht haben und tatsächlich ein Hauptgewinn sein."

Er schaute den Deutschen lange an und dachte, dass der deutsche Leutnant sogar nach diesen Strapazen noch ausgesprochen gut aussah.

„Wie ist Ihr Name, Herr Leutnant?"

Der Leutnant zeigte sein gewinnendes Lächeln und sagte mit Blick auf das Meer: „Ich heiße Emil Grau."

Es entstand eine Pause. „Grau" wiederholte er abwesend auf Deutsch, „wie die Farbe".

Berlin, 1942

„Herr Meyer?", Hans Ferdinand Meyer blickte sich überrascht um und sah einen ihm unbekannten kleinen, unscheinbaren Mann mit einem Allerweltsgesicht. Immer noch im Unklaren darüber, ob jemand anders gemeint sein könnte, schaute Meyer in den Raum und zeigte dann auf sich selbst, „Meinen Sie etwa mich?", und als der Mann nickte, fragte Meyer: „Wer sind Sie? Kennen wir uns?"

„Nein, Sie kennen mich nicht, aber ich kenne Sie."

„Was kann ich für Sie tun?"

„Darf ich Sie zu einem Kaffee einladen?"

„Jetzt? Hier?"

„Jetzt, aber nicht hier", antwortete der kleine Mann freundlich und lächelte. Meyer versuchte, wenig abweisend zu klingen: „Wissen Sie, das passt gerade nicht!"

„Warum nicht?", fragte der Mann und schob nach, „Sie sind doch auf dem Weg nach Hause und sind sowieso früher dran als sonst, richtig?" Nun wurde Meyer neugierig. Woher wusste der Mann das? Er war tatsächlich heute früher gegangen, um in der Buchhandlung ein Geschenk für seine Frau auszusuchen. Er liebte Buchhandlungen, besonders diese, die er regelmäßig besuchte. Er hätte Stunden zwischen den Büchern verbringen können. Bücher waren ihm heilig. Spätestens seit der Verbrennung der Bücher auf dem Berliner Opernplatz im Mai 1933 war ihm klar, dass die Nationalsozialisten niemals seine Zustimmung bekämen. Wer Bücher von solch wunderbaren Autoren wie Tucholsky, Kästner, Remarque oder gar Thomas Mann verbrannte, hatte bei ihm jegliche Sympathie verspielt. Im Gegenteil: Er sah seitdem in den Nazis eine Gefahr für Deutschland und seine Kultur. Mit den Jahren fand er seine Ansicht mehr und mehr bestätigt. Der Gipfel war der Kriegsausbruch, den Meyer zunächst erfreut zur Kenntnis genommen hatte, weil er von Beginn an davon überzeugt war, dass Deutschland den Krieg nur verlieren könne. Mit den ersten Siegen begann Meyer jedoch an einem schnellen Kriegsende zu zweifeln.

Meyer schaute den kleinen Mann nochmals genauer an. Mit der Nickelbrille und dem akkuraten Scheitel hätte er auch der Buchhändler sein können, wenn er nicht die Jacke angehabt und den Hut in fast ehrfurchtsvoller Haltung vor seine Brust gehalten hätte.

„Nein", sagte der Mann nur.

Meyer stutzte: „Ich verstehe nicht?"

„Nein, ich bin kein Polizist. Auch nicht von der Gestapo oder dem SD."

Meyer fühlte sich ertappt, nicht weil er das vermutet hätte, aber der Mann hatte offensichtlich gemerkt, dass er ihn kritisch taxierte.

„Also gut", sagte Meyer, „gehen wir ein paar Schritte."

„Das ist sehr freundlich, Herr Meyer. Nach Ihnen."

Sie verließen gemeinsam die Buchhandlung. Meyer blieb ein paar Zentimeter hinter dem kleinen Mann und überließ ihm damit die Richtung. So gingen sie in die Masurenstraße und entfernten sich vom Adolph-Hitler-Platz. Schweigend und mehr oder weniger nebeneinander überquerten sie den

Messedamm Richtung Neue Kantstraße. Nach weiteren zehn Minuten bogen sie in den Park nordwestlich des Lietzensees ab. Es war ein recht warmer Abend Ende März und der Park war fast menschenleer.

An einer Bank mit einen schönen Blick auf den See, bat der kleine Mann Meyer, Platz zu nehmen, setzte sich zu ihm und fing ein Gespräch an „Schön, der Lietzensee?"

Meyer nickte nur. Es war ihm nicht nach Smalltalk zumute. Er wollte wissen, was der Mann von ihm wollte. Doch dieser ließ sich nicht beirren.

„Der Sage nach ist hier ein Ort namens Lietzow untergegangen, und die Fischer haben sich früher mit ihren Netzen manches Mal in der Kirchturmspitze verfangen. Daher heißt es, der See eigne sich nicht zum Fischen."

„Um mir das zu erzählen, haben Sie mich hierher gelotst?", reagierte Meyer.

„Nein, ich soll Ihnen Grüße von einem Freund ausrichten."

„Gruß zurück!" sagte Meyer nur lakonisch. Es entstand eine Stille. „Also gut, Herr…??"

Der kleine Mann lächelte mild: „Ach, besser keine Namen. Sagen Sie gerne Müller oder Schmidt zu mir."

Meyer guckte erstaunt. „Schön, Herr Müller-Schmidt, wollen Sie jetzt die Katze aus dem Sack lassen oder noch ein bisschen aus alten Zeiten plaudern?"

„Nein, nein, Herr Meyer…"

„Ich dachte, besser keine Namen?", konterte Meyer.

Wieder lächelte der kleine Mann. „Völlig richtig. Entschuldigen Sie! Ich darf Ihnen ausrichten, dass wir uns über eine Zusammenarbeit mit Ihnen freuen würden."

„Wer ist wir?" unterbrach ihn Meyer.

Der kleine Mann schaute sich nochmals vorsichtig um „Sagen wir mit der gebotenen Zurückhaltung, dass wir zu denen gehören, mit denen sich das Deutsche Reich im Kriegszustand befindet, ohne dass wir einer kommunistischen Diktatur angehören."

Meyer staunte. Damit hatte er nicht gerechnet. Wusste der Mann, dass er bereits mit ihnen zusammengearbeitet hatte? War er vielleicht deswegen hier? Warum er? Oder war es eine Falle? Er bekam Angst. „Wer soll denn dieser Freund von mir sein?"

Wieder dieses milde Lächeln. „Verzeihen Sie mir, aber auch hier gilt: Keine Namen! Sagen darf ich Ihnen, dass er sie aus der gemeinsamen Arbeit in der Radarforschung kennt."

Meyer seufzte. Das brachte ihn nicht weiter. Er arbeitete alleine bei Siemens & Halske mit über dreißig Kollegen und Mitarbeitern, abgesehen von den vielen Forschern bei der Marine und der Luftwaffe. Seine Ungewissheit und der Wissensvorsprung des ihm mehr und mehr arrogant erscheinenden kleinen Mannes ließen ihn ungehalten werden.

„Hören Sie, Schmidtmüller, könnten Sie es vermeiden, in Rätseln zu sprechen und sagen Sie, was Sie wollen. Sonst verbringe ich den Abend lieber mit meiner Familie."

Jetzt lächelte der Mann nicht mehr: „Verzeihen Sie, Herr ähh.. Das war nicht meine Absicht. In einem Satz: Wollen Sie Ihr Wissen über Ihre Forschungen insbesondere in Bezug auf die Funkmesstechnik mit uns teilen?"

Meyer schaute ihn lange an. Der kleine Mann war also ein Spion. Sein Aussehen war perfekte Tarnung. Es gehörte eine Menge Mut dazu, in der Hauptstadt des Feindes verdeckt zu arbeiten. Erst im Angesicht des Todes zeigte sich der Mut einiger Menschen. Auch ihn hatte es Überwindung gekostet, seine Nachricht an die Engländer zu übermitteln. Aber zwischenzeitlich hatten sich seine Prioritäten verschoben. Seine Familie mit seinen vier Kindern war ihm nun wichtiger. Er hatte seine Entscheidung für seinen Mikrokosmos getroffen. „Nein, ich werde Ihnen nicht helfen können. Tut mir leid, Schmidtmüller."

Der kleine Mann guckte enttäuscht und überrascht über die so schnelle Absage. „Schlafen Sie nochmals drüber."

„Nein, Schmidtmüller, ich bin Ihnen keine Hilfe, stehe bereits unter Beobachtung, weil man mich verdächtigt, Feindsender zu hören. Nicht ganz zu unrecht. Bereits dieses Gespräch ist für uns unter Umständen lebensgefährlich. Weitere Treffen wären Wahnsinn. Und ich habe die Verantwortung für eine Familie, meine Familie, meine Kinder! Klingt vielleicht pathetisch, aber möglicherweise sind diese Kinder die einzige Chance für eine zivilisierte Zukunft unseres Landes. Dieser Verantwortung will und werde ich mich stellen. Ich hoffe, Sie haben dafür Verständnis?"

Der kleine Mann stand auf. „Selbstverständlich! Ich bin ein Freund klarer Worte. Ich rekrutiere ja Freiwillige und gehe nicht auf die Jagd nach Bauernopfern. Auch ich hänge am Leben. Wir brauchen Menschen wie Sie auch, wenn der Spuk vorbei ist."

Er reichte Meyer seine Hand. „Ich wünsche Ihnen alles Gute."

Meyer erhob sich und gab dem Mann, dessen Namen er niemals kennen würde, seine Hand. „Ihnen auch Schmidtmüller. Ihnen auch."

Dann ging der kleine Mann. „Und grüßen Sie meinen Freund!", rief Meyer ihm nach. „Wer auch immer das ist", sagte er mehr zu sich selbst und ließ sich wieder schwerfällig auf die Bank fallen. Er schaute dem Mann nach, der im Dämmerlicht verschwand. War seine Entscheidung richtig?

In der einbrechenden Dunkelheit auf dieser Bank in diesem Park in Berlin blieb er nur mit der Gewissheit zurück, dass er es nie erfahren würde. Vielleicht war das gut so.

London, 1942

Major John Frost war am Tag nach seiner Rückkehr mit R.V. Jones und Admiral Lord Mountbatton beim Premierminister Churchill gewesen. Gemeinsam hatten sie von der Aktion in Bruneval berichtet. Churchill hatte sogar seine Zigarre kurz aus dem Mund genommen, um seine Begeisterung zu zeigen. Und dann hatte der Premier plötzlich gefragt: „Was haben wir für Erkenntnisse aus der ganzen Aktion?"

R.V. Jones hatte es erklärt: „Wir kennen den Status der Entwicklung der deutschen Radartechnologie, können daraus für unsere eigene Forschung lernen, haben Erkenntnisse über das Nachtjäger Kontrollsystem und eine Standortbestimmung, wie wir unsere Flugzeuge am deutschen Verteidigungssystem vorbei leiten können."

Später ergab sich eine weitere positive Konsequenz. Es wurde leichter, die Standorte der deutschen Radarsysteme von Dänemark bis Frankreich zu finden. Nicht nur durch Leutnant Grau, der nur eine Handvoll der Standorte kannte, sondern dadurch, dass diese Standorte von den Deutschen selbst besser befestigt wurden, um weitere Kommandoaktionen zu verhindern. Diese Befestigungen ermöglichten es den Fliegern der 1PRU, die Standorte leichter aus der Luft erkennen.

Tragisch endete die Bruneval Kommandoaktion für Roger Dumont von der Resistance. Die Engländer bedankten sich per Funk wenige Tage nach der Aktion bei der Resistance für die Aufklärungsarbeit von Neufinck und Dumont. Leider empfingen die Deutschen diesen Funkspruch und Dumont konnte durch diese freundlich gemeinte aber belanglose Information aufgespürt werden. Er wurde verhaftet und am 13. Mai 1943 im Fort Du Mont-Valérien bei Paris erschossen.

~

Emil Grau fühlte sich wohl in der englischen Fernmelde-Versuchsabteilung, der Telecommunications Research Establishment, kurz TRE. Sein gutes Englisch, sein Charme und seine Bereitschaft nicht nur zu kooperieren, sondern sein ehrliches Engagement, etwas mit seinem Wissen im Kampf gegen seine Heimat zu bewirken, das alles verschaffte ihm viele Freunde in der TRE. Grau erwies sich als unbezahlbarer Informant, dem es Freude machte, sein Wissen zu teilen. R.V. Jones hatte zum TRE den MI6 und das Forschungszentrum des britischen Luftfahrtministeriums hinzugezogen, um gemeinsam erste Erkenntnisse aus dem erbeuteten ‚Würzburg-Gerät' zu ziehen. Grau lernte so auch den Physiker Watson-Watt kennen, der ihm als Leiter von Chain Home vorgestellt wurde.

Watson-Watt stellte die entscheidende Frage: „Was ist Ihrer Meinung nach die Schwachstelle des ‚Würzburg-Geräts'?"

Grau überlegte nicht lange: „Es sendet nur auf einer festen Frequenz. Man kann es nicht auf andere Wellenbereiche umschalten."

„Man kann es also stören, wenn man auf dieser Frequenz Störsignale sendet", vollendete Jones den Gedanken.

Watson-Watt dachte weiter: „Wenn die Deutschen das Gerät entwickelt haben, kannten sie auch die Schwachstelle und haben auch darüber nachgedacht, wie die Schwachstelle ausgenutzt werden könnte. Wie ich die Deutschen kenne, haben Sie gute Ideen dazu entwickelt. Bevor wir also hier Zeit vergeuden, sollten wir dort jemanden fragen." Watson-Watt sprach Grau direkt an: „Herr Lieutenant, mit wem in Deutschland würden Sie Kontakt aufnehmen, um ihn zur Zusammenarbeit zu bewegen."

„Meyer!", sagte Grau sofort. „Hans Ferdinand Meyer! Ein begnadeter Physiker und alles andere als ein Nazi…", weiter kam er nicht.

„Er hat bereits abgelehnt", unterbrach ihn Jones.

„Er hat was?", fragte Grau konsterniert nach.

„Er hat eine Zusammenarbeit abgelehnt. Er hat Familie und will das Leben seiner Kinder nicht riskieren", erklärte Jones.

„Verständlich!", nickte Grau. Es entstand eine kurze Pause. „Wieso haben Sie gerade ihn angesprochen?"

Nun tat Jones erstaunt. „Warum nicht? Er ist bei Siemens & Halske der entscheidende Mann in der Entwicklungsarbeit. Ein naheliegender Ansprechpartner für uns."

Grau war überzeugt. Es war tatsächlich logisch, Meyer anzusprechen. Nun erinnerte er sich des letzten Gespräches mit Georg Lützen. Dieser hatte gesagt, dass es „an der Zeit wäre, etwas zu unternehmen." Aber Grau hatte Lützen nicht zu Ende erzählen lassen.

Grau erklärte seine Gedanken: „Ich habe noch eine Idee. Höchstwahrscheinlich könnte man Oberleutnant der Luftwaffe Georg Lützen zu einer Zusammenarbeit bewegen."

„Wieso glauben Sie das?", fragte Jones.

Grau war sich plötzlich ganz sicher. „Weil er schon von den Einsätzen bei der Legion Condor in Spanien desillusioniert war, als ich ihn 1937 kennenlernte und weil er schon den Weg gegangen ist von einem überzeugten Nationalsozialisten und Luftwaffenoffizier zu einem desillusionierten Feind der Nazis." Grau stockte. „Außerdem ist er ein hoch anständiger Kerl."

„Ist der auch schwul?", unterbrach ihn ein junger Mann, der in einem unauffälligen hellgrauen Zweireiher am Fenster stand und sich noch nicht zu Wort gemeldet hatte. Daher hatte ihn Grau bisher nicht wahrgenommen. Er überlegte, was ihn mehr überraschte. Dass er einen Menschen nicht wahrnahm oder der Inhalt der Frage.

„Wieso denn ‚auch'?", fragte er schließlich. „Nicht, dass es mich interessiert, aber sind Sie denn auch schwul?"

Der Mann grinste: „Kommen Sie, Grau, das rieche ich doch Meilen gegen den Wind. Ich habe auch gar nix gegen Schwuchteln. Ich weiß nur nicht, ob sie sich mit dem für Erpressung geeigneten Geheimnis als getarnte Agenten eignen."

Grau verdrehte die Augen. „Es lebe die Internationale der Homophobie. Offensichtlich seid Ihr hier kein Stück fortschrittlicher als meine braunen Freunde in meiner Heimat."

Jones ging dazwischen: „Wir begrüßen auch unseren Freund vom MI6. Schön, dass Sie da sind, Walker, und wichtige Erkenntnisse beitragen. Grau, erstmal vielen Dank. Machen Sie sich doch einen Kaffee."

Grau stutzte, „Ich will jetzt keinen Kaffee." Und zu Walker hin: „Ich trinke ihn eh wie ein Mädchen mit viel Milch."

Nun verdrehte Jones die Augen: „Lieutenant Grau, ich wollte Sie höflich bitten, den Raum zu verlassen, damit wir hinter Ihrem Rücken über Sie und Ihren Vorschlag reden können. Würden Sie uns also bitte alleine lassen?"

Grau stand auf und murmelte ein „Sorry."

Auch Jones stand auf, „Danke, Lieutenant. Sie sind eine große Hilfe! Vergessen Sie das Geschwätz von Walker."

Grau verließ den Raum und blieb im Flur stehen. Er versuchte, sich zu beruhigen. Als sein Zorn verraucht war und er wieder klar denken konnte, wurde ihm schlagartig bewusst, dass mit dem Schließen dieser Tür für ihn der Krieg beendet war. Gleichzeitig beschlich ihn das ungute Gefühl, dass er seinen Freund Georg Lützen soeben an die Front geschickt hatte. Dieser Gedanke, der mehr und mehr Gestalt annahm, gefiel ihm ganz und gar nicht. Aber er selbst hatte die Kugel ins Rollen gebracht und er war nicht in der Lage, sie noch zu stoppen.

Hamburg, 1942

Hans zerriss sein Hemd. Ich schaute ihn fragend an. Er setzte sich sehr ernst neben mich und sagte: „Keriah!"

Ich war genervt. „Hans, rede in ganzen Sätzen mit mir. Ist das wieder so ein Judenkram?"

Hans schaute mich empört an. Dann besann er sich und erklärte: „Das ist aus dem 1. Buch Mose: Ruben kam zur Grube, fand Joseph nicht und zerriss sein Kleid."

Ich verstand. Wir saßen still beieinander. „Danke", sagte ich, ohne Hans anzuschauen. Es tat mir gut, dass er neben mir saß, wenn ich auch die Geste mit seinem Hemd albern fand. Ich wusste, dass Juden schon seit zwei Jahren keine Kleiderkarten mehr bekamen. Es würde also nicht so schnell ein neues Hemd geben. Umso unnötiger war die Geste. Aber andererseits war sie so herzensgut und selbstlos gemeint.

„Als ich diese Zeile zum ersten Mal hörte", fing Hans wieder an, „dachte ich immer, warum trägt der Joseph denn überhaupt ein Kleid?" Hans machte eine Pause und dann platzte es aus ihm heraus: „Der perverse Kerl…"

Ich schaute Hans erstaunt an, und wie er da in seinem grotesk zerstörten Hemd und so pseudophilosophisch saß, aber ernsthaft diesen Gedanken offenbarte, musste ich unwillkürlich so lachen, dass Hans nun mich erstaunt anguckte. Doch dann ließ er sich von meinem ausgelassenen Lachen anstecken und so lachten wir beide, saßen da und lachten, obwohl ich gerade neben meinen Eltern, Georg und natürlich Hans vielleicht meine wichtigste Bezugsperson verloren hatte. Und als ich das begriff, ging mein Lachen unmerklich in verzweifeltes Schluchzen über. Hans, der das merkte, legte seine Hand auf meine Schulter.

So saßen wir dann wieder da, ich schluchzend, ohne weinen zu können und er hatte die Hand auf meiner Schulter. Eine simple Geste, die mir in diesem Moment so viel bedeutete. Es wurde dunkel, ich schaute auf die Uhr. „Hans, Du hast Sperrstunde. Es ist halb Neun. Wenn Du jetzt nicht gehst, schaffst Du es nicht rechtzeitig."

„Und sie saßen mit ihm auf der Erde sieben Tage und sieben Nächte und redeten nicht mit ihm; denn sie sahen, dass sein Schmerz sehr groß war."

Ich schaute ihn gar nicht an, sondern fragte nur: „Judenkram?"

„Ja", sagte er und grinste, „Aus dem Buch Hiob! Schiwe Sitzen nennt man das, wenn ein Angehöriger verloren geht."

„Wo sitzen", fragte ich?

„Schiwe! Oder Schiv`a. Das ist hebräisch und heißt Sieben!"

Mir war klar, dass er jetzt eh nicht gehen würde. Auch wenn wir beide wussten, dass er sich in Lebensgefahr brachte, wenn er nach 21 Uhr mit seinem gelben Davidstern auf der Jacke erwischt wurde. Ich hasste diese zunehmenden, demütigenden Ideen der Nazis. Sie durften nichts mehr. Kein Radio und kein eigenes Telefon haben, kein öffentliches Telefon benutzen, keine Zeitung, den Judenstern tragen, der auch am Namensschild ihrer Wohnung angebracht war. Ihre Führerscheine wurden eingezogen, seit kurzem durften sie keine öffentlichen Verkehrsmittel mehr nutzen, dazu dieser sinnlose Zwang zum zweiten Vornamen ‚Israel', den auch

Hans tragen musste. Und dann hatten im Herbst letzten Jahres die Deportationen angefangen.

Hans und ich durften uns nur noch heimlich treffen. Bereits seit Ende letzten Jahres war es für Arier verboten, sich mit Juden zu treffen. Dennoch gelang es uns beiden, uns regelmäßig zu sehen. Diese kleinen Abenteuer, die wir uns vielleicht einmal im Monat erlaubten, genossen wir. Aber wirklich lebenswert war das Leben für die Cohns und besonders für Hans nicht mehr.

Natürlich war der Krieg bei uns allen im täglichen Leben angekommen. Abgesehen davon, dass es Luxusgüter, wie Kosmetik, Leder, Schmuck, Bücher oder auch Blumen kaum noch gab, konnte man auch keine Haushaltsgeräte mehr kaufen, da Metall der Rüstungsindustrie vorbehalten war. Im Gegenteil, bereits seit Mitte 1940 gab es die sogenannte Metallspende: Eiserne Zäune, Kirchenglocken bis hin zu Pokalen in Sportvereinen wurden gespendet. Für lebenswichtige Güter wie Lebensmittel und Kleidung gab es Bezugsscheine. Aber all das war akzeptabel und schweißte eher zusammen, da die Rationierung für alle galt und dadurch Preissteigerungen auch tatsächlich vermieden wurden. Dazu kam die Angst vor Bombenangriffen oder vor schlechten Nachrichten von der Front als ständigem Begleiter. Irgendwie gewöhnten wir uns daran.

Für die Juden jedoch war ihr Dasein eine einzige Demütigung, die erkennbar eine Vorstufe zu weiteren Gewaltmaßnahmen, wie die im letzten Jahr angelaufenen Deportationen, war. Mehr und mehr wurde mir klar, dass ein Abschied von Hans eine Frage der Zeit war. Und auch Hans hatte vermutlich keine Illusionen.

Onkel Paul hatte es geahnt und mir schon vor fünf Jahren geraten, ich solle dafür sorgen, dass Hans das Land verlässt.

Es würde irgendwann nicht mehr gehen. Schon Wochen später gab es Reisepässe für Juden nur noch in Ausnahmefällen. Seit September des letzten Jahres musste Hans sogar eine Genehmigung haben, um seinen Wohnbezirk zu verlassen und seit Oktober war die Ausreise für Juden uneingeschränkt verboten. Auch Georg hatte es gewusst. Warum hatten es alle gewusst, nur ich und leider auch Hans nicht.

Vielleicht brauchten sie die Juden, hatte Hans gehofft. Die Hoffnung eines 12jährigen Jungen. Ich musste den Kopf schütteln ob unserer Naivität. Sie würden sie niemals fragen, selbst wenn sie sie bräuchten. Der Jude als Feind war elementar in das Nazi-Gedankengut verflochten.

Abgesehen davon, dass ich die Kassandra Rufe nicht verstand, wie hätte ich als 10- oder 12jähriger meinem Kumpel auffordern sollen, das Land zu verlassen? Mit seiner Schwester, seiner Mutter und seiner Oma? Ohne Geld? Das war absurd.

Und nun war Paul tot. Gestorben an den Folgen seines Kampfes gegen die Nazis.

Er hatte im Juni 1941 wegen seiner Tuberkulose, an der er bereits vor Haftantritt litt, acht Kilo abgenommen und daraufhin ein Gnadengesuch eingereicht. Er wurde vom Zuchthauspersonal als zuverlässiger und fleißiger Arbeiter beurteilt und als gnadenwürdig erachtet, wenn er sich in Zukunft jeglicher politischen Betätigung enthält. Doch der Reichsminister der Justiz lehnte ab, weil mein Onkel keine Reue zeige.

Im Dezember wurde seinem erneuten Gesuch stattgegeben, zumal seine Strafe zwei Monate später sowieso verbüßt gewesen wäre. Die Strafunterbrechung folgte erst im Januar.

Nur zwei Tage später wurde er ins Allgemeine Krankenhaus Barmbek eingeliefert, das er bis zu seinem Tode nicht mehr verließ.

Ich besuchte ihn regelmäßig, meist am Freitagnachmittag, so auch gestern, am 01. Mai. Er war furchtbar abgemagert und hatte seinen Lebenswillen schon vor Wochen verloren. Ich ahnte, dass es dem Ende entgegen ging. Er freute sich an diesem Tag ganz besonders, mich zu sehen. Als ich mich auf seine Bettkante setzte, flüsterte er, immer wieder unterbrochen von seinem rasselndem Atem: „Helmut, es ist schön, Dich nochmal... zu sehen. Du..... bist ein guter Junge."

Er streichelte über mein Gesicht und es rasselte aus ihm, wie eine unter Dampf stehende Lokomotive. Ich konnte und wollte nichts sagen. Ich spürte, dass es reichte, nur da zu sein. Er holte Luft und ich merkte, welche Kraft es ihn kostete, wieder zu reden: „Ich... hasse diese Nazi... schweine. Sie haben mir...alles genommen. Sie haben... Deutschland versklavt. Trotzdem bitte ich Dich...bleib am Leben...die Amis...die Alliierten werden kommen und dann brauchen wir....unsere Jugend...brauchen Dich!"

Er stupste mich kraftlos mit seinem Zeigefinger. „Ich bin so müde...will schlafen...kannst Du mich....halten?"

Ich nickte und hatte Tränen in den Augen. Ich hob ihn an. Es war keine Spannung mehr in seinem Körper. Obwohl nur noch Haut und Knochen, konnte ich ihn kaum halten und er entglitt mir fast - wie ein nasser Sack. Ich setzte mich auf sein Kopfkissen und bettete seinen Kopf vorsichtig auf meinem Schoß.

„Danke...mein Junge!", sagte er und lächelte. „Gut", sagte er noch.

Dann schlief er ein. Es ging ganz schnell, bis er tief und fest schlief und ich wusste in diesem Moment, dass er nicht wieder aufwachen würde. Mir liefen Tränen über die Wangen, aber ich weinte nicht. Nur meine Augen weinten, als mein Onkel Paul aufhörte zu atmen.

Das war kaum dreißig Stunden her und ich war noch weit davon entfernt, meine Trauer zulassen zu können. Weil Hans, der das spürte, sich nicht verabschieden wollte, schlug ich ihm vor, mich nach Hause zu begleiten und bei mir zu übernachten. Da wäre das ‚Schiwe sitzen' doch ein wenig gemütlicher als hier in der Natur.

Er lehnte ab, aber ich insistierte. Es war einfach zu gefährlich für ihn, heute noch nach Hause zurückzukehren.

Im Februar 1942 war Hans mit seiner Familie in die Neustadt gezogen. Sie waren schriftlich aufgefordert worden, die Wohnung in der Albertstraße zu räumen, das gesamte verbliebene Mobiliar war beschlagnahmt worden. Sie zogen mit ein paar Koffern – ich hatte mit zwei eigenen Koffern geholfen - in die Schlachterstraße 42 in das Lazarus-Gumpel-Stift, direkt am Großneumarkt. Das Stift war bereits im 18. Jahrhundert für verarmte, jüdische Familien gegründet worden. Ihre Wohnung war klein, aber nicht viel enger als ihre vorherige Wohnung.

Der Weg in die Neustadt wäre jetzt für Hans viel länger und damit gefährlicher gewesen als der Weg zu seiner alten Wohnung. Schließlich konnte ich ihn überreden, zu bleiben.

In dem Moment, als wir nach Hause aufbrechen wollten, hörten wir drei gleichlange, gleichbleibende Heultöne. Das war der Voralarm, der als öffentliche Luftwarnung einzelne Feindflugzeuge anzeigte, damit auch langsamere Personen Zeit hatten, die Luftschutzkeller aufzusuchen. Häufig folgte dann Vollalarm. Dennoch entschieden wir uns, den kurzen Weg nach Hause einzuschlagen. In fünfzehn Minuten könnten wir zuhause sein.

Doch zwei Minuten später folgten auf- und abheulende Töne. Da war er also, der erwartete Vollalarm. Nicht nur einzelne Feindflugzeuge, sondern eine größere Zahl Bomber waren im Anflug auf Hamburg. Es wurde höchste Zeit, eine Luftschutzanlage aufzusuchen. Wir folgen einem Menschenstrom, der auf ein Gebäude zusteuerte. Ich sagte leise zu Hans: „Zieh lieber Deine Jacke aus, dass man den Stern nichts sieht." Hans reagierte sofort. Er wusste ja, dass Juden in Luftschutzanlagen nicht zugelassen waren.

Aber es war zu spät. „Da will sich das Judenschwein bei uns einschleichen", rief eine Stimme hinter uns. Und ich erkannte, dass es sich um den Blockwart handeln musste, der dummerweise nur drei Meter hinter uns gegangen war. Aggressiv legte er nach: „Verschwinde, Jude. Und Du?", er zeigte auf mich: „Schäm Dich, Judenfreund, kannst Dich freuen, wenn ich Euch nicht beide anzeige." Er wandte sich einer älteren Dame zu: „Kommen Sie, gnädige Frau, aber immer langsam. Wir lassen uns doch von den Tommys nicht hetzen. Ich helfe Ihnen."

Schnell machten wir, dass wir davon kamen und ahnten schon, dass es schwer werden würde, Aufnahme in einer Schutzanlage zu erhalten. Als wir um die nächste Ecke gebogen waren. Zog Hans sein Hemd aus und zog es verkehrtherum wieder an. Auf den ersten Blick sah man nicht, dass die Naht außen war. Seine Jacke legte er sich ebenfalls seitenverkehrt über den Arm.

Zwei Straßen weiter fanden wir Unterschlupf in einem Luftschutzkeller, als wir schon das Dröhnen der Motoren und die ersten Flakgeschosse hörten. Der Angriff hatte begonnen.

224

Und immer noch gingen die Heultöne auf und ab, als gäbe es noch Menschen, die nicht mitbekommen haben könnten, dass die ersten englischen Bomben explodierten.

Eine Bombe ging in Nähe des Luftschutzkellers herunter, in dem Hans und ich untergekommen waren. Der Boden zitterte. In allen Gesichtern sah ich nackte Angst. Ein weiteres Zittern.

„Möchte jemand ein Glas Wasser?", fragte der Luftschutzwart dieses Kellers fürsorglich. Viele Menschen hoben den Arm, auch ich und - auch Hans. Dabei rutschte ihm die Jacke vom Arm und fiel. Hans versuchte sie aufzufangen, aber er kam in der Enge seinem Sitznachbarn in die Quere und erreichte das Gegenteil. Er verfehlte die Jacke nicht nur, er gab ihr noch einen Stoß. Die Jacke segelte in die Mitte des Raumes und landete natürlich so, dass der Judenstern obenauf lag, wie ein markiertes Ziel für die angreifenden Flugzeuge.

Er war deutlich zu sehen. Alle Blicke richteten sich zunächst auf dieses verräterische Kleidungsstück und dann teils feindselig, teils mitleidig auf Hans. Es war still und auch der Angriff und Grund unserer skurrilen Zusammenkunft schien die Stille des Moments abzuwarten. Dem blassen und dürren, sowie weißhaarigen Luftschutzwart, der Hans über seine halbe Brille hinweg anschaute, fiel ein Wasserbecher zu Boden und zersprang auf dem Betonfußboden. „Verdammt", schimpfte er und ich war mir nicht sicher, ob er sich über den Becher ärgerte, oder darüber, dass hier eine Entscheidung von ihm erwartet wurde. Er räusperte sich. Dann sprach er eindringlich, fast bettelnd Hans an. „Sie sollten besser gehen. Sofort!"

Hans nickte nur. Damit war die Spannung gelöst. Nun kommentierten mehrere der Insassen das Geschehen.

Von „Frechheit", über „Die meinen noch immer, sich unter uns mischen zu können", bis zu, „Mama, warum dürfen die Menschen mit gelbem Stern nicht in die Keller?"

Hans ging zur Tür und auch ich sprang auf, um mit ihm den Bunker zu verlassen.

Aber ein Mann hielt mich zurück. „Du bleibst hier. Es ist zu gefährlich draußen."

„Für ihn auch", sagte ich vorwurfsvoll und zeigte auf Hans.

„Ja, aber so ist nun mal die Regel", blieb der Mann unbeeindruckt.

„Ich weiß, dass das Leben meines Freundes der Regel egal ist. Mir ist es aber nicht egal."

Hans guckte mich an und sagte zu dem Mann: „Ich gehe, aber kümmern Sie sich um meinen Freund. Ich möchte sein Leben nicht riskieren."

Ein etwa achtjähriges Mädchen fragte seine Mutter: „Warum muss der Mann den Bunker verlassen?" Der Mutter war das peinlich, „Psst", aber das Mädchen ließ nicht locker, „Ist das nicht zu gefährlich da draußen? Könnte er nicht getötet werden?" Die Mutter tat so, als höre sie das Kind nicht und die Menschen wichen betreten den Blicken der anderen aus.

Ich antwortete für die Mutter: „Ja, mein Freund Hans könnte getötet werden. Ja, er ist Jude. Aber auch er hat Angst. Habt Mitleid…"

Hans fuhr zornig dazwischen. „Helmut, hör auf damit! Ich werde hier nicht um mein Leben betteln. Das habe ich nicht nötig."

Ich starrte ihn ungläubig an und sah hilflos in die Runde. Keiner schaute mich an. Ich wusste, hätte nur einer der Unbeteiligten seine Stimme für Hans erhoben, wäre wohl die Stimmung gekippt und Hans hätte bleiben können. Aber es sprach keiner. Die Angst der Menschen war zu groß, als dass man für einen Juden seine Freiheit oder sein Leben riskiert hätte. Ich riss mich los und sagte: „Hans, ich gehe mit Dir!"

Er kam auf mich zu und packte mich grob am Revers meiner Jacke. „Helmut, sei vernünftig. Du kannst mich nicht schützen. Es macht keinen Sinn, mitzugehen." Und dann grinste er: „So komme ich wenigstens unerkannt nach Hause."

Und zu den drei um mich herumstehenden Männern sagte er: „Halten Sie ihn zurück, dann öffne ich die Tür."

Mehrere Hände legten sich beruhigend auf meine Schultern. Ein Mann stellte sich zwischen Hans und mich. „Junge, beruhige Dich. Dein Freund hat Recht."

Ich versuchte gar nicht, mich zu wehren. Es wäre sinnlos gewesen. Und letztlich hatte Hans ja tatsächlich Recht. Die einzige Chance, ihn zu schützen, wäre gewesen, die Menschen im Bunker zu überzeugen, dass er bleiben müsse. Aber Hans und sein Stolz hatten das nicht zugelassen. Ich ärgerte mich über ihn. Hans verließ den Bunker. Ich sank zurück auf meinen Sitzplatz. Der Boden zitterte wieder von der Explosion der nächsten Bombe - offensichtlich in unmittelbarer Nähe. Das Mädchen fragte: „Mama, warum ist der Mann gegangen? Macht er, dass die Bomben aufhören?"

Dieses Mal antwortete die Mutter mit zittriger Stimme: „Ja, mein Schatz, hoffentlich."

~

Ich saß apathisch in der Ecke und hörte nicht den langgezogenen, gleichbleibenden und hohen Heulton der Entwarnung. Jemand fasste mich an. Ich schreckte hoch.

„Komm Junge, Du bist der Letzte. Geh nach Hause." Ich schaute den Mann an. Es war der Luftschutzwart. Er hatte merklich ein schlechtes Gewissen, aber er interessierte mich nicht und ich würdigte ihn keines Blickes, sondern lief hinaus.

Es waren erstaunlicherweise keine Zerstörungen zu sehen; zumindest nicht auf meinem recht kurzen Heimweg. Der Angriff galt wohl eher dem Hafen als der Zivilbevölkerung. Es war zwischenzeitlich sehr spät und meine Eltern machten sich ganz bestimmt fürchterliche Sorgen, also rannte ich, so schnell es ging, nach Hause.

Zuhause angekommen, rief ich bei dem Restaurant ‚Neuer Postkeller' am Großneumarkt 31 an. Der Inhaber, Herr Schönwandt, ging sofort ans Telefon. Er war ein wohl-habender Mann, dem es nichts ausmachte, dass Hans ab und zu eine Nachricht hinterließ oder ich ihn anrief und bat, Hans etwas auszurichten. Er wusste, dass Hans im Lokal keinen Zutritt hatte. So ließ er Hans durch die Küche ein. Wir hatten ihm dafür schon zweimal beim Kohlenschleppen geholfen.

„Alles gut, Helmut", sagte Herr Schönwandt, „Hans ist soeben hier vorbei gekommen. Ich soll ausrichten, dass der Bombenangriff nun beendet werden könne, er sei zuhause."

Ich legte auf, ging in mein Zimmer und weinte hemmungs-los, bevor ich in meinen Klamotten einschlief.

Hamburg, 1942

„Sie machen eine weitere große Aktion!", hatte Vater gestern Abend Mutter erzählt, als beide dachten, dass wir drei Kinder schon schliefen. Aber ich hatte von dem Fisch, den es am Abend gegeben hatte und der meiner Ansicht nach nicht wirklich frisch gewesen war, einen muffigen Geschmack im Mund. Dringend brauchte ich einen Schluck Wasser. Auf dem Weg zur Küche, hörte ich zufällig die Unterhaltung meiner Eltern im Wohnzimmer.

„Was für eine Aktion?", fragte Mutter gerade.

„Sie wollen sie tatsächlich alle raus aus Deutschland haben." Vater wirkte verstört.

Mutter fragte vorsichtig nach: „Die Juden?"

„Ja, wen sonst, verdammt?", Vater schien selbst überrascht über seine aggressive Reaktion, denn es entstand eine Pause.

„Ist ja gut, woher weißt Du das?", fragte Mutter.

„Ich habe Frese an der Bushaltestelle getroffen."

„Der ist Polizist, oder?"

„Ja, und organisiert mit der Gestapo die Transporte. Die LKW sind täglich unterwegs und bringen die Juden zur Moorweide. Von dort werden sie dann zum Dammtor-Bahnhof gebracht und von dort mit Zügen abtransportiert."

Es trat Stille ein.

Dann hörte ich wieder die Stimme meiner Mutter: „Sag Helmut besser nichts. Nicht, dass er etwas Unüberlegtes tut. Er hat sowieso schon Angst um seinen Freund." Wieder Stille. „Wilhelm, ich habe Angst. Besonders um unseren Helmut."

„Ach, Martha, wird schon wieder. Wenn erstmal dieser verdammte Krieg vorbei ist und die Nazis gleich mit verschwinden, wird alles wieder gut werden."

Ich hatte Vater noch nie so über die Nazis reden hören. Natürlich ahnte ich, dass er kein Freund der Nazis war, als ehemaliger SPD Wähler. Aber er hatte sich uns Kindern gegenüber immer mit Kritik zurückgehalten. Die Überraschung über diese eindeutige Äußerung wich dem Gefühl der Beklemmung wegen der Erkenntnis, dass mein Freund in akuter Gefahr war. Was sollte ich machen?

„Dein Wort in Gottes Ohr!", hörte ich Mutter sagen und zur Tür kommen.

Ich schlich schnell zurück ins Bett. Sie mussten ja nicht wissen, dass ich die Unterhaltung gehört hatte. Kurz überlegte ich, ob ich mich anziehen und zu Hans laufen sollte, um ihn zu warnen. Aber dann dachte ich, dass es nichts bringen würde außer einer peinlichen Situation, wenn ich mitten in der Nacht bei Cohns auflaufen würde. Was hätten sie schon tun können? Bei Nacht und Nebel ihre Wohnung verlassen? Trotz Ausgangssperre für Juden? Und trotz Verdunkelung.

Die Dunkelheit machte Ausflüge in der Nacht auch in einer Großstadt wie Hamburg zu einer gefährlichen Aktion. Man konnte zwar phosphorfarbene Plaketten kaufen, die im Dunkeln grün-gelb leuchteten, und sie an der Kleidung anbringen. Diese wippten dann in Vielzahl und unterschiedlichen Höhen auf den Gehsteigen. Das wirkte gruselig.

Anfangs hatten wir noch Spaß an der Verdunkelung und freuten uns, mit Tempo über den dunklen Bürgersteig zu rennen und die Menschen zu zählen, die wir angerempelt hatten. Auch rüsteten wir die Lampen unserer Fahrräder - ähnlich den wenigen Autos - mit dunklen Kappen aus, die durch einen schmalen Schlitz nur wenig Licht durchließen. Mit den Jahren wurde die Verdunkelung zur Normalität und war durch die mit ihr einhergehenden Einschränkungen eher nervend. War von der Straße ein Lichtstrahl durch eine halb heruntergezogene Jalousie sichtbar, konnte es zu empfindlichen Strafen führen.

~

Somit war ich also erst am nächsten Morgen auf dem Weg zu Hans und meinte zu spüren, dass der Fisch erneut anfing, sich unangenehm in meinem Magen zu bewegen. Hoffentlich blieb er drinnen, dachte ich.

Meine Eltern gingen davon aus, dass ich auf dem Weg in die Schule war, auch wenn sie sich wunderten, dass ich eine dreiviertel Stunde früher aufbrach. Meine Ausrede, dass ich mit Günther und Anton für ein Referat üben wollte, welches wir heute gemeinsam halten müssten, hatte ihnen als Erklärung gereicht. Zum Glück interessierten sie sich nur begrenzt für meine schulischen Aktivitäten. Das lag zum einen wohl daran, dass beide nicht auf dem Gymnasium gewesen waren und glaubten mir nicht helfen zu können, andererseits daran, dass ich ein guter Schüler war und keine Hilfe brauchte.

Der Weg in die Schlachterstraße beim Großneumarkt, wo Familie Cohn seit ihrem Zwangsumzug im Februar wohnte, war weit. Ich nahm die Straßenbahn bis zum Rathaus und rannte über die Stadthausbrücke zum Alten Steinweg. Von dort konnte ich über den Großneumarkt hinweg in die Schlachterstraße gucken.

Erschrocken blieb ich am Rande des Platzes stehen. Zwei Lastwagen standen vor den Hausnummern 40 und 42 der Schlachterstraße. Die Ladefläche des vorderen LKW war mit Menschen überfüllt und die Ladeklappe bereits geschlossen. In diesem Moment stieg die Mutter von Hans gerade auf die Ladefläche des hinteren Fahrzeugs. Polizisten und einige Männer in Zivil trieben die Menschen – Männer, Frauen und Kinder – zur Eile.

Angst lag in der Luft und die Straße war um dieses Schauspiel herum außergewöhnlich leer. Es wirkte gespenstisch. Um diese Uhrzeit - gegen sieben Uhr am Montagmorgen - war sonst hier mehr los. Kinder auf dem Schulweg, Erwachsene auf dem Weg zur Arbeit. Heute standen hier jedoch nur zwei Lastwagen, die eilfertig beladen wurden. Sonst nichts. Dabei gab es keine Absperrungen, niemand wurde gehindert, die Straße zu betreten oder gar Zeuge der Deportation zu sein. Abgesehen von den schreienden und zur Eile mahnenden Männern und den angsterfüllten Menschen, die gezwungen wurden, auf die Lastwagen aufzusteigen, war hier keine Menschenseele!

Ich überlegte, woran das lag und war zunächst über mich selbst überrascht. Denn auch ich näherte mich nicht weiter, sondern versteckte mich mehr oder weniger hinter den Bäumen des Platzes. Warum nur? Ich war nicht in Gefahr. Keiner wollte mich abholen oder interessierte sich für mich.

Bevor ich es mir erklären konnte, sah ich Hans. Er war einer der letzten, der auf die Ladefläche kletterte, nachdem er seiner Oma liebevoll geholfen hatte. Die Ladeklappe des zweiten Lastwagens wurde geschlossen. Ich begriff, dass ich zu spät war und dies ein längerer Abschied von Hans sein würde. Nun hielt mich nichts mehr. Ich rannte los, auf den Lastwagen zu, als die beiden Fahrer von einem Mann mit einer Kladde, der vermutlich die Vollständigkeit der zu deportierenden Menschen überprüft hatte, ein Zeichen erhielten und die Fahrzeuge sich fast zeitgleich in Bewegung setzten, hinein in die Schlachterstraße und in Richtung Süden, weg vom Großneumarkt, über den ich wie ein Wahnsinniger hinweg raste.

Mir wurde bewusst, dass ich die Lastwagen nicht mehr erreichen konnte, wollte das jedoch nicht wahrhaben. So rannte ich verzweifelt noch schneller und schrie: „Hans! Hans!" Und zu den Männern, die ich schon fast erreicht hatte: „Warten Sie? Sie machen einen Fehler!"

Die Männer glotzten mich an, aber keiner reagierte auf meine Rufe. Ich kam mir vor, als würde ich in einer Parallelwelt rennen und die Menschen zwar sehen, jedoch diese mich nicht wahrnehmen können. So rannte ich fast wie beim Spießrutenlaufen zwischen den überraschten Polizisten und Gestapo-Männer hindurch. Und wieder und wieder rief ich meinen Freund.

Er musste seinen Namen gehört haben, denn ich sah, dass sich auf der Ladefläche des hinteren LKW jemand erhob. Ja, er hatte mich gehört. Ich winkte ihm. Und versuchte, den Abstand zu den Fahrzeugen zu halten.

Dabei übersah ich, wie mir einer der Männer, an denen ich vorbeilief, einen Stoß versetzte, der zwar nicht heftig war, aber im Lauf ausreichte, um mich aus dem Gleichgewicht zu bringen. Offensichtlich war es doch keine Parallelwelt. Ich fühlte den Boden unter meinen Füßen wegbrechen. Mein Zeitgefühl verließ mich und ich schwebte wie in Zeitlupe in der Schwerelosigkeit.

Hans hatte mich erkannt, mein aufgeregtes Winken gesehen und stand regungslos auf der Ladefläche. Seine Hand stand apathisch in der Luft, aber sie winkte nicht, sondern war in der Luft erstarrt, als er - früher als ich - erkannte, dass mein Lauf abrupt enden würde.

Das Bild von Hans, mit seinem ausgestreckten Arm ist in meinem Gedächtnis eingebrannt, wie ein Foto, das so, wie es von jetzt auf gleich in der Bewegung erstarrte, genauso plötzlich in Fetzen zerreißt. Denn in diesem Moment schlug ich schmerzhaft auf dem Asphalt auf.

Als ich mich aufrappeln wollte, schaute ich auf ein paar Stiefel und hörte „Junge, verdrück Dich bloß. Wenn wir diesen Zwischenfall melden, hast Du ein gewaltiges Problem. Du willst doch wohl nicht als Judenfreund in Schutzhaft kommen, oder? Los, sieh zu, dass Du Land gewinnst." Um seiner Forderung Nachdruck zu verleihen, ging sein Rohrstock einmal heftig auf meinen Oberschenkelbizeps nieder.

Das holte mich in die Realität zurück. Ich rollte mich von ihm weg und war sofort wieder im Laufschritt unterwegs. Ich wollte nur weg, weg von diesen Männern, weg von diesem Ort und weg aus dieser Welt, die mir meinen Freund nahm. Ich lief und lief, bis ich plötzlich im Botanischen Garten stand und mich auf eine Bank fallen ließ. Mein Gesicht war nass und meine Augen brannten. Ich hatte geweint und es nicht gemerkt.

Lange saß ich dort auf der Bank und beobachtete das Wasser des Sees. Hier war es so still und friedlich, als wäre nichts passiert. Ich war allein, sah nur das Wasser, die Gewächshäuser und versuchte meine Gedanken zu ordnen. Die Verzweiflung und der mir fehlende Schlaf in der Nacht, machten mich schläfrig.

234

Ich musste eingeschlafen sein, denn als ich wieder aufwachte, war es sinnlos, noch zur Schule zu gehen. Langsam wich die Wut einem Trotz und dem Wissen, dass ich jetzt anfangen musste, zu kämpfen, für Hans, für Paul, aber auch, um nicht ein weiteres Mal zu spät zu kommen.

~

Maurice Martel machte die Tür auf. Er wirkte noch bedrohlicher als beim ersten Mal. Ich dachte, dass es vielleicht keine gute Entscheidung gewesen war, hierher zu kommen. Aber ich verwarf den Gedanken. Es war mein einziger Ansatzpunkt. Ich wusste ja, seit meinem Besuch vor fünf Jahren auf Wunsch meines Onkels Paul, dass Martel irgendetwas mit dem Widerstand zu tun hatte. Auch wenn ich nicht wusste, was er genau tat und ob er noch immer dem Widerstand angehörte, so reichte es dennoch aus, um hier meine Bereitschaft kundzutun, mich dem Widerstand anzuschließen. „Guten Tag, Herr Martel. Erinnern Sie sich noch an mich?"

„Was willst Du denn hier? Eine Nachricht von Deinem Onkel wirst du nicht haben!"

Ich stockte und versuchte meine Emotionen zu beherrschen: „Nein, er ist tot!"

Martel zog mich rein und schubste mich in den dunklen Flur. Dann wurde er laut: „Verdammt, ich weiß, dass er tot ist. Junge, was willst Du? Das ist hier kein Spielgrund für Kinder!"

„Ich bin kein Kind mehr. Ich will kämpfen!", sagte ich ruhig.

Martel stierte mich an „Kämpfen?!" Wiederholte er leise in ironischem Tonfall. „Wir kämpfen nicht. Wir agieren im Stillen. Der Kampf beginnt erst, wenn sie einen von uns fangen. Und glaub mir, Junge, es ist dann auch immer ein Todeskampf."

Das beeindruckte mich gar nicht. Ich war fest entschlossen. „Hören Sie, ich kann und ich will helfen. Sagen Sie mir, was ich tun kann!"

„Der Knausos kactus ist, dass wir Kinder nicht in unseren Untergrundkampf hineinziehen."

Hatte er Knausos kactus gesagt? Meinte er casus knacksus? Ich musste mich verhört haben, wollte auch auf keinen Fall lachen. Ich erinnerte mich, dass er auch damals Schwierigkeiten mit Redewendungen hatte. Es war egal, denn offensichtlich musste ich noch viel Überzeugungsarbeit leisten: „Wer ist wir? Ich will auch dazu gehören!" Es kam keine Reaktion. „Bitte, Herr Martel, ich bin bisher nirgendwo aufgefallen, bin in der Hitlerjugend, als Jugendlicher unverdächtig und keiner weiß, dass ich heute hier bin."

Nun wurde sein Ton verständiger, „Mein Junge, das ist alles nicht so leicht. Verstehst Du? Natürlich sind Jugendliche unverdächtig. Aber sie machen auch schneller Fehler und bei Verhören haben sie keine Chance. Das ist ein zweiseitiges Schwert."

Nun musste ich mich zusammenreißen. Er hatte auch diese Redensart verhunzt. Ich überlegte, ob ich ihn verbessern sollte, traute mich aber nicht. Ich verstand auch so, was er wollte. Warum sollte ich mich bei ihm unbeliebt machen? Außerdem freute ich mich auf den nächsten Fehler.

Doch plötzlich wurde er wieder ruppiger. „Geh nach Hause. Geh in die Schule, sieh zu, dass Du am Leben bleibst. Das ist nicht Dein Kampf. Unsere Generation ist verantwortlich. Besser spät als nie!"

Das war ein überraschender Treffer. Die erste korrekte Redewendung.

Inzwischen hatte er die Tür schon wieder geöffnet. „Leb wohl, Junge. Dank Dir für Deinen Mut und Deinen guten Willen. Kümmere Dich um Deine Familie und erinnere spätere Generationen an Deinen Onkel. Er war ein guter Mann."

Ich nickte, stand aber noch im Flur.

„Und jetzt raus hier!", sagte er bedrohlich ruhig.

Ich rannte an ihm vorbei und grüßte nicht einmal. Zu wütend war ich über das mangelnde Interesse und die Überheblichkeit des Mannes. Auf der Straße drehte ich mich nochmal und rief, als ich eine Bewegung an einer Gardine im dritten Stock sah: „Wer zuletzt kämpft, kämpft am besten!"

~

Am Abend des gleichen Tages saß ich an meinem Schreibtisch und hatte ein leeres Blatt Papier vor mir. Ich wusste, dass es dumm war, diesen Brief zu schreiben. Aber aus unerklärlichem Grunde war es mir wichtig. Ich überlegte, was ich schreiben sollte. Das Radio plärrte im Wohnzimmer. Ich brachte kein Wort auf das Papier. Ich legte den Stift aus der Hand und schaute aus dem Fenster. Dann begann ich nachdenklich und unbewusst, aus dem Blatt Papier einen

Flieger zu formen und ließ ihn durchs Zimmer gleiten. Er war gelungen. Ich konnte mich über solche Belanglosigkeiten noch freuen. Dann hörte ich die Russland-Fanfare aus dem Volksempfänger meiner Eltern. Nun informierte das Oberkommando der Wehrmacht. Natürlich wieder ‚Erfolgsmeldungen' von einem vermeintlich ‚siegbaren' Krieg. Dazu wurde eine Passage aus Liszts sinfonischer Dichtung ‚Les Préludes' gespielt. Eine gute Wahl. Wie so oft hatte das Regime ein erstaunliches Gespür für die Kommunikation ihrer Propaganda. Bis heute fühle ich Beklemmung, wenn ich diese eigentlich so wunderbare Musik höre. Aber jetzt, dort an meinem Schreibtisch, erzeugte sie unbändigen Trotz in mir. Nun wusste ich schlagartig, was ich schreiben wollte, nahm ein neues Blatt Papier und begann meinen Brief: „Lieber Georg!"

Berlin, 1942

Lützen merkte, dass etwas nicht stimmte. Es war ein unbestimmtes Gefühl, das ihn vor wenigen Minuten befallen hatte. Er war auf dem Weg zum Müggelschlösschenweg, um seinen Lieblingsplatz beim Strandschloss am großen Müggelsee zu besuchen. Die Gema war bereits 1937 in die alte Linoleumfabrik in Berlin-Köpenick gezogen. Lützen, der hier regelmäßig ein bis zweimal im Monat Termine hatte, nutzte die Gelegenheit gerne, um im Anschluss an die Sitzungen die zwei Kilometer zum See zu gehen.

Aber heute war etwas anders. Er blieb stehen und überlegte, ob er irgendetwas vergessen hatte. Aber das war es nicht. War es das, was man in letzter Zeit häufiger hörte? Es gab Berichte, dass manche Menschen spürten, wenn ihren Angehörigen an der Front etwas zugestoßen war, und manchmal ließ sich dieses Phänomen sogar auf den Tag des Todes eingrenzen. Trotzdem glaubte er nicht wirklich an übersinnliche Phänomene.

Zwei Spatzen setzten sich zwei Meter entfernt vor ihm auf den Boden, als würden sie wissen, dass Stehenbleiben Futter bedeutet. Als sie merkten, dass diese Regel auch ihre Ausnahmen hatte, flogen sie weg. Er folgte ihrem Flug mit den Augen und sah, dass sie von einem Mann gefüttert wurden, der in dieser Umgebung seltsam unpassend wirkte. Georg setzte seinen Weg langsam fort, überlegte aber fieberhaft, was ihn an diesem Menschen störte. Es war ein kleiner Mann, der in einem Straßenanzug und mit seiner Nickelbrille und dem farblich auf den braunen Anzug abgestimmten Hut so aussah, wie Tausende andere Männer in Berlin. Er wirkte sogar eher unscheinbar. Warum war er ihm aufgefallen?

Plötzlich erkannte er den Grund. Es war nicht das Aussehen, sondern das, was der Mann tat. Er stand dort und fütterte die Vögel. Daher hatten sich auch seine Spatzen so schnell verabschiedet. Georg hatte in den Stunden, die er hier im Wald und am See verbracht hatte, keinen einzigen Mann erlebt, der Vögel fütterte. Abgesehen davon, dass ein paar Frauen mit ihren Kindern oder Freundinnen unterwegs waren, aber keine Männer - abgesehen von ihm selbst. Der letzte Gedanke verunsicherte ihn. Wenn er hier entlang-spazierte, warum nicht dieser andere Mann. Er ging weiter.

Oder musste er schon vorsichtig sein? Wurde er bereits beschattet? Grund genug hatten sie, wenn sie wussten, was er vorhatte. Aber er konnte sich nicht vorstellen, dass sie seine Aktivitäten bemerkt hatten. Konnte es sein, dass sie schon ahnten, dass er die Seiten wechseln würde, bevor er überhaupt Kontakt aufgenommen hatte? Schon der Gedanke daran, machte ihm Angst.

Oder hatte es mit der Frau zu tun, die er liebte, aber nicht lieben durfte. Hatte ihr Mann etwas herausgefunden und einen Detektiv auf ihn angesetzt? Aber hätte sie ihn dann nicht gewarnt? Nur, wenn sie davon wusste. Er verwarf den Gedanken. Wäre es nicht sinnvoller, sie zu beschatten als ihn? Natürlich. War es überhaupt nur ein einzelner Mann? Er drehte sich um und ging ein paar Schritte rückwärts, als wollte er sich die Nachmittagssonne ins Gesicht scheinen lassen. Dabei suchte er die Straße ab. Ja, er war sich sicher. Es war ein einzelner Mann. Es gab keine Möglichkeit, sich zu verstecken. Die wenigen weiteren Menschen, die er sah, waren mit sich beschäftigt und gehörten seiner Ansicht nach ganz plausibel in die Umgebung. Ihm wurde wieder einmal die Schönheit dieses Weges bewusst. Wie gerne wäre er einmal Arm in Arm mit seiner großen Liebe diesen wunderbaren Weg hinunter zum See gegangen. Aber er wusste, dass dieser Wunsch wohl nie in Erfüllung gehen würde.

Die Ungewissheit, wer dieser Mann war und ob er ihm folgte und wenn er es tat, warum, nagte an ihm. Er musste es herausfinden, wusste nur noch nicht wie. Oder sollte er abhauen? Aber hier einfach loslaufen, war zu kindisch. Er könnte ihn auch ignorieren, denn offensichtlich hatte man noch nicht die Information, die sie brauchten, sonst hätten sie ihn ja bereits verhaftet. Er fluchte und entschied, sich auf die nächste Bank zu setzen. Von dort beobachtete er den kleinen Mann, der sich ihm langsam näherte.

Überrascht stellte er fest, dass der Mann sich nicht lediglich näherte, sondern zielstrebig auf ihn zukam:

„Guten Tag, Herr Oberleutnant. Darf ich mich zu Ihnen setzen?" Lützen war zu überrascht, um zu antworten und nickte nur mit offenem Mund. „Ich darf mich kurz vorstellen? Mein Name ist Schmidt, Franz Schmidt. Sie werden mich nicht kennen. Aber ich soll Sie ganz herzlich von Emil Grau grüßen."

„Was? Wie kommen Sie…? Leutnant Grau ist tot. Er wurde in Frankreich im Februar als gefallen gemeldet." Lützen versuchte, seine Fassung wieder zu gewinnen.

„Nein, er ist in London und hat uns empfohlen, Sie anzusprechen."

Lützen schaute ihn feindselig an, „Was reden Sie da?"

„Es tut mir leid, ich muss das erklären und werde es kurz machen. Ich arbeite für den englischen Geheimdienst. Grau ist in Gefangenschaft geraten und arbeitet jetzt für uns. Freiwillig. Er sagte, wir sollen Sie an Ihr Gespräch an der Kieler Förde erinnern und fragen, ob Sie nicht auch die Seite wechseln wollen?"

Lützen schaute ihn erneut mit offenem Mund an.

„War das zu kurz?", fragte Schmidt.

„Wollen Sie mich gerade zum Hochverrat animieren?", entgegnete Lützen immer noch misstrauisch.

„Drücken wir es doch ein wenig charmanter aus: Ich möchte Sie begeistern, Ihr Wissen zukünftig der richtigen Seite zur Verfügung zu stellen. Mir ist ja bekannt, durch Ihren Freund Grau, dass Sie an Ihrer Seite – um es vorsichtig zu formulieren - zweifeln."

Lützen blieb vorsichtig: „Was soll denn mein Wissen sein, das Sie gerne hätten?"

„Grau sagte uns, Sie seien Testpilot unter anderem für Versuche mit modernen Radaranlagen. Da ist eine Menge Wissen, was wir gerne hätten." Der kleine Mann sagte das so jovial, als wollte er Lützen nur animieren, die Vögel zu füttern.

Doch Lützen war noch nicht überzeugt. „Woher weiß ich denn, dass Sie der sind, für den Sie sich ausgeben?"

„Ich soll Ihnen sagen, dass die Tommys genauso homophob sind wie die Nazis", sagte der Mann mit einem freundlichen Lächeln.

Lützen grinste und schüttelte den Kopf. „Unfassbar. Der Grau ist doch wirklich…also gut, Schmidt, nehmen wir mal an, Sie sagen die Wahrheit. Ich hätte tatsächlich Material für Sie!"

242

„Das freut mich zu hören. Erzählen Sie!" Der Mann fütterte wieder die beiden Spatzen und schien so interessiert, als hätte Lützen ihm gerade anvertraut, dass es früher drei Spatzen gewesen wären.

„Verstehen Sie was von Wellenlängen eines Funkmessgerätes?", flüsterte Lützen plötzlich und ärgerte sich gleich darüber, da niemand in der Nähe war.

„Nein", gab Schmidt unumwunden zu.

Lützen seufzte und setzte an: „Wenn ein Funkmessstrahl auf leitfähiges Material trifft, wird diese Information reflektiert und zurück an den Empfänger geschickt. So kann man Flugzeuge erkennen. Unsere Geräte senden immer auf einer Frequenz. Wenn man also ein Material findet, das diese Frequenz stört, könnte man die deutsche Luftabwehr lahm legen."

„Und Sie haben dieses Störmaterial?" Erstmals schaute ihn Schmidt neugierig an.

„Richtig", sagte Lützen und lehnte sich selbstzufrieden zurück. Dann schaute er auf die Uhr, stand auf und sagte: „Kommen Sie, ich muss wieder zurück."

Schmidt folgte ihm hektisch. „Was ist das? Dieses Störmaterial, was haben Sie davon? Eine Bauanleitung? Hat das die Größe eines Flugzeugs?"

Lützen lachte. „Ein 27 cm langer Stanniolstreifen"

„Ein Stanniolstreifen?"

„Ja", sagte Lützen und merkte, dass Schmidt Schwierigkeiten hatte, mit seinem energischen Tempo Schritt zu halten. „Aber nicht einer, sondern Tausende. Ich bringe Ihnen die gesamte Forschungsarbeit und einige der Streifen mit und

Sie kümmern sich darum, dass das ganze Zeug schnellstmöglich nach England kommt, verstanden?"

„Verstanden", stammelte Schmidt, der mit einem so durchschlagenden Erfolg seiner Mission nicht ansatzweise gerechnet hatte. Er schwitzte nicht nur wegen des Marschtempos des Fliegeroffiziers, sondern auch vor Aufregung über diese neuen Erkenntnisse.

Schmidt fasste Lützen am Arm: „Lassen Sie uns beim nächsten Mal in einer belebteren Ecke treffen, das ist weniger auffällig. Wie wär es, wenn ich Sie übermorgen in den Wintergarten des Hotel Adlon einlade? Freitag um 18 Uhr?"

„Das ist ja mehr oder weniger in der Höhle des Löwen", bemerkte Lützen trocken.

„Eben", freute sich Schmidt. „Deswegen sind wir dort am sichersten."

Fragen über Fragen prasselten nun auf Schmidt ein. Wie geht es Grau? Wo und wie lebt er? Kann er sich frei bewegen? Wurde er verletzt? Wann hatte Schmidt ihn gesehen? Und nachdem Schmidt kaum eine der Fragen beantworten konnte, abgesehen davon, dass es Grau gut gehe, verfiel Lützen darauf, Schmidt zu löchern, wie Schmidt selbst zu seiner Tätigkeit beim britischen Geheimdienst gekommen sei und was er in seinem öffentlichen Leben mache und ob er Familie habe. Auch hier zeigte sich Schmidt eher zugeknöpft und begründete die kurz angebundene bzw. ausweichende Beantwortung der Fragen mit seiner und Lützens Sicherheit. Umso weniger man voneinander wisse, umso besser sei es für die eigene Sicherheit. Lützen konnte nicht umhin, lapidar festzustellen, dass Schmidt offensichtlich durchaus über ihn informiert sei, somit ja wohl seine eigene Sicherheit weniger gewährleistet sei, als die von Schmidt.

Schmidt fing mit einer Erklärung an: „Herr Oberleutnant. Wenn Sie gefoltert werden und nichts wissen…..“

Aber Lützen unterbrach ihn: „Hören Sie doch auf. Schmerzhaft wird es so oder so. Halten Sie mich nicht für naiv. Ich weiß bereits so viel, dass ich mich darauf vorbereitet habe, einer Gefangennahme zu entgehen.“

Schmidt schaute ihn an und nickte. Sie gingen den Rest des Weges schweigend nebeneinander her. Zwischenzeitlich waren sie wieder an der Wendenschloßstraße und Schmidt verabschiedete sich von Lützen. Sie trennten sich, wobei Lützen ihn daran erinnerte, Grau zu sagen, er habe alles richtig gemacht.

In seinen Gedanken an den in England lebenden Emil Grau bemerkte Lützen so wenig wie Schmidt selbst, dass sie beobachtet wurden. Der Mann, der in einem schwarzen Mercedes 260D saß, und die Begegnung der beiden beobachtet hatte, ließ den Diesel an und folgte unbemerkt dem Bus mit der Nummer 83, in den Schmidt eingestiegen war.

~

Zwei Tage später war Lützen pünktlich am Treffpunkt im Hotel Adlon, Unter den Linden 77. Vielleicht war es tatsächlich der beste Treffpunkt. Hier fast in Rufweite der Schaltzentrale der Macht. Warum sollte jemand gerade hier Geheimmaterial übergeben, wo man vermutlich mehr als an jedem anderen Platz von Regierungstreuen, Kriegsgewinnlern und Nazis umgeben war. Er überprüfte zum fünften Mal, ob er den Umschlag dabei hatte. Als er sich vergewissert hatte, betrat er das beeindruckende Bauwerk mit der klassizistischen Fassade.

Lützen ging durch die große Lobby nach hinten in den Wintergarten und schaute sich nach Schmidt um, stellte aber fest, dass dieser nicht da war. Also bestellte er sich einen, wie er fand, sündhaft teuren Kaffee und wartete.

Nachdem er den Kaffee ausgetrunken, die ausliegende Tageszeitung gelesen, die Toilette aufgesucht und immer und immer wieder auf die Uhr geschaut hatte, entschied er sich nach über neunzig Minuten Wartens, dass es nun an der Zeit sei, zu gehen. Er bezahlte, ging an der Rezeption vorbei und fragte sicherheitshalber nach, ob eine Nachricht für ihn hinterlegt sei. Aber er erhielt nur ein Kopfschütteln.

Sollte er sich nun Sorgen machen? Oder war einfach etwas Unerwartetes dazwischen gekommen? Er überlegte. Schmidt wusste sicher, wo er wohnte. Somit würde Schmidt ihn finden und man könnte die Übergabe nachholen. Soweit so gut. Aber wenn Schmidt nun aufgeflogen war? Was bedeutete das für ihn? Möglicherweise nichts, da Schmidt vielleicht nicht reden würde, vielleicht auch gar nicht lebend gefangen genommen worden war. Wenn sein Gedanke einer Festnahme sich überhaupt als zutreffend erwies.

Aber was würde sein, wenn Schmidt redete oder sie ihm schon auf den Fersen waren. Vielleicht warteten sie zuhause bereits auf ihn.

Lützen bekam Angst. Er entschied sich, zuallererst den Umschlag los zu werden. Er zerriss ihn in kleinstmögliche Teile und verteilte die Schnipsel auf mehrere Mülleimer auf seinem Weg zu der U-Bahn. Er freute und beglückwünschte sich, dass er die Unterlagen doppelt vorbereitet hatte und sich ein zweiter Umschlag in Sicherheit befand.

Bevor er den U-Bahnhof Französische Straße erreichte und die Treppen hinunterging, blieb er vor einem Schaufenster stehen und blickte hinein. Hätte man ihn später gefragt, was er sich dort angeschaut habe, hätte es nicht beantworten können. Ihn interessierten nicht die Auslagen, die wöchentlich spärlicher wurden, sondern er versuchte sich so zu stellen, dass es ihm gelang in der Spiegelung den Bereich hinter ihm unauffällig sichten zu können. Aber weder so noch vorher hatte er jemand ausmachen können, der ihm folgte.

Während der Fahrt mit der U-Bahn beruhigte er sich wieder. Selbst wenn es Schmidt erwischt hatte, sie wussten offensichtlich nichts von ihrem Treffen oder gar dem Treffpunkt. Die Wahrscheinlichkeit schien eher gering, dass er in den Focus der Nazihäscher geraten war. Es war Freitag und früher Abend. Er hatte seit längerer Zeit ein Wochenende frei und freute sich auf seine Pläne für die zwei kommenden Tage. Endlich ein Wochenende, an dem er hoffte, dass er seinen um Krieg und dessen Ausgang kreisenden Gedanken eine Auszeit gönnen konnte. Vor allem aber ein Wochenende, auf das er sich seit Wochen gefreut hatte. Er spürte die Erregung, wenn er diesen Gedanken freien Lauf ließ. Es war ihr gemeinsames Wochenende, das sie beide – jeder für sich – generalstabsmäßig geplant hatten.

In Gedanken öffnete er seine Haustür und ging automatisch zum Briefkasten. Zu seinem Erstaunen fand er tatsächlich einen Brief vor. Selten bekam er Post. Und seine Überraschung steigerte sich, als er den Absender las. Es war mein Brief. Von uns hatte er länger nichts gehört. Hoffentlich waren es gute Nachrichten. Er nahm die Stufen in den zweiten Stock im Laufschritt, öffnete seine Wohnungstür, riss den Briefumschlag auf, setzte sich auf den Stuhl im Flur und las:

„Lieber Georg,

Hans ist deportiert worden. Ich bin nun fest entschlossen, in den Widerstand zu gehen. Ich habe Kontakt zu einer Widerstandsgruppe, zu der auch mein Onkel Paul gehört hatte. Ich habe meinem Onkel nicht helfen können. Ich mache das, um Hans zu helfen.

Ich weiß, es ist dumm, dies alles zu schreiben, aber ich muss mit jemandem darüber reden und ich kann mich niemandem außer Dir anvertrauen! Meinen Eltern nicht, weil sie es nicht verstehen und versuchen würden, es zu verhindern; keinem anderen Menschen, weil ich niemandem mehr vertrauen kann. Aber ich muss es loswerden und ich weiß, Du wirst mich verstehen.

Ich hoffe, wir sehen uns bald wieder.

Sei gegrüßt von Deinem Freund Helmut

P.S.: Bitte vernichte diesen Brief, wenn Du ihn gelesen hast."

Georg saß da, starrte auf den Brief in seiner Hand. Das war mehr als ein Zufall, dachte er. Er schmunzelte. „So ein Pfundskerl! Für seine fünfzehn Jahre!"

Er stand auf, ging ins Wohnzimmer und zu dem einzigen Sessel in seiner Wohnung. Er kippte ihn nach hinten, öffnete die Naht am Saum des Bezuges, der an dieser Stelle nur provisorisch vernäht war, und zog unterhalb der Sitzfläche einen verschlossenen Umschlag hervor. Er setzte sich wieder und behielt den geheimnisvollen Umschlag in der Hand.

Er hatte sich so auf das Wochenende gefreut. Endlich hatten sie beide Zeit. Er sollte sie morgen früh abholen und dann hätten sie endlich einmal mehr als nur ein paar Stunden gehabt. Einmal nicht auf die Uhr schauen, sich fallen lassen können. Seit Wochen hatte sein Kopfkino verrückt gespielt, wenn er an dieses Wochenende dachte. Bereits der Gedanke daran, dass es diese gemeinsamen Stunden nun womöglich nicht geben würde, verschaffte ihm fast körperliche Schmerzen. Und sie würde eine Absage gar nicht verstehen. Sie würde schwer enttäuscht sein und mit Ablehnung reagieren. Und er konnte ihr sein Handeln nicht einmal erklären, wenn er sie nicht in Gefahr bringen wollte.

Diese Absage wäre ein Bruch in ihrer zerbrechlichen Beziehung - vielleicht sogar das Ende. Wenn sie ohne nachvollziehbare Erklärung am Abend vor ihrem Wochenende absagen würde, wäre er auch am Boden zerstört und hätte wohl zudem mit Unverständnis und beleidigt reagiert.

Aber konnte er sich diese Chance entgehen lassen? Er hatte sein Leben riskiert, als er den Inhalt des Umschlages hierher geschafft hatte. Und er hatte nur den ersten Schritt geplant und den zweiten Schritt dem Zufall überlassen. Und der Zufall hatte so schnell zugeschlagen. Er konnte sein Glück kaum fassen. Würde er morgen nicht nach Hamburg fahren, dann würde es für Wochen nicht gehen. Damit wäre eine, - vielleicht seine einzige Chance - verpasst, den zweiten Schritt zu gehen. Nun hatte er den Entschluss gefasst, diesen Umschlag auf den Weg zu bringen. Er schaute auf den Umschlag, den er immer noch langsam und nachdenklich in der Hand hin und her schwenkte, als müsse der Umschlag sich für eine Seite entscheiden.

Nur Minuten nachdem Lützen seine Wohnung verlassen hatte, fuhr ein schwarzer Mercedes 260D vor. Die Beifahrertür war bereits offen, bevor der Wagen hielt. Zwei Männer stiegen in großer Eile aus. Während der Fahrer um das Auto herum lief, war der Beifahrer bereits an der Haustür und suchte an der Tür die Klingel mit dem Namen ‚Lützen‘. Nachdem er geklingelt hatte, nahm er aus der Jackentasche ein Papier, auf dem in großen Lettern stand: ‚Haftbefehl!‘

Hamburg, 1942

Ich verstand nicht. „'Düppel'? Was soll das sein?", fragte ich.

Oberleutnant Georg Lützen lächelte. „'Düppel' bestehen aus leitfähigen Fäden aus Stanniol", fing er seinen Vortrag an. „Stell Dir vor, dass die ersten Flugzeuge beim Luftangriff diese abwerfen, um sie möglichst weiträumig in der Luft zu verteilen. Trifft ein Radarstrahl das Material, reflektieren die Fäden die Strahlung und senden diese zurück. Entscheidend ist, dass die Fäden halb so lang sind wie die verwendete Wellenlänge des Radargerätes, da dieses dann ein Falsch-Echo empfängt. So kann das Radargerät die ‚Düppelstreifen' nicht mehr von echten Flugzeugen unterscheiden. Man muss sich das wie einen Vorhang vorstellen, der abgeworfen wird und den die Radaranlagen kaum durchdringen. Damit sind die Flugzeuge, die den ‚Düppel' abwerfenden Maschinen folgen, für die Radargeräte unsichtbar. Die Radarabwehr ist ab diesem Zeitpunkt wirkungslos.'"

Wir saßen auf einer schattigen Bank im Wandsbeker Gehölz und nahmen das traumhafte Sommerwetter und die vielen Spaziergänger kaum wahr. Ich war froh, dass Georg hier war, auch wenn mich dieser Besuch überrascht hatte. Ich hatte schon befürchtet, dass er mir Vorhaltungen wegen meines Briefs machen würde, aber nun entwickelte sich das Gespräch völlig konträr.

Er hatte bei uns angerufen und ich war stolz, dass er mich wie einen Erwachsenen behandelte. Aber ich fühlte mich auch gar nicht mehr wie ein Kind. Dafür hatte ich in den letzten Monaten zu viel erlebt. Er erzählte, dass er meinen Brief erhalten hatte, vermied aber, Hans zu erwähnen. Auch ich wollte nicht darüber sprechen. Es war sinnlos. Wir konnten nichts für ihn tun, außer zu hoffen. Und das war aussichtslos genug. Ich war weit davon entfernt, den Verlust von Hans, mit dem Wissen, was ihm möglicherweise passieren könnte, verkraftet zu haben.

Dennoch interessierte mich die Aufgaben von Georg in der Luftnachrichtentruppe in Berlin brennend. Als er mir jetzt davon erzählte, bekam ich den Mund nicht mehr zu.

So erzählte er, dass er in Berlin-Düppel bei Zehlendorf als Flieger Einsätze flöge, bei denen die Funkmess-Techniker die Ergebnisse ihrer theoretischen Forschungen nachzuweisen versuchten.

Georg berichtete, dass die Engländer ein ‚Würzburg-Radargerät' in Frankreich demontiert und sicher dessen Schwachpunkt entdeckt hätten. Der Schwachpunkt sei, dass ‚Würzburg' nur auf einer Frequenz sende, ohne auf andere Wellenbereiche umschalten zu können. Es würde sicher nicht lange dauern, bis die Engländer das entdecken. Dann würden versuchen, das Gerät zu stören. Weiterhin erzählte Georg, dass sie nun unter dem Decknamen ‚Wismar' Möglichkeiten der Frequenzumschaltung erforschen würden, um Störmöglichkeiten zu vermeiden. Und dann kam er zu dem Thema ‚Düppel'. Sie hätten bereits eine Störmethode entdeckt, sagte er. Ein Streifen Stanniol, halb so lange wie die Wellenlänge einer Sendefrequenz, reflektiere die Radiowellen ebenso wie ein Flugzeug. Das ‚Würzburg-Radargerät' arbeite mit 54 cm Wellenlänge und könne mit 27 cm langen Stanniolstreifen gestört werden.

Man habe diese Störidee nach dem Standort der Luftnachrichtentruppe in Düppel bei Berlin, wo die ersten

Versuche stattfanden, ‚düppeln' genannt. Göring habe davon erfahren, und weitere Versuche verboten, damit der Feind davon nichts erführe.

„Wenn dadurch die Radarabwehr wirkungslos würde", dachte ich laut, „dann wäre eine ganze Stadt einem Luftangriff ohne eigene Verteidigung ausgeliefert! Das wäre furchtbar!"

„Ja", sagte Georg „das würde viele Menschen zum Nachdenken bringen, ob der Krieg noch Sinn machte."

Ich sagte nur: „Tausende Menschen würden danach gar nicht mehr nachdenken können. Nie wieder."

„Helmut, wir sind im Krieg. Das bedeutet Tod und viel, viel Leid. Das wissen wir. Wenn wir wollen, dass der Krieg schnellstmöglich verloren geht, werden wir Opfer unter unseren Landsleuten haben. Bittere Opfer! Viele Opfer! Aber denk mal nach. Ich erfahre von dieser brisanten Stör-mechanik, die als streng geheim klassifiziert wird und dann kommt wenig später Dein Brief. Das kann doch kein Zufall sein? Ich glaube zwar nicht an Vorbestimmung, aber das Zusammenfallen dieser Ereignisse lässt mein Zweifel an einer ‚Bestimmung' fragwürdig werden. Du hast mich ins Vertrauen gezogen. Dafür bin ich Dir dankbar! Jetzt brauche ich Dich, Helmut, damit der Feind, anders als von Göring gewollt, eben doch von unseren ‚Düppeln' erfährt."

Ich schaute ihn nur an.

„Ich habe alle Informationen über diese ‚Düppel' und die Zusammenhänge hier bei mir in der Tasche. Du bist der Schlüssel einer Übergabe der Unterlagen an die Engländer. Deine Kontakte zum Widerstand werden einen Weg finden.

Da bin ich ganz sicher. Du wirst Deine Kontakte doch nutzen, Helmut? Wirst Du das?"

„Ich??" Fragend schaute ich Georg an. „Das…also diese ‚Düppelidee'… habt Ihr herausgefunden und nun willst Du sie an die Engländer verkaufen?"

Georg blickte fassungslos. „Verkaufen?", presste er hervor, „Wie kommst Du denn darauf, dass ich diese Information verkaufe?"

Ich wollte gerade antworten, als Georg das einzige Mal in der kurzen Zeit, die ich ihn kannte, richtig laut wurde: „Was glaubst Du eigentlich, warum ich hier bin? Was glaubst Du, warum ich das alles mache?"

Ich schwieg beschämt. Ich war gar nicht davon ausgegangen, dass er finanzielle Interessen hatte. Es war mir einfach rausgerutscht, dass es ein Handel sein könnte, dessen Leistung bezahlt würde.

Er war sichtlich gekränkt und tobte immer noch: „Ich riskiere doch mein Leben nicht für Geld? Ich verrate mein Land doch nicht, um Kohle zu verdienen!" Dann packte er mich an den Schultern: „Junge, Du weißt doch was hier los ist, oder? Ich riskiere mein Leben, um Deutschland wieder lebenswert zu machen! Und es ist so wichtig, dass jemand etwas gegen diese Verbrecher unternimmt. Es ist vor allem wichtig, dass Deutsche versucht haben, etwas zu unternehmen. Egal, ob ich erfolgreich bin oder nicht, Hauptsache ist, dass man hinterher weiß, es gab auch welche, die dagegen waren, die die Wahrheit wussten und nicht feige weg gesehen haben! Und es gab sogar einige Wenige, die nicht nur hingesehen, sondern auch eine Entscheidung getroffen und gehandelt haben!"

Er hielt mich immer noch an den Schultern, schaute mir mit seinem durchdringenden aber jetzt leicht glasigen Blick in die Augen und hielt kurz inne. Dann fragte er: „Warum Du, Helmut? Warum bist Du hier?"

Jetzt nicht heulen, dachte ich. Ich konzentrierte mich, aber stotterte dennoch: „D…d..durch meinen Onkel, für meinen Freund Hans!"

Jetzt sah ich, dass auch Georg eine Träne aus dem Auge lief, als er flüsterte: „Für Hans! So ist es! Für unseren Freund Hans."

Georg ließ mich noch immer nicht los, er tat mir weh! „Richtig, mein Junge! Mein Freund!" Jetzt löste er die Umklammerung und strich mir über die Haare. Und ich erinnere, dass ich es auch als Fünfzehnjähriger nicht unpassend oder gar unangenehm fand. Zu nah fühlte ich mich diesem fast doppelt so alten Mann, der mein einzig verbliebener Freund, vielleicht sogar meine Heimat war.

„Für Hans und die vielen anderen, für die Deutschland keine Heimat mehr ist, sondern das Todesurteil. Für sie kämpfen wir hier, Du und ich!" Er schloss mich in die Arme. Ich hatte das Gefühl, dass er das auch tat, weil er nicht wollte, dass ich seine Tränen sehen konnte. Dabei beeindruckten mich gerade seine Tränen so viel mehr als seine Worte. Denn seine Emotionen machten mir klar, dass wir etwas Richtiges taten. Davon war ich weder vorher noch später so überzeugt, wie in diesem Moment. Aber zu diesem Zeitpunkt wusste ich noch nicht, wieviel Leid und Tod unser Tun tatsächlich bewirken würde.

Er löste sich von mir und lächelte wieder. Ich, ein fünfzehnjähriger Knirps, der den Mut nicht gerade erfunden hatte, hatte ihm meinen Willen zum Widerstand bekundet und jetzt, da der Widerstand mich brauchte, war nicht der richtige Zeitpunkt, einen Rückzieher zu machen. Im Gegenteil, jetzt war es an der Zeit, meinen Worten Taten folgen zu lassen. Daher sagte ich leise. „Ich bin dabei, Georg. Ich werde das Päckchen übergeben."

Georg lächelte und legte dann ernst nach: „Es muss schnell gehen, Helmut. Bevor wir mit ‚Wismar' die Frequenzumschaltung erreicht haben. Dann ist es vielleicht zu spät."

Er lud mich auf eine Bratwurst ein. Wie damals in Berlin bei den olympischen Spielen. Das war erst sechs Jahre her und wie hatte sich seitdem die Welt verändert. Als er bezahlen wollte, fiel ein Bild einer jungen Frau aus seinem Portemonnaie. Ich hob es auf und las auf der Rückseite einen Text, mit einem Füller offensichtlich von einer Frau geschrieben: ‚Träum von mir und Du schwebst auf Wolken'. Ich drehte das Bild um und schaute die Frau an. Sie war ausgesprochen schön.

Als ich es zurückgab, fragte ich: „Wer ist das?"

Georg nahm das Foto entgegen und starrte es an und wieder waren Tränen in seinen Augen. Er wiederholte die Widmung und sagte „Es ist nicht die richtige Zeit für die große Liebe."

Ich versuchte ihn aufzumuntern „Sie ist hübsch! Deine Freundin?"

Er schüttelte den Kopf.

„Warum sollst Du von ihr träumen?", erkundigte ich mich.

„Ach, nur ein dusseliges Wortspiel", beeilte er sich zu sagen, „Sie ist nicht meine Freundin. Auch wenn ich sie liebe." Er stockte und schien zu überlegen, ob ich der richtige Ansprechpartner für seine Gedanken war. „Auch wenn sie mich liebt. Auch wenn sie mein Leben ist und ein Teil von mir, trotzdem wird sie nie meine Freundin oder Frau sein, nie zu mir gehören."

Ich verstand gar nichts, wollte aber auch keine Frage stellen, um ihn nicht aus seinen Gedanken zu holen.

„Ich habe einen Arbeitgeber, den ich betrüge und eine Liebe, die ihren Mann betrügt. Mein ganzes Leben ist ein einziger Betrug. Mein Gott, Helmut, es ist so deprimierend.

Wieder fuhr er mir durch das Haar. „Komm, ich bringe Dich nach Hause."

Es war klar, dass Georg irgendeine Beziehung zu dieser Frau hatte. Eine Beziehung, die komplizierter war als ich verstand. Vielleicht lebte sie nicht mehr oder war verhaftet. Ich traute mich nicht zu fragen, wollte ihn nicht drängen. Er sollte erzählen, wenn er es erzählen wollte.

So gingen wir schweigend nebeneinander in Richtung meines Elternhauses. Ich hätte ihm gerne wenigstens die Möglichkeit gegeben, seine Trauer mit mir zu teilen. Denn es tat mir weh, zu sehen, wie er diese Frau vermisste. Aber vermissten nicht viele von uns Familienmitglieder oder Freunde? Es war seit drei Jahren Krieg und auch wenn es offiziell geleugnet wurde, waren inzwischen ca. eine Million deutsche Soldaten gefallen oder vermisst. Spätestens nach dem Beginn des Russlandfeldzuges zweifelte auch mein Vater daran, dass der Krieg noch zu gewinnen war, und Georg hatte offensichtlich keine Zweifel, dass der Krieg längst verloren war.

„Wir haben seit Juni 1941, dem Beginn des Russland-feldzuges, über 4.000 Gefallene bei den Flugzeug-besatzungen. Im Luftkrieg über England hatten wir bereits

2.500 Mann verloren. Wir haben auch nicht ausreichend Maschinen. Teilweise werden sogar die alten ‚Tante Ju' Flugzeuge von den Schulen abgezogen, um die Lufttransportverbände zu stärken. Bereits heute haben wir nicht ausreichend Flugbenzin. Zuerst spüren diesen Mangel die Schulen und dann wir, die Testpiloten.

Eine geregelte Ausbildung ist nicht mehr möglich. Nun soll die Ausbildung in der letzten Phase schon bei den Ergänzungseinheiten und nicht mehr bei den Flugschulen erfolgen. Über kurz oder lang werden die operativen Einsätze darunter leiden.

Die Luftwaffe hat seit Kriegsbeginn etwa 17.000 Flugzeuge verloren. Das ist ungefähr das Dreifache unseres heutigen Bestandes. Selbst bei guter Führung, die wir nicht haben, kann das nicht gutgehen."

Er blieb stehen, wie er das gerne machte, wenn er etwas vermeintlich Wichtiges zu sagen hatte. „Helmut, wenn wir Hans retten wollen, müssen wir dafür sorgen, dass ganz Deutschland weiß, dass wir diesen Krieg verlieren und zwar so schnell wie möglich. Dazu müssen wir die Kriegsindustrie treffen, aber auch die Zivilbevölkerung demoralisieren. Das Makabre ist, dass wir unseren Feinden ermöglichen müssen, unsere Freunde zu töten, um unsere Kinder zu retten und der Welt zu zeigen, dass Deutschland kein Volk der Schlächter ist. Und…" - er stockte und schien zu wissen, wovon er sprach – „Dein Freund Hans hat leider nicht mehr viel Zeit.…"

Wir gingen schweigend weiter. Ich verstand und konnte trotzdem nicht fassen, dass ich durch meine Unterstützung möglicherweise meine eigene Familie den Bomben der Alliierten wehrlos ausliefern sollte. Ich wusste, was Bombenangriffe bedeuten und wie wichtig die Flugabwehr für die hilflose Zivilbevölkerung war. Und hier ging es darum, die Flugabwehr auszuschalten. Aber ein längerer Krieg würde natürlich auch mehr Bomben auf deutsche Städte bedeuten und damit mehr Opfer. Gedanken rasten durch meinen Kopf, ich hatte das Gefühl, schwindelig zu werden und glaubte, dieser Entscheidung nicht gewachsen zu sein.

Wir waren zwischenzeitlich fast zuhause angekommen und Georg blieb wieder stehen. Er holte nun einen dickeren Umschlag aus seiner Uniformjacke, „Ich übergebe Dir lieber hier schon unser kleines Paket. Schreib mir, wenn Du es abgegeben hast, hörst Du? Und wenn Du erwischt wirst, schieb alles auf mich und sag, Du weißt nicht, was da drin ist. Ich habe es absichtlich so verschlossen, dass Du ein Siegel erbrechen müsstest, um es zu öffnen. D.h. ein Dritter könnte Dir glauben, dass Du nicht weißt, was dort drinnen ist. Lass es also von niemanden öffnen, hörst Du?"

Ich nickte und mir wurde ganz warm. Ich spürte die Aufregung, als würden wir auf eine Jagd gehen, um zu töten. Ich fühlte mich so erwachsen und wusste in dem Moment, dass ich diese Aufgabe erfüllen wollte, um jeden Preis. Die Aufgabe war wichtig. Ob es auch die Richtige war, konnte ich nicht beurteilen. Sollten das andere tun. Ich jedenfalls wollte meinen Freund Georg nicht enttäuschen und wollte die Chance wahren, meinen Freund Hans wieder zu sehen.

„Hast Du noch Fragen oder hast Du alles verstanden?", unterbrach Georg meine Gedanken.

„Nein", sagte ich und schüttelte den Kopf. „Ich kriege das hin und werde Dich nicht enttäuschen."

Georg lächelte und guckte dann über mich hinweg. „Nein, Helmut, das wirst Du nicht. So oder so. Das weiß ich! Daher habe ich ja Dich gefragt."

Vor unserer Haustür verabschiedeten wir uns wie das gute, alte Freunde tun. Ich spüre die Emotionen in dieser Umarmung noch heute.

Er schaute mich erneut an und packte mich dabei wieder an den Schultern. „Du bist jetzt ein junger Mann. Auch das ist der Krieg. Er lässt Kinder viel zu schnell erwachsen werden. Helmut!?" Er stockte und ich weiß bis heute nicht, was er eigentlich sagen wollte. „Bis hoffentlich bald, mein Freund!"

Georg drehte sich noch einmal um. Er lächelte wieder dieses Lächeln, das sicher jede Frau schwach werden ließ. Dieses unbekümmerte, jungenhafte und ein bisschen spitzbübische Lächeln.

„Helmut", sagte er leise, „Du weißt, dass es gefährlich ist?"

Ich nickte und hatte einen Kloß im Hals. „Du weißt auch, dass ich Dein Leben nicht riskieren würde, wenn ich nicht wüsste, wie wichtig unsere Aktion ist."

Ich nickte wieder.

„Sei vorsichtig", sagte er. Ich erinnerte mich, dass mein Vater immer gesagt hatte: „Fahr vorsichtig", wenn ich mein Fahrrad aus der Haustür schob, die er mir aufhielt. Die gleiche Haustür, vor der wir jetzt standen.

Und so sagte ich, was ich Vater immer geantwortet habe „Sir, Yes Sir!", und grinste auch dazu, wie ich Vater angegrinst hatte. Georg zeigte ein lässiges Salutieren und verschwand. Ich fühlte mich stark aber auch unendlich allein, und fragte mich, ob ich wohl stark genug war, die Aufgabe zu bewältigen, die ich nun übernommen hatte? Ganz sicher war es keine Aufgabe für einen Jugendlichen!

Ich griff in meine Jackentasche und fühlte den Umschlag, den mir Georg gegeben hatte. Nun wusste ich, was ich zu tun hatte. Dieser Umschlag musste nach England. Um jeden Preis!

~

Georg fuhr zum Bahnhof und stieg in den Zug nach Berlin. Er schaute während der Zugfahrt aus dem Fenster und freute sich über jedes Wild, das er sah. Und er sah viele Rehe, die sich erstaunlich angstfrei in Nähe der Gleise aufhielten und auch keine Anstalten machten, vor der lauten Diesellok weg zu laufen. Er genoss die Fahrt. Er hatte mit sich gerungen, ob er Helmut in den Widerstand hineinziehen durfte, war sich jetzt aber sicher, die richtige Entscheidung getroffen zu haben.

Er traf pünktlich in Berlin ein und nahm die Straßenbahn nach Hause. Tief in Gedanken versunken, sah er die beiden Männer, die vor seinem Haus standen, viel zu spät. Durch die Panik, die ihn erfasste, reagierte er unbesonnen. Die beiden, gedrungenen und wenig vertrauenserweckend wirkenden Männer in ihren klischeehaft, dunklen Anzügen sprachen ihn mit seinem Namen an. Als sie ihm zudem ihre silbernen Gestapo-Ausweismarken vor das Gesicht hielten, schubste er beide vehement zur Seite und floh. Die Männer nahmen die Verfolgung auf. Sie waren sportlicher als er gedacht hatte. Er musste alles riskieren und zog sich an einem verzierten Metallzaun hoch. Bevor sie ihn erreichten, schwang er sich auf die andere Seite. Der jüngere Mann kletterte ihm nach, während der Ältere eine Pistole zog und mehrfach schoss. Georg hatte fast die rettende Hausecke erreicht, als der dritte Schuss ihn am linken Bein erwischte.

Er spürte keinen Schmerz, nur gehorchte das Bein seinem Willen nicht mehr und er knickte weg, wenn er versuchte, die linke Seite zu belasten. Dennoch humpelte er weiter.

Seine Gedanken rasten. Was wussten die? Was wollten sie von ihm? Würde er den Verhören standhalten?

Jedenfalls war ihm sofort bewusst, dass er in seinem Zustand den beiden Männern nicht würde entkommen können. Der Schweiß rann ihm über das Gesicht und er suchte hektisch und angsterfüllt nach einem Versteck. Er wusste, dass er nur wenige Sekunden hatte, bis der Jüngere um die Ecke kommen würde. Auf die Schnelle fand er jedoch keine adäquate Möglichkeit, sich vor seinen Häschern zu verstecken.

So setzte er sich schließlich in einen Hauseingang. Dort holte er mehrfach Luft und wischte sich den Schweiß aus dem Gesicht. Er durfte jetzt nicht ohnmächtig werden. Er griff in seine Hosentasche und zog mit zittrigen Fingern sein Portemonnaie heraus. Er schaute das Bild an. Nun atmete er wieder gleichmäßiger. Nicht nur die kurze aber heftige Anstrengung, auch die Panik hatte sich gelegt. Er lächelte kurz und legte das Bild vorsichtig auf seinen Oberschenkel. Dann griff er erneut zum Portemonnaie. Dieses Mal zog er eine kleine in Papier eingewickelte Tablette aus dem Münzgeldfach, wickelte sie aus und hielt sie zwischen Daumen und Zeigefinger. Das Foto der hübschen jungen Frau, das am Nachmittag im so scheinbar friedlichen Hamburg auf den Boden gefallen war, nahm er in die andere Hand, mit der er immer noch die Tablette umschloss. Mit Tränen in den Augen sah er die Frau an und strich ihr mit einem Finger zärtlich über das Gesicht. Dann schloss er die Augen und sog noch ein einziges Mal die Erinnerung in sich auf. Er hörte die

Geräusche seiner Verfolger näher kommen. Er hatte keine Zeit mehr.

Ein letzter Blick auf das Foto, dann zerknüllte er es, steckte es in den Mund und schluckte es hinunter. Nun war er die Ruhe selbst. Entschlossen nahm er die Tablette hoch, schaute sie an, als würde er ihr zuprosten, steckte sie in den Mund und teilte sie mit einem Biss durch.

Innerhalb von Sekunden erreichte das Kaliumcyanid seine Magensäure. Die dabei entstehende Blausäure verhinderte, dass Georgs rote Blutkörperchen noch Sauerstoff transportieren und die Zellen Sauerstoff aufnehmen konnten. Georg hustete, rang nach Luft; der immer geringer werdende Sauerstoff führte zu Erstickungsanfällen und letztendlich zum Kreislaufstillstand. Georg wurde bereits durch Bewusstlosigkeit erlöst, die eintrat noch ehe der Jüngere der beiden Gestapo Männer ihm brutal das Portemonnaie aus der Hand trat.

~

Ich musste mich überwinden, Martel erneut aufzusuchen. Die Abfuhr, die ich vor einem Monat von ihm erhalten hatte, war mir in zu deutlicher Erinnerung.

Bereits auf dem Weg dorthin, dachte ich mir ein verfälschtes Sprichwort aus, um vielleicht so sein Vertrauen zu gewinnen. Passen würde ja ,Die frühe Katze fängt die Maus‘ oder noch besser die Variante ,Jugend schützt vor Torheit nicht‘. Zufrieden mit meiner Auswahl klingelte ich schließlich bei Martel.

„Du schon wieder?“, seufzte er und ließ mich hinein.

Mangels anderer Ideen, grinste ich fröhlich und ging forsch hinein. Erneut kamen wir in den Raum, den ich bereits vor fünf Jahren kennengelernt hatte, als ich für Onkel Paul eine Nachricht überbringen sollte. Die Einrichtung hatte sich nicht geändert. Sogar die Stühle, so hatte ich den Eindruck, standen noch an der gleichen Stelle. Es war vermutlich sein Wohnzimmer, auch wenn ich diesen Raum schon beim ersten Besuch nicht als wohnlich empfunden hatte.

Schnell legte ich ihm meine Bitte und den Hintergrund dar und schloss mit den Sätzen „Herr Martel, Sie müssen diese Sache ernst nehmen. Wir müssen dieses Pferd vom Eis kriegen."

Ich hatte es einfach nicht lassen können und wartete gespannt auf seine Reaktion. Er überlegte. Sicher war er sauer, weil er vielleicht dachte, dass ich mich über ihn lustig machen wollte, indem ich eine Redewendung falsch verwendete. Aber das würde ja voraussetzen, dass er wusste, dass er diese falsch verwendete. Ich hoffte also noch auf eine positive Reaktion.

„In Ordnung, junger Mann, Sie haben mich überzeugt. Der Umschlag muss nach England. Ich stelle den Kontakt zu Peter Hass her. Der lebt in Dänemark und kann wiederum den Kontakt zu den Tommys herstellen."

Ich sagte ihm, dass ich nächsten Samstag nach Dänemark zu meiner Tante fahre.

Wieder benötigte er ein wenig Zeit, um meinen Vorschlag zu überdenken. „Perfekt, dann schreib mir Deine Reisedaten auf, damit wir ein unauffälliges Treffen von Dir mit Hass inszenieren können."

Martel verabschiedete mich mit den Worten: „Ich bin sicher, gemeinsam kriegen wir das Pferd vom Eis."

Er guckte mich an und ich wusste in dem Moment, dass es ihm ernst war. Wie schön, dass ihn eine von mir leicht abgewandelte Redewendung schließlich überzeugen konnte und ich war mächtig stolz, dass es mir gelungen war, ihn vom ‚hohen Ochsen' herunterzuholen. In fröhlicher Erinnerung an Martel freue ich mich auch heute noch wie ‚eine Honigkuchenkuh' und denke dabei schmerzlich, dass an dieser Begegnung auch Hans seinen Spaß gehabt hätte.

Nordby, 1942

Wie jedes Jahr in den Sommerferien fuhr ich mit dem Zug von Hamburg nach Kolding und stieg dort um nach Esbjerg. Die Fahrt dauerte insgesamt gut sechs Stunden und ich freute mich schon auf die fünfzehnminütige Fahrt mit der Fähre nach Nordby. Dann, im Fahrtwind und mit dem Geruch des Meeres, fingen die Ferien immer erst richtig an.

Ich kam mir dieses Mal schon furchtbar erwachsen vor. Nicht nur, weil ich erstmals ohne meine Schwestern unterwegs war, sondern weil ich auch Material im Gepäck hatte, das besser nicht bei mir gefunden werden sollte. Es belustigte mich, dass die nationalsozialistische Volkswohlfahrt meine Bahnfahrt organisiert hatte. Zwar hatte sie das jedes Jahr getan, aber wenn sie auch nur ahnten, das ich ein Schreiben bei mir hatte, das vielleicht die Niederlage Deutschlands besiegeln konnte, hätte wohl eher die Gestapo die Organisation meiner Fahrt übernommen. Und so malte ich mir ein Dankesbrief an die Volkswohlfahrt aus „möchte ich mich ausdrücklich bedanken, dass Sie meine Reise organisiert haben, damit ich die kriegswichtigen Informationen leichter dem Feind übergeben konnte." Ich lachte. Was wohl passieren würde, wenn die ein solches Schreiben erhalten würden?

Ich dachte erneut über das letzte Treffen mit Martel nach. Der war plötzlich wie ausgewechselt. Behandelte mich nett, wie einen Erwachsenen. Ich hatte alle Daten zu meiner Reise niedergeschrieben. Martel hatte den Zettel studiert und gesagt, dass Hass Kontakt mit mir aufnehmen würde, er aber nicht wisse, zu welchem Zeitpunkt. Ich solle mich so normal wie möglich verhalten, meine Ferien genießen und sehen, dass ich schnellstens Zugriff auf die Informationen haben könne. Ich packte an meine Jackentasche. Ja, er war da. Ich hatte Zugriff.

Bei jedem Halt, jedem neuen Passagier war ich sicher, jetzt spricht er mich an. Wie würde er mich eigentlich erkennen? Wir hatten uns das letzte Mal gesehen, als ich acht Jahre alt gewesen sein muss. Ich konnte mich beim besten Willen nicht an sein Gesicht erinnern. Und ich fand, dass ich mich gewaltig verändert hatte in diesen sieben Jahren. Wie sollte er dann mich erkennen, wenn nicht einmal ich ihn erkennen würde? Das machte mir Sorgen und ich ärgerte mich, dass wir kein Erkennungszeichen ausgemacht hatten. ‚Du Anfänger', beschimpfte ich mich.

Die Stunden verrannen und nichts geschah. Ich ging auf die Fähre und hoffte, dass wenigstens diese Chance nicht verstreichen würde. Wieder nichts. Meine Tante Anna empfing mich am Hafen von Nordby, der mehr eine Anlegestelle war. Ich freute mich, sie zu sehen. Meine Laune war trotzdem schlecht, da entgegen meiner Erwartung keine Kontaktaufnahme erfolgt war. Meine Tante bemerkte nichts und ich begrüßte überschwenglich Iltschi, das Pferd der Houenstaans. Tante Anna hatte mich mit dem kleinen Einspänner abgeholt. Wir saßen auf und ich genoss die kurze Fahrt in der kleinen Kutsche zu ihrem Häuschen, an das ich so wunderbare Erinnerungen hatte.

Als ich mir am nächsten Tag das Fahrrad meines Onkels Mats lieh, um wie immer die Insel zu erkunden, bemerkte ich, dass sich die Insel verändert hatte. Es waren mehrere Bereiche und ganze Strandabschnitte abgesperrt. Die Deutschen bauten, zumindest vermutete ich das, große

Bunkeranlagen. Wie mir Onkel Mats erklärte, war der Hafen von Esbjerg der Grund für die deutschen Bauaktivitäten. Dieser Hafen hatte eine wichtige strategische Bedeutung für die Nordsee und diente einem Minenräumverband mit vier Booten als Ausgangsbasis für ihre Patrouillen oder auch längere Operationen.

Mindestens 1500 Soldaten waren seit meinem letzten Aufenthalt auf Fanø stationiert. Damit lebten fast doppelt so viele Menschen auf dieser Insel wie vor der deutschen Besatzung. Viele Bewohner waren damit nicht unglücklich, denn sie lebten recht gut davon. Tante Anna wiederholte gerne, dass die Höfe auf der Insel der Kühlschrank für die Wehrmacht seien. Ich dachte nur an eines. War es eine gute Idee, sich in diesem Kühlschrank zu treffen?

Während der weiteren vierzehn Tage bei meiner Tante passierte nichts. Die Ferien waren eigentlich perfekt. Onkel Mats nahm mich mit zum Hochseefischen, das Wetter war traumhaft und ich lag viel am Strand. Ich hatte eine Stelle gefunden, von der aus ich den Bau einer Bunkeranlage – meine Vermutung hatte sich bestätigt – beobachten konnte. Und doch war ich unruhig, launisch und konnte die Zeit nicht wirklich genießen. Onkel Mats schob meine Stimmung auf meine Pubertät. Und auch ich fand diese Erklärung gut. Doch plötzlich überschlugen sich die Ereignisse.

Am Tag vor meiner Abreise kam ein Auto auf der Fähre nach Fanø. Das war aufgrund der Benzinverknappung und der damit verbundenen Rationierung selten geworden. Sonst sah man nur unzählige deutsche Lastwagen, die die Baustellen mit Beton versorgten, so dass Mats schon gealbert hatte, dass die Deutschen wohl eine Brücke nach England bauen wollten. Einer dieser Lastwagen krachte in das Auto, kurz nachdem es von der Fähre kam. Der Fahrer und einzige Insasse dieses Autos war sofort tot.

Ich weiß nicht warum, wusste aber sofort, dass das mein Kontaktmann gewesen sein musste. Am Abend wurde es dann traurige Wahrheit. Der Dorfpolizist von Nordby besuchte meine Tante und erzählte. Ein Dienstgeheimnis war auf dieser familiären Insel wohl ein Fremdwort. Der Polizist erzählte, dass der Tote keine Papiere bei sich hatte. Keiner auf der Insel kannte ihn. Keiner wusste, was er hier oder wen er besuchen wollte. Es schien ausgesprochen verdächtig.

Ich war entsetzt. Zum einen über so viel Pech, zum anderen über die plumpe Art, mit der ich kontaktiert werden sollte. Warum sind die Jungs nicht gleich mit dem Panzer vorgefahren. Es wäre auch verdächtig gewesen, wenn er nicht verunglückt wäre. Wie hätte er denn rechtfertigen sollen, mich zu treffen? Ich war wütend über diesen idiotischen Plan. Onkel Mats hatte erzählt, dass der britische Premier Winston Churchill die Dänen als Schoßhündchen Hitlers bezeichnete, da so wenig bis gar kein Widerstand geleistet wurde. Offensichtlich hatten sie keinerlei Erfahrung. Das machte es aber für mich noch gefährlicher. Nach dieser Erkenntnis war ich nicht mehr gespannt auf den nächsten Versuch, ich hatte nur noch Angst davor.

Über den Toten würde es definitiv eine Untersuchung geben. Das war die Einschätzung des Polizisten. Wenn die Wehrmacht erfuhr, wen sie totgefahren hatten, würden die Nachforschungen vielleicht auch mich treffen. Aber viel schlimmer war, dass mir die Zeit davonlief.

Plötzlich musste ich an Georg denken. Es war Samstag, der 22. August und er hatte heute Geburtstag. Ob er wohl mit seiner großen Liebe feierte, dachte ich und hoffte es für ihn. Ich überlegte, ihm einen Brief zu schreiben, aber ich empfand auch das aus Dänemark als zu auffällig und unterließ es. Ich würde ihm schreiben, wenn ich in Hamburg war.

Es war mein letzter Abend. Früh am nächsten Morgen ging meine Fähre und ich würde am Sonntagabend in Hamburg sein. Die Schule fing am Montag wieder an. Ich war verzweifelt, wusste aber nicht, was ich machen sollte.

Sollte ich das Päckchen dort lassen oder mitnehmen. Aber wenn Hass auch tot war oder aufgespürt würde, lägen die Informationen ungenutzt bei meiner Tante. Und wer weiß, wann und ob ich oder ein anderer hierher kommen könnten, um sie zu holen.

Beim Frühstück am nächsten Tag war ich blass und still. Tante Anna machte sich Sorgen, dass ich erkrankt sein könnte, aber Onkel Mats wischte alle Bedenken weg, indem er feststellte: „Der Junge war so glücklich bei uns, dass er jetzt eben ganz blass wird, wenn er an die Schule denkt. Richtig, Helmut?" Er lachte.

Ich war froh, dass sie der wahre Grund nicht interessierte und so bestätigte ich die skurrilen Ausführungen von Onkel Mats. Tante Anna war beruhigt.

Wieder brachte uns Iltschi mit dem Einspänner zum Hafen von Nordby. Ich stellte fest, dass die Wehrmacht vorsichtiger geworden war. Auf dem Weg zur Fähre sah ich doppelt so viele deutsche Soldaten patrouillieren als an den Tagen zuvor, als ich mit dem Fahrrad unterwegs gewesen war. Offensichtlich ahnte man bereits, dass mit dem Toten etwas nicht stimmte.

Die Fährfahrt ging schnell vorbei. Ich spürte ein befreites Gefühl und war froh, dass ich vom Warten erlöst war und wieder Bewegung in mein Leben kam, wenn auch zunächst eine räumliche Bewegung.

Auch am Bahnhof in Esbjerg war erhöhte Alarmbereitschaft. Ich wurde auf meinem Weg zum Bahnhof zweimal kontrolliert. Und überall wurde patrouilliert.

Ich erreichte den Zug. Da die Wahrscheinlichkeit einer Kontaktaufnahme mit jedem Kilometer sank, verlor ich meine Anspannung, die mich die ganzen Ferien begleitet hatte und schlief ein.

Als ich erwachte und bemerkte, dass wir gleich in Kolding ankommen würden, bekam ich eine Panikattacke. Wusste Hass, was passiert war? Wusste er, dass ich bereits im Zug nach Deutschland saß? Es war so unbefriedigend und beängstigend.

Ich stieg in Kolding in den Zug nach Hamburg, nachdem ich am dortigen Bahnhof nochmals kontrolliert worden war.

Der Zug fuhr an und ich überlegte gerade, wann ich Martel informieren konnte, um ihm zu sagen, dass die ganze Aktion ein einziger Flop gewesen sei, da stand plötzlich ein SS Hauptsturmführer vor mir. Hinter ihm zwei Mannschaftsdienstgrade. Ich glaube, es waren SS Rottenführer mit Maschinenpistolen.

„Junger Mann, Ihren Ausweis bitte?", hörte ich den Offizier wie aus weiter Ferne.

Ich nickte und mein Herz sank mir in die Hose. Sprachlos und mit zitternden Händen gab ich ihm meinen Ausweis.

Der SS Offizier nahm sich Zeit, den Ausweis zu studieren. „Herr Martensen, bitte folgen Sie mir", der SS Offizier drehte sich um und ich ging wie in Trance hinter ihm her.

Die beiden Soldaten folgten uns. Hatte ich nur das Gefühl oder ging ein Aufatmen durch den Waggon, dass die SS den von ihr gesuchten Mann gefunden hatte?

Als wir den Gang erreichten, kontrollierte der Offizier noch einen weiteren, jungen Mann, der uns entgegen kam. Ich hatte kurz Hoffnung, dass es allgemein um eine Suche nach einem Jungen in meinem Alter ging, aber der Offizier gab dem Mann den Ausweis wieder und winkte ihn durch, ohne ein Wort zu verlieren. Der Zug verlangsamte sein Tempo etwa in dem Maße, wie mein Puls stieg. Wir stiegen aus. Das Örtchen hieß Vojens.

„Hier entlang", sagte der Offizier und ging voran. Ich blieb kurz stehen, um meine Fluchtmöglichkeiten zu prüfen, aber da wurde ich bereits von einem der Soldaten angestoßen. Ein Soldat blieb beim Bahnhofsvorsteher und erklärte ihm etwas. Die beiden anderen Soldaten geleiteten mich durch die kleine Halle. Draußen wartete ein Opel Blitz, dessen Ladefläche mit einer Plane überspannt war.

Der Offizier befahl, ich solle mich auf die Ladefläche schwingen.

Mir brach der Schweiß aus. Mit einem solchen Lastwagen waren Hans und seine Familie bei ihrer Deportation abgeholt worden. Der Offizier sprang hinter mir her, während der andere Soldat vor der Ladefläche Stellung bezog. Nun war ich mit dem Offizier alleine und es würde keine Zeugen geben. Der Wagen war geschickt geparkt, so dass keiner der wenigen Menschen, die sich am Bahnhof befanden, Sicht auf die Ladefläche hatte. Ich zitterte.

„Mensch Helmut, ist lange her, was?" Der Offizier nahm seine Mütze ab.

Ich muss ziemlich dümmlich ausgesehen haben. Er schlug mir auf die Oberschenkel, dass ich fast ohnmächtig wurde, so sehr war ich schon auf erste Folterungen gefasst gewesen.

„Helmut, schau mich an. Ich bin es, Peter Hass. Mein Bruder Otto redet mit dem Bahnhofsheini, dass der Zug auf Dich wartet."

„Du bist bei der SS?" Ich fragte es tatsächlich und im Nachhinein denke ich, es war stimmig zu meinem Gesichtsausdruck.

Nun guckte aber Hass überrascht. „Du Scherzbold!"

Er lachte und ich lachte mit.

„Nun mal her mit dem Umschlag. Der Zug wartet nicht ewig auf Dich." Zum Glück hatte ich den Umschlag noch in meiner Jackentasche. Ich pulte ihn hervor und er sah so aus, als hätte ich die letzten Wochen mit ihm im Bett verbracht. Hass nahm ihn entgegen.

„Danke, Helmut! Wir treffen uns morgen mit einem Mann der SOE." Ich verstand nicht und guckte wohl wieder entsprechend, denn Hass erklärte: „S-O-E! Das ist die Abteilung des britischen Geheimdienstes für verdeckte Operationen in Europa. Dein Umschlag ist Ende der Woche in England."

Er machte den Umschlag gar nicht auf, sondern ließ ihn in einem Kasten unterhalb der Sitzbank verschwinden. „Dann mal wieder ab in den Zug und grüß mir Hamburg."

Ich nickte und erhob mich. Ich ging zur Heckklappe und überlegte, ob ich noch etwas Sinnvolles sagen könnte, um den Eindruck meines einzigen Satzes nicht so alleine und peinlich im Raume stehen zu lassen. Aber mir fiel partout nichts ein. Also sprang ich von der Pritsche und meinte zu dem Mann, den ich im Gegensatz zu Peter noch nie gesehen hatte. „Wenn Ihr mich mal wieder braucht, meldet Euch!" Er antwortete mit: „Hav en god tur." Ich stutzte. Das sprach dafür, dass er mich gar nicht verstanden hatte.

Also ging ich langsam wieder in Richtung Bahnhof.

„Martensen", rief es plötzlich hinter mir her. Ich stockte und drehte mich um. Der vermeintliche SS Offizier Peter Hass schaute aus der Plane hervor und winkte mich ran. Ich kam wieder zwei Schritte näher.

„Helmut Martensen! Wenn Dein Onkel Paul Dich jetzt sehen könnte, wäre er verdammt stolz auf Dich. Das weißt Du, oder?"

Ich nickte. Er grinste mich an und ich lachte zurück. Ja, dachte ich, das wäre er wohl wirklich. Und Hans auch. Und Georg. Und ich lief mit klopfendem Herzen zurück zum Zug. Ich stieg ein und erntete wohlwollende Blicke, als ich mich wieder auf meinen Platz setzte. War wohl doch ein anständiger Kerl, las ich in den Gesichtern. Und wie Recht sie hatten, dachte ich, als der Zug sich in Bewegung setzte und den kleinen Bahnhof von Vojens hinter sich ließ. Am Vorplatz des Bahnhofs setzte sich ein LKW in Bewegung, in dem sich der Beifahrer gerade seiner Uniformjacke entledigte.

Auschwitz, 1943

Hans' Schwester, Irmgard Cohn, hatte ihren Bruder, ihre Mutter und ihre Oma noch besucht. Sie kannte den Gestapo-Mann, der die Turnhalle bewachte, in der die Cohns mit vielen anderen Hamburger Juden am 19. Juli 1942 für die Deportation gesammelt wurden. Irmgard fragte ihre Mutter sogar, warum sie nicht alle Selbstmord begangen hätten. Ihre Mutter Hedwig beruhigte sie, man würde doch in Theresienstadt nur arbeiten müssen.

Irmgard Cohn glaubte ihr nicht. Leider behielt sie Recht.

In Theresienstadt wurde ihre Ankunft am 20. Juli registriert.

Am 29. Januar 1943 wurden Hans Cohn und seine Mutter Hedwig nach Auschwitz deportiert.

Beide wurden dort am Montag, den 01. Februar 1943 ermordet.

Hamburg, 2015

Der erste Einsatz ‚meiner Düppel' war in der Nacht zum 25. Juli 1943. Am 24. Juli starteten 791 Britische Bomber zu ihrem Angriff auf Hamburg. Sie hatten Luftminen, Spreng-, Phosphor- und Stabbrandbomben, insg. 2300 Tonnen Bomben, an Bord.

Die erste britische Bomberstaffel warf 40 Tonnen ‚Düppel' oder wie die Engländer es nannten ‚Windows' ab. Das entsprach ungefähr 92 Millionen Stanniolstreifen. Die deutschen Radarschirme sowie die ‚Würzburg-Riese-Radargeräte' wurden von diesen Streifen überflutet mit falschen Radar-Echos. Dadurch fiel die Feuerleitung der Flak und die Steuerung der Flakscheinwerfer vollständig aus. So konnten sich die Bomber ohne große Gegenwehr ihre Ziele suchen.

Die britischen Angreifer verloren nur zwölf Flugzeuge durch Abschüsse. Der Plan mit den ‚Düppeln' hatte funktioniert.

Auch aufgrund der geringen Verluste der eigenen Maschinen folgten vier weitere Nachtangriffe der Engländer und zwei Tagangriffe der Amerikaner, die mit 100 Flugzeugen insbesondere den Hafen und Industrieanlagen angriffen.

Die Alliierten hatten die Abläufe der Bombardements akribisch geplant und in Modellexperimenten getestet. Sie tauften diese Vorgehensweise ‚Hamburgisierung' und nutzten sie auch für andere Städte.

Die Sprengbomben zerstörten die unterhalb der Straßen verlaufenden Wasser-, Gas- und Kommunikationsleitungen und verhinderten so koordinierte Feuerwehreinsätze. Um ein tiefes Eindringen zu ermöglichen, hatten die Sprengbomben teilweise Verzögerungszünder. Sie detonierten nicht bereits beim Aufschlag, sondern erst in den Kellern oder in der Erde.

Die Luftminen wurden auch ‚Wohnblockknacker‘ genannt. Deren Druckwelle deckte die Dächer ab und zerstörte Fenster und Türen.

Dann folgten die Phosphor- und Stabbrandbomben, um die nun offenen Wohnungen und die freigelegten Dachstühle in Brand zu setzen. Dabei entzündeten sich meist auch die aus Holz gebauten Treppenhäuser.

Durch einen Welleneinsatz der Bomber im Viertelstundentakt wurden Löschversuche fast unmöglich gemacht.

Die Menschen starben entsetzliche Tode. Sie wurden von den einstürzenden Decken der Schutzräume erschlagen. Oder sie starben an Lungenrissen ausgelöst durch den enormen Luftdruck der Luftminen; 1000 Grad heiße Trümmer führten zu Hitzeschlägen, so dass viele Leichen mumifiziert gefunden wurden, es ertranken Menschen im kochenden Wasser der berstenden Heißwasserleitungen oder sie hatten Hautkontakt mit Kautschuk von Brandkanistern, der durch Phosphor zuvor in Brand gesetzt, kaum zu löschen war und sich immer wieder entzündete. Viele Menschen starben auch durch Brandgase und Kohlenstoffmonoxid, die in die Keller eindrangen. Man fand diese Menschen unverletzt. Sie sahen aus, als würden sie schlafen.

Die Briten nannten diese Bombenangriffe auf Hamburg von Ende Juli bis Anfang August 1943 Operation Gomorrha. Sie zählten zu den schwersten auf eine deutsche Stadt. Man geht von mehr als 35.000 Menschen aus, die diesen Angriffen zum Opfer fielen!

Die Bibel berichtet im ersten Buch Mose, 19, 24: „Der Herr ließ Schwefel und Feuer regnen auf Sodom und Gomorrha und vernichtete die Städte und die ganze Gegend und alle Einwohner."

~

Ich erinnere mich an Hans, als würde er vor mir stehen. Er hatte mir erklärt, dass aufgrund dieser biblischen Geschichte im Buch Mose die Zahl Zehn im Judentum so bedeutsam ist: Der sog. ‚Minjan' bedeutet, dass erst wenn zehn Männer zum Gottesdienst zusammenkommen, eine jüdische Gemeinde entsteht und erst dann kann ein vollständiger Gottesdienst gefeiert werden. Hans hätte dieser böse Zynismus der Weltgeschichte gefallen, dachte ich, bevor ich die Augen schloss und darüber nachdachte, ob auch ich selbst einer dieser zehn anständigen Menschen gewesen war.

Ich weinte bitterlich, als ich begriff, dass Gomorrha, also meine Heimat Hamburg, zerstört wurde, obwohl ich mit meiner Familie, Hans' Familie und den Menschen ‚meiner' Widerstandsgruppe mindestens zehn ‚anständige Menschen' hätte aufzählen können. Oder wurde sie zerstört, weil eben doch keine zehn ‚anständigen Menschen'' zusammenkamen?

Während der Angriffe auf meine Heimatstadt hatte ich Dienst auf der Flakinsel, die seit Mitte 1942 auf der Hamburger Außenalster errichtet worden war und hatte nur wenig Gelegenheit, zwischen den Angriffen und den folgenden langen und kräftezehrenden Hilfseinsätzen meine

Familie zu sehen. Meine jüngere Schwester Margarete war nicht in Hamburg, sondern bei unserer Tante Anna in Dänemark. Meine ältere Schwester Katharina wähnte ich bei meinen Eltern. Der schlimmste Angriff war in der Nacht vom 27. auf den 28. Juli. Da die Amerikaner an den beiden Tagen davor auch tagsüber Angriffe flogen und wir am 27. Juli den Befehl hatten, im Flakbunker Schlaf nachzuholen, hatte ich seit dem ersten Fliegeralarm vor drei Tagen meine Familie nicht gesehen. Angsterfüllt, was mich nun erwarten würde, fuhr ich am Morgen des 28. Juli mit dem Fahrrad nach Hause oder besser ich ging, das Fahrrad schiebend. Eine Fahrt mit dem Rad über die teilweise noch immer brennenden Trümmer, vorbei an den verzweifelt aussehenden, ausgezehrten und ängstlichen Menschen, war fast unmöglich.

Obwohl diese Nacht die meisten Opfer gefordert hatte, erinnere ich mich nicht, weinende Menschen gesehen zu haben. Zu tief saß der Schock und zu sehr waren alle beschäftigt, zu retten, was zu retten war. Unsere Straße war fast vollständig zerstört. Nur das Haus, in dem unser Luftschutzbunker war, stand noch. Hoffnung keimte in mir auf. Hatten wir tatsächlich Glück gehabt?

Erstaunt stellte ich fest, dass ich unseren Bunker verschlossen vorfand. Ich öffnete die schwere Stahltür und sofort kam mir ein Schwall abgestandener Luft entgegen. Und bevor ich anfing zu begreifen, spürte ich noch etwas anderes: Unendliche Stille! Ich stolperte in den Luftschutzkeller und meine Befürchtungen wurden grausige Realität. Dort lagen sie. Der Bunker hatte Platz für 235 Schutz suchende Menschen. Alle diese Menschen, vermutlich sogar mehr, hatten den Bunker erreicht. Sie alle lagen dort nebeneinander, teilweise übereinander, als würden sie schlafen. An dem unserer Familie zugewiesenen Platz lagen auch meine Eltern, friedlich nebeneinander. Sie hielten ihre Hände auch über den Tod hinaus.

Ich werde diesen so scheinbar friedlichen Moment inmitten dieser Hölle niemals vergessen. Mehrere Wochen danach sind dagegen völlig ausgelöscht.

~

Meine älteste Schwester Katharina war nicht im Bunker. Sie hatte die Nacht bei Freunden verbracht. Doch meine erste Freude darüber verging schnell, als ich sie wiedersah. Sie hatte unsagbar schwere Verbrennungen erlitten. Davon hat sie sich nie wirklich erholt und folgte unseren Eltern im kalten Winter 1945/46, als doch endlich das Sterben vorbei sein sollte.

Meiner Schwester Margarete habe ich nie von meinen Aktivitäten und meinem Zutun zu dem Erfolg dieses Bombenangriffs erzählt. Sie hätte es nicht verstanden.

Ich selbst habe erst mehrere Jahre nach dem Krieg erfahren, dass meine Übergabe der Materialen im Sommer 1942 in dem kleinen dänischen Örtchen Vojens entscheidend für den Erfolg der Operation Gomorrha war. Ohne meine Hilfe hätte dieser Luftangriff so wohl nicht stattgefunden. Vielleicht wären dann nicht 35.000 Menschen im Bombenhagel gestorben.

Hans war im Sommer 1943 lange tot. Auch das erfuhr ich erst Jahre später. Ich hatte mich entschlossen, mein Land zu verraten, um ihm zu helfen und sein Leben zu retten. Zumindest als ich diesen Entschluss fasste, lebte er noch.

Ausschwitz wurde jedoch erst eineinhalb Jahre später befreit. Ich hätte seinen Tod nicht verhindern können.

Aber hätte ich mich anders entschieden, wäre Hamburg vielleicht nicht derart bombardiert worden. Meine Eltern und meine Schwester und viele andere unschuldige Hamburger hätten den Krieg vielleicht überlebt.

Natürlich war und bin ich froh, dass die Alliierten schließlich siegten und die Nazis den Krieg verloren haben. Aber hat die Operation Gomorrha den Krieg verkürzt? Habe ich Menschen, die Opfer waren, gerettet und Menschen, die Täter waren, getötet? Ja und Nein. Ich habe und werde nie eine Antwort darauf bekommen, ob es das wert war.

Das ist meine Geschichte. Die Geschichte eines naiven Widerstandskämpfers, eines Freundes und eines Verräters. Die Geschichte eines Jungen, der vielleicht alles richtig gemacht hat und dennoch alles verloren hat. Die Geschichte eines Deutschen in einer Zeit, in der sein guter Wille und sein mutiges Herz letztendlich furchtbares Leid bewirkt haben.

~

Martensen hielt kurz den Atem an. Es wurde totenstill. Auch Wolken hielt den Atem an, um nicht zu stören. Dann fuhr Martensen fort:

„Oberleutnant Georg Lützen hat seinen dreißigsten Geburtstag nicht mehr erlebt. Den Namen seiner Geliebten hat er mir nie genannt.

Erst als ich den Stolpersteine-Artikel von Ihnen gelesen habe, fiel mir die Widmung wieder ein. Sie erinnern sich? Das Bild seiner Geliebten, das ihm bei unserem letzten Treffen Anfang August 1942 auf den Boden gefallen war. Es hatte die Widmung: ‚Träum von mir und Du schwebst auf Wolken.‘ Nur ein dusseliges Wortspiel, hatte Georg damals mit Tränen in den Augen gesagt.

Ich fing an, darüber nachzudenken und begriff, was er mit dem Wortspiel gemeint haben könnte. So fing ich an, über die Wolkens, also Ihre Familie, zu recherchieren.“

Frank Wolken blickte ihn entgeistert an. „Mein Großvater war auch ein Flieger.“

„Ja“, lächelte Helmut Martensen. „Georg und er waren in der gleichen Staffel und beide waren Testpiloten. Und vor allen Dingen waren sie Freunde.“ Frank war immer noch irritiert! Als er langsam begriff, dass Martensen auch die Geschichte seiner, Frank Wolkens, Familie erzählt hatte, stellte er fest „Mein Großvater hat den Krieg auch nicht überlebt.“

Helmut Martensen entspannte sich das erste Mal, seitdem er begonnen hatte, Frank Wolken seine Geschichte zu erzählen und fuhr dann fort: „Er ist Anfang März 1943 gefallen. Ihr Vater, der bezeichnenderweise Georg hieß, wurde am 02. Mai 1943 geboren.

Der Mann Ihrer Großmutter war in der Zeit von Mai bis August 1942 kaum zuhause, da er für Testflüge in Wilhelms-haven stationiert war. Georg war in dieser Zeit in Berlin und verliebte sich unglücklich in Ihre Großmutter. Wenn Ihr vermeintlicher Großvater noch gelebt hätte zum Zeitpunkt der Geburt Ihres Vaters, hätte er vielleicht irgendwann einmal nachgerechnet.“

Martensen ließ Wolken die Zeit, die er zum Überschlagen der Monate benötigte. Dann setzte er fort:

„Da beide tot waren, behielt Ihre Großmutter ihr Geheimnis für sich. Wem hätte es genützt? Aber ich dachte, dass es für Sie vielleicht interessant ist, zu wissen, dass Ihr Großvater ein beeindruckend mutiger Mann war und es verdient hat, dass man seine Geschichte erzählt." Er machte eine Pause und fügte dann nachdenklich mit leiser Stimme fast zu sich selbst hinzu. „Genauso wichtig wie die viel zu kurze Geschichte meines Freundes Hans!"

Als Frank Wolken das Haus von Helmut Martensen verließ, spürte er tatsächlich so etwas wie Stolz. Die herbstliche Abendsonne war wie so oft in Hamburg nicht zu sehen, denn schwer und tief hingen die Wolken.

Hamburg, 2015

Sonntag, der 13. Dezember

Liebe Leser,

danke, dass Sie meine Geschichte gelesen haben. Wie Sie vermutlich bereits wissen, entspricht vieles an meiner Geschichte der Wahrheit! Folgende wahre Gegebenheiten möchte ich hervorheben:

So hat der Boxkampf von Max Schmeling gegen Joe Louis tatsächlich so am 19. Juni 1936 stattgefunden und wurde vom Radioreporter Arno Helmiss moderiert.

Auch der Boxkampf von Erminio Bolzan gegen Richard ‚Riedel' Vogt († 13. Juli 1988 in Hamburg) anlässlich der olympischen Spiele am 11. August 1936 in der Berliner Deutschlandhalle hat stattgefunden.

Paul Runge hat wirklich gelebt. Er war SPD Mitglied, hat tatsächlich wegen Aktivitäten für die SPD in Fuhlsbüttel eingesessen und ist im Mai 1942 mit 38 Jahren an den Haftfolgen gestorben.

Die Entwicklungen der Radartechnologie in England und Deutschland entsprechen mehr oder weniger den Fakten, soweit ich sie recherchieren konnte. Es gab in England die TRE, sowie das Forschungszentrum in Farnborough und in Deutschland die GEMA unter der Leitung von Dr. Rudolf Kühnhold († 1992), sowie Forschungsabteilungen bei Berlin und beim Luftnachrichtenregiment 1 in Kiel.

Die Physiker Reginald Victor Jones († 17. Dezember 1997) und Robert Watson-Watt († 5. Dezember 1973), sowie den

284

Wing Commander Percy Pickard († 18. Februar 1944) hat es mit ihren beschriebenen Funktionen so gegeben. Und natürlich hat Major John Frost († 21 Mai 1993) existiert und den Überfall auf Saint-Jouin-Bruneval, die sogenannte ‚Operation Biting', geleitet.

Der Flug von Flight Lieutenant Tony Hill von der RAF hat am 15. Dezember 1941 stattgefunden. Die Herren André Neufinck und Roger Dumont († 13. Mai 1943) von der Resistance waren tatsächlich in Bruneval im Januar 1942, um die Gegend in Vorbereitung des Überfalls auszuspionieren.

Die Operation Biting am 28. Februar 1942 hat es fast bis ins Detail so gegeben. Die Offiziere Young, Naumoff, Charteris und Timothy, die Trainingseinheiten u.a. in Schottland, die Kampfhandlungen unter Teilnahme von Sergeant Cox, sowie die Anzahl der Gefangenen und Toten und die ‚Entführung' eines deutschen Radartechnikers sind Fakten. Der Radartechniker hieß aber nicht Emil Grau. Diesen Charakter habe ich erfunden.

Der tragische Angriff von Flugzeugen der Legion Condor auf Gernika am 26. April 1937 hat stattgefunden und wurde von Pablo Picasso in einem beeindruckenden Bild verewigt.

Der Physiker und Elektrotechniker Hans Ferdinand Mayer hat auch gelebt. Er hat 1939 den sogenannten Oslo Report geschrieben, der erstaunlicherweise in England über Jahre als Täuschungsmanöver angesehen wurde. Erst Ende der siebziger Jahre vertraute sich Mayer als Schreiber des Oslo Reports seiner Familie an. Er hatte ab 1943 wegen Hörens von Feindsendern und kritischen öffentlichen Äußerungen noch zwei Jahre im KZ verbracht. Er beschloss gemeinsam mit seiner Frau, dass diese Wahrheit erst nach seinem Tod veröffentlicht werden sollte. Er starb am 18. Oktober 1980 in München. Warum er solange anonym blieb, weiß ich nicht.

Der englische Geheimdienst wusste bereits kurz nach dem Krieg, dass Mayer der Verfasser des Oslo Reports war. Er und Reginald Victor Jones lernten sich dadurch auch noch persönlich kennen und schätzen.

Bekannt, sowie geehrt unter anderem mit einer Benennung einer Straße und eines Preises nach ihm, ist Dr. Joseph Carlebach. Er war Schriftsteller, Lehrer, Schulleiter und Rabbiner in Lübeck sowie später in Hamburg. Er wurde am 26. März 1942 im Wald von Bikernieki bei Riga mit seiner Frau und drei Töchtern ermordet.

Wie Sie natürlich wissen, gab es leider auch die Operation Gomorrha, den furchtbaren Bombenangriff auf Hamburg Ende Juli 1943. Die ‚Düppel‘, die die Engländer abwarfen, machten den über mehrere Tage dauernden Angriff für die englischen Piloten und das Bomber Command sehr erfolgreich. Für die Hamburger war es die Hölle. Über 35.000 Menschen starben.

Der NS Propagandaminister Joseph Goebbels sprach nach der Zerstörung der Stadt Coventry im Jahr 1940 von ‚coventrieren‘ und meinte damit das Auslöschen einer Stadt. Man nimmt an, dass das britische Bomber Command in Anlehnung daran den Begriff ‚Hamburgisierung‘ eingeführt hat.

Alle geschichtlichen Daten und Fakten habe ich versucht, korrekt einzuordnen. Meine Geschichte könnte sich so zugetragen haben. Um es klarzustellen: Helmut Martensen, Emil Grau und Georg Lützen, sowie sein Enkel Frank Wolken sind von mir erfundene Charaktere. Ihre Geschichte habe ich in die Realität eingebunden.

Nun zu der Familie Cohn, die alle wirklich gelebt haben: Irmgard Cohn, die Schwester von Hans, war nur ‚Halbjüdin‘.

Ihr leiblicher polnischer Vater, der nicht Hans' Vater war, war kein Jude, sondern Christ. Daher wurde sie am 16. Juni 1942 als ‚Mischling ersten Grades' anerkannt. Das rettete ihr Leben. Sie wurde nicht deportiert.

Pauline, Hedwig und Hans Cohn kamen am 20. Juli nach Theresienstadt. Am 29. Januar 1943 wurden Hedwig Cohn und ihr Sohn Hans-Werner nach Auschwitz weiterdeportiert, wo sie am 01. Februar 1943 ermordet wurden. Pauline Cohn blieb im Getto Theresienstadt. Sie starb dort am 01. April 1944.

Hans Cohn hat also gelebt. Er ist am 27. März 1927 geboren worden und leider bereits mit fünfzehn Jahren in Auschwitz ermordet worden. Weil ich über den - seinem Andenken gewidmeten - Stolperstein gestolpert bin, gibt es diese Geschichte.

Vielleicht ist diese Geschichte eine Möglichkeit, seinem viel zu kurzen Leben nachträglich einen besonderen Sinn zu geben. Wenn es nämlich Hans und mir gelingt, Sie, liebe Leser, an den tragischen Tod von sechs Millionen Menschen jüdischen Glaubens in Deutschland zu erinnern.

Vielleicht können wir mit seinem Andenken verhindern helfen, dass Rassisten ihre Ängste in Hass und Mord um-schlagen lassen.

Dass es diese Geschichte gibt, verdanke ich auch meiner Familie, die mit so viel Geduld ertragen hat, dass ‚Papa schon wieder am Computer' sitzt. Besonderer Dank gilt meiner Frau Martina, die immer hinter meiner verrückten Idee, ein Buch zu schreiben, stand und mir so oft selbstlos und ohne viel Aufhebens die Zeit freigeräumt hat, dass ich an diesem Buch schreiben konnte.

Dass es diese Geschichte gibt, verdanke ich zudem meinen Eltern, die mir neben anderen vielen positiven Dingen das historische Interesse mitgegeben haben und die beide diese Geschichte mit viel zeitlichem Engagement liebevoll aber kritisch lektoriert haben.

Ebenso danke ich Stefan, auch einer der ersten Leser, der mich mit den Worten, „ich wollte es ja nicht gut finden, aber…", ganz erheblich motiviert hat, weiter zu machen.

Mein Dank gilt auch Frau Astrid Louven, die mich ohne ihr Wissen mit ihren Informationen über Hans Cohn auf stolpersteine-hamburg.de zu meinem Buch animiert hat.

Ich danke auch den Erfindern des Internets und allen voran wikipedia für das enorme Wissen, das ich mir hier aneignen und für meine Geschichte nutzen durfte.

Und nicht zuletzt danke ich auch Ihnen, dass Sie die Geschichte offensichtlich bis hierher gelesen haben und dieses Buch hoffentlich voller Begeisterung gleich an drei bis vier Freunde weiterverschenken (nicht verleihen!).

Bleiben Sie neugierig, bleiben Sie mutig.

Ihr
Falk Röbbelen

Alle Charaktere

in der Reihenfolge ihres Erscheinens:

(die *fett und kursiv* gedruckten Personen haben tatsächlich existiert)

Helmut Martensen, geb. am 27. April 1927 in Hamburg, der Erzähler

Frank Wolken, geb. am 28. Dezember 1965 in Lüneburg, Journalist

Hans-Werner Cohn, geb. am 27. März 1927 in Hamburg, in der Geschichte Helmuts bester Freund

Günther und Anton, zwei Klassenkameraden von Helmut und Hans

Katharina Martensen, geb. am 12. Dezember 1924, Helmuts ältere Schwester und

Margarete Martensen, geb. am 01. August 1929, Helmuts jüngere Schwester

Martha Martensen geb. am 26. August 1902 und Wilhelm Martensen, geb. am 26. April 1898, Helmuts Eltern

Paul Waldemar Wilhelm Bunge, geb. am 15.Juni 1904, SPD Mitglied und im Widerstand gegen die Nazis. In der Geschichte Helmuts Onkel

Arno Helmiss, Radioreporter, der den Boxkampf zwischen Max Schmeling und Joe Louis am Freitag den 19. Juni 1936 im Radio kommentierte

Walter Woltmann, geb. am 02. Februar 1870, der Boxtrainer von Helmut und Hans

Tony Hill, Offizier und Flieger in der No. 1 Photographic Reconnaissance Unit, kurz 1PRU der Royal Air Force

Prof. Dr. Reginald Victor Jones, geb. am 29. September 1911 in London, Physiker und wissenschaftlicher Geheimdienstoffizier der Britten

Chief Technician James Hardy, Mechaniker der Supermarine Spitfire von Flight Lieutenant Hill

Dr. Rudolf Kühnhold, geb. am 27.August 1903 in Schwallungen, Experimentalphysiker und wissenschaftlicher Leiter einer Abteilung der Nachrichten-Versuchsanstalt der Kriegsmarine

Emil Grau, geb. am 04.04.1908 in Potsdam, Fernmelde-Ingenieur und Leutnant im Luftnachrichtenregiment 1 der Luftwaffe

Hans Ferdinand Mayer, geb. am 23. Oktober 1895 in Pforzheim, deutscher Physiker und Elektrotechniker

Manuel Walther, geb. am 24. Juli 1921 in Dortmund, Obergefreiter in der Wehrmacht

Roger Dumont, geb. am 17. Mai 1898 in Paris, Mitglied der Resistance

André Neufinck, geb. am 01. Oktober 1898 in Le Havre, Mitglied der Resistance

Richard ‚Riedel' Vogt, geb. am 26. Januar 1913, dreimaliger Meister im Halbschwergewichtsboxen und im Jahr 1936 Olympiateilnehmer

Erminio Bolzan, geb. am 29 Mai 1908, Halbschwer-
gewichtsboxer

Georg Lützen, geb. am 22. August 1912, Leutnant der
Luftwaffe und ein guter Freund von Helmut und Hans

John Dutton Frost, geb. am 31. Dezember 1912, britischer
Offizier der Fallschirmjäger und der befehlshabende
Offizier der Operation Bruneval

Seine Offiziere: die Lieutenants Peter Young, Peter
Naumoff, Euan Charteris und John Timothy

Charles Cox, Unteroffizier in der Royal Air Force,
Ingenieur und Radartechniker

Percy Charles Pickard, geb. am 16. Mai 1915, einer der
Köpfe im englischen Offizierskorps für die Operation
Bruneval

Sir Robert Alexander Watson-Watt, geb. am 13. April 1892
in Brechin, Aberdeenshire, schottischer Physiker, der im
britischen Geheimdienst entscheidend das Radar mitent-
wickelte

Heinz Braun, Obergefreiter im Luftnachrichtenregiment 1
der Luftwaffe und ein Mitarbeiter von Leutnant Grau

Fritz Weiß, Unteroffizier im Luftnachrichtenregiment 1 der
Luftwaffe und ebenfalls ein Mitarbeiter von Grau

Studiendirektor Arthur Gölz, geb. am 14. März 1887
Helmuts Geschichtslehrer

Peter Hass, geb. am 21. August 1903 in Flensburg, wie
Paul Bunge im Widerstand und ab 1936 mit seinem Bruder
Otto Hass im dänischen Exil

Maurice Martel geb. am 13. Juni 1900 in Straßburg, wie Paul Bunge im Hamburger Widerstand

Hedwig Cohn, geb. am 21. März 1887, Hans' Mutter

Irmgard Cohn, geb. am 20. Juli 1920, Hans' Schwester

Dr. Joseph Carlebach, geb. am 30. Januar 1883 in Lübeck, Lehrer, Schulleiter und Rabbiner in Hamburg

Zoltan Boranow, ein Klassenkamerad von Helmut und Hans

Louis Mountbatten, geb. am 25. Juni 1900 in Windsor, 1. Earl Mountbatten of Burma, britischer Admiral of the Fleet, Vizekönig von Indien und Generalstabschef des Vereinigten Königreichs, sowie Chef der Combined Operations

Walter Bartsch, HJ Stammführer und Vorgesetzter von Helmut in der Hitlerjugend

Hauptfeldwebel Reinhard, Unteroffizier im in Hamburg stationierten Generalkommando des Wehrkreises 10

Hector Boyes, geb. am 20. Februar 1881 in Plymouth, Offizier der Royal Navy und u.a. Marine Attaché der britischen Botschaft von Oslo

Nathanial Thinder, Fachdienstoffizier und Adjutant des englischen Marine Attaché Boyes in Oslo

Sir Howard Kingsley Wood, geb. am 19. August 1881 in London, britischer Politiker der Conservative Party und u.a. Luftfahrtminister und Schatzkanzler

John Bainbridge-Bell, Mitarbeiter des Telecommunications Research Establishment (TRE)

Burt Walters, Unteroffizier der C-Kompanie des zweiten Bataillons des Fallschirmjägerregiments

John Elder, Offizier der Royal Air Force und Pilot einer Vickers Wellington

Richard Barton, Offizier der Royal Air Force und Copilot von John Elder

Peter Gant, Unteroffizier der Royal Air Force, Besatzungsmitglied der von Lieutenant Elder geflogenen Wellington

Anthony Britt, Unteroffizier der Royal Air Force, Besatzungsmitglied der von Lieutenant Elder geflogenen Wellington

Tom Ratcliff, Offizier der Royal Air Force und Wing Commander und Vorgesetzter von Lieutenant John Elder

Carl-Alfred Schumacher, geb. am 19. Februar 1896 in Rheine, Westfalen, deutscher Offizier, Kommodore des Jagdgeschwaders 1 Deutsche Bucht und zuletzt Generalmajor der Luftwaffe

William Saunders, Unteroffizier der C Kompanie des zweiten Bataillons des Fallschirmjägerregiments

Roy Watson, geb. am 21. April 1918, Offizier der Royal Navy und als Lieutenant Commander Befehlshaber einer Gruppe von Landungsbotten

Jack Burns und Charles Johnson, Soldaten der C-Kompanie des zweiten Bataillons des Fallschirmjägerregiments

Anna Houenstaan, geb. am 26. August 1902, Zwillingsschwester von Helmuts Mutter, zu ihrem Mann dem Dänen Mats nach Nordby auf der Insel Fanø, Dänemark gezogen

Franz Schmidt oder Müller oder Schmidtmüller, geb. am 02. Dezember 1903, MI6 Agent

Michael Walker, geb. am 11. Januar 1916, MI6 Agent

Karl Schönwandt, geb. am 09. September 1867, Eigentümer des Restaurants ‚Neuer Postkeller' am Großneumarkt